Iris Kastner

Schlüsselerlebnis: Key No. 81

novum VERLAG

Bibliografische Information der Deutschen Nationalbibliothek:
Die Deutsche Nationalbibliothek verzeichnet diese Publikation in der Deutschen Nationalbibliografie. Detaillierte bibliografische Daten sind im Internet über http://www.d-nb.de abrufbar.
ISBN 978-3-85022-438-3

Alle Rechte der Verbreitung, auch durch Film, Funk und Fernsehen, fotomechanische Wiedergabe, Tonträger, elektronische Datenträger und auszugsweisen Nachdruck, sind vorbehalten.

© 2008 novum Verlag GmbH, Neckenmarkt · Wien · München
Lektorat: Mag. Marion Hacke
Layout: Bettina Kirsten
Coverfoto: J. Seitz

Gedruckt in der Europäischen Union auf umweltfreundlichem, chlor- und säurefrei gebleichtem Papier.

www.novumverlag.com

Dankesworte

An erster Stelle danke ich Franz. Als ich ihm die noch wenigen Seiten der Geschichte zu lesen gab, war er es, der mir Mut machte weiter zu schreiben. Dann danke ich Jolande für die gewissenhafte Durchsicht und Korrektur des Manuskripts.

Durch die schlimme Zeit der Entmündigung hat mich Ernst mit großem persönlichen Einsatz begleitet und später bewirkt dass die „Betreuung wieder aufgehoben wurde. Dafür danke ich ihm von ganzem Herzen.

Besonderen Dank an meinen Lebensgefährten Victor, durch den ich im hartem Kampf viel Stärke entwickelt habe. Der mir auf den gemeinsamen Reisen die Welt in all ihren Farben und Formen gezeigt hat, und mir die Lebensweise und Kultur verschiedener Völker näher brachte.

Beate ich zu großem Dank verpflichtet, denn ohne ihren tatkräftigen Einsatz durch viele Telefonate mit den Auswärtigen Amt in Berlin und der Deutschen Botschaft in Chennai, sowie zahlreichen Botengängen zu verschiedenen Ämtern für Daten welche in Indien zur Ausstellung eines neuen Reisepasses benötigt wurden, wäre eine Rückführung wahrscheinlich erst nach Jahren möglich gewesen. Ursula danke ich für ihre Liebe und dafür dass sie immer an mich geglaubt hat.

Meinem Chef danke ich für die Referenz welche er mir ausgestellt hatte, was ein wesentlicher Bestandteil war für meinen Freispruch beim Gericht. Auch allen lieben Kolleginnen und Kollegen die mich in dieser schweren Zeit nicht vergessen haben, ein herzliche Dankeschön

Schwester Prabha und Frank, welche mir der Himmel geschickt hat gebührt meine große Dankbarkeit. Mohan, mein spiritueller Lehrer war für die Zeit während und nach der Haft für meine Psyche eine wertvolle Unterstützung. Om Nama Sivaya.

Meiner Psychologin danke ich für die vielen klärenden Gespräche, die mich psychisch gestärkt haben und mir den Mut gaben im täglichen Leben wieder Fuß zu fassen.

Allen Menschen, Freunden und Verwandten, die in irgendeiner Weise mein Leben tangiert haben danke ich für ihre Hilfsbereitschaft und Liebenswürdigkeit.

Bei meinen zahlreiche Yogaschülern, welche ich durch meine plötzliche Flucht nach Indien so schmählich im Stich lies, möchte ich mich an dieser Stelle entschuldigen. Bitte verzeiht mir, ich liebe Euch alle. Den Ärztinnen, Ärzten, Schwestern und Pflegern die mir während der vielen Klinikaufenthalte geholfen haben den Schritt in die „Normalität" wieder zu finden, meinen aufrichtigen Dank.

Zum Schluss möchte ich all den Menschen, die mit psychischen Problemen leben müssen Mut machen. Gebt nicht auf, lasst Euch von der Krankheit nicht unterkriegen.

Es lohnt sich zu leben

Iris

Leben & Überleben

Vorwort

Es handelt sich hier um einen Tatsachenbericht beginnend mit der offenen, schonungslosen Schilderung einer brutalen Verhaftung auf einem indischen Bahnhof. Der Verlust des Reisepasses – Reisen ohne gültige Papiere ist eine Straftat – führt zu einem Prozess ohne Anwalt. Die anschließende Einzelhaft und die ausweglose Situation werden lebensbedrohlich empfunden mit dem Resultat eines Nervenzusammenbruchs.

Daraufhin kommt es zur Unterbringung in einem sogenannten „Mental Hospital", welches sich als psychiatrisches Gefängnis entpuppt. Um die einsame aussichtslose Zeit zu überbrücken, werden Erinnerungen wachgerufen. Zuerst die traumatische Kindheit, dann die Jugendjahre sowie die vielfältigen eindrucksvollen Reisen nach Ägypten, Marokko, Syrien und auf die Azoren ziehen am geistigen Auge vorüber. Wie es dennoch immer wieder zu Psychiatrieaufenthalten kam, ist eindringlich beschrieben. Während einer langen beschwerdefreien Phase wird eine Yogalehrerausbildung in Indien, Spanien und auf den Bahamas absolviert. Jahre der Ausgeglichenheit und Lebensfreude folgen. Doch aus verschiedenen Gründen bricht dann die Manie wieder aus, die eben mit dieser Flucht nach Indien die vergangenen Lebensjahre auf geistiger Ebene nahezu auslöscht. Durch viele glückliche Umstände wird nach 72 Tagen Haft die Rückführung über die Deutsche Botschaft möglich. Zurück in Deutschland kommt es dann nochmals zu einer Unterbringung in einem psychiatrischen Landeskrankenhaus. Zu allem Unglück wird vom Vormundschaftsgericht eine „Betreuung" verhängt.

Damit endet die Geschichte.

Inzwischen sind einige Jahre vergangen. Die Betreuung wurde nach relativ kurzer Zeit wieder aufgehoben und aufgrund der geregelten Lebenssituation war es mir möglich, dieses Resümee über mein aufregendes, ereignisreiches Leben zu Papier zu bringen.

Iris Kastner

Ich suchte die Liebe, lebte die Liebe und geriet ins Verderben durch die Liebe. Mit diesem einen Satz kann ich die Jahre meines vergangenen Lebens umreißen. In einer Dezembernacht im Jahre 2001 auf einem schmutzigen Bahnsteig in Südindien erlosch es, mein sogenanntes bürgerliches Leben. Alles, was einen Menschen sichtbar zum Menschen macht, verlor an Wert und Bedeutung. Ein schreiendes nacktes Bündel Fleisch wurde an Armen und Beinen von erbarmungslosen Polizisten über den nächtlichen Bahnsteig gezerrt. Das war ich, ohne Würde, ohne Namen, ein „Nobody". Aber war das wirklich ich? Nein, es war nur mein Körper, der überall schmerzte. Der ganze Unrat eines indischen Bahnsteigs hatte sich in Po und Rücken eingegraben. Doch da waren auch noch die Schmerzen meiner Seele, niemand hatte sie bemerkt oder danach gefragt. Die höflichen freundlichen Inder, wie ich sie aus meinen vorhergehenden Reisen kannte, wo waren sie? Sie waren da, standen staunend und stumm da, fasziniert von dem Schauspiel, das ihnen hier so unverhofft und gratis geboten wurde. In der ersten Reihe direkt am Geschehen Frauen in leuchtenden feinen Saris, Männer in dunkler Hose, weißem Hemd, die Haare glatt gescheitelt, ängstlich dreinblickende Kinder an der Hand ihrer Eltern. Das alles nahm ich trotz meiner verzweifelten Lage wahr. Dann die anderen mit den Sitzplätzen im Zug, genauso versteinert, diese außergewöhnliche Szene betrachtend. Wahrscheinlich dachten sie, es wird hier ein Film gedreht, die Statisten, die Polizei mit dieser nackten weißen Frau, schreiend in einer Sprache, die niemand verstand. Nun ließen die Männer von ihr ab. Sie erhob sich, ging mit müden Schritten zur nächsten steinernen Bank und ließ sich sichtbar atmend darauf niedersinken. Immer noch rührte sich niemand. Sie warteten auf die nächste Szene, die auch sogleich folgen sollte. Mit harten Worten herrschten die Polizisten die Frau an weiterzugehen. Es schien, als wollte sie sich dem Befehl widersetzen und wurde sehr unwirsch. Unter ohrenbetäubendem Geschrei wurde sie von der Bank gezerrt und zu einem Jeep hinter dem Bahnhof gebracht. Für die Leute im Zug war das Schauspiel vorüber, doch sie hatten zu Hause mit einer interessanten Geschichte aufzuwarten, die ja auch noch nach Belieben ausgeschmückt und interpretiert werden konnte. Es wusste ja niemand, worum es ging, und man konnte der Fantasie freien Lauf lassen. Der Film war aber noch lange nicht zu Ende. Es gab neue Zaungäste, denn der Anblick, bis sie die Frau in den Jeep verfrachtet hatten, war genauso sehenswert wie die Szene auf dem Bahnsteig. Immer wieder versuchten die Polizisten, inzwischen waren es sechs an der Zahl, die Frau festzuhalten und ins Wageninnere zu stoßen, doch sie war so gelenkig und stark, dass es ihnen nach längerer Zeit und nur mit größter Mühe gelang, sie zu überwältigen. Das Schauspiel am Bahnhof von Ernakulam war zu Ende.

Für mich war das erst der Auftakt. Über das Vorspiel in Deutschland sprechen wir später. Von übel riechenden Männern eingeklemmt ging die Fahrt durch die stockfinstere indische Nacht. „Was machen sie mit mir, wo bringen sie mich hin?", ging es mir durch den Kopf, der zum Zerreisen angespannt war. Wie schon zu Beginn dieser Odyssee hatte ich Angst um mein Leben. Wollten sie mich umbringen? Die auch? Aber ich war sicher, dass ich mich verteidigen würde, bis zum bitteren Ende. Plötzlich hielten sie in einer unbeleuchteten Seitenstraße an und versuchten sich über mich herzumachen. Mein Widerstand und mein Kampfgeist waren riesengroß. Ich bog und wand mich wie eine Schlange. Sobald sie mich an den Armen festhielten, versetzte ich ihnen Tritte mit den Füßen. Es war ein ungleicher Kampf, mittlerweile acht Männer gegen eine kleine weiße Frau. Eigentlich sollte vorauszusehen sein, wer den Sieg sicher in der Tasche haben würde. Ich kämpfte letztendlich um mein Leben, das ich mit dieser Flucht nach Indien schon fast verloren hatte. Es schien hier, an dieser Stelle in meinem über alles geliebten Indien, zu Ende zu sein. Doch ich gab nicht auf, ich spürte eine unbändige Kraft in mir. Ich hatte kein Zeitgefühl mehr, es schien eine Ewigkeit zu dauern, der Kampf ging ohne Pause weiter. Was wollten sie von mir, was hatten sie mit mir vor? Vergewaltigen? Nein, dazu sind Inder zu scheu und sicher auch nicht darin geübt. Was dann? Umbringen? Dann hätten sie dieses lästige weiße, schreiende, kratzende, beißende Stück Mensch vom Hals. Mir war klar, dass es sehr einfach wäre, mich in dieser finsteren Nacht verschwinden zu lassen. Ich hatte keine Kleider, keinen Pass, kein Geld, keinen Namen. Wer sollte etwas herausfinden, wenn es mich nicht mehr gab. So einfach war das. Ich wollte nicht aufgeben, so nicht, also kämpfte ich weiter. Trotz der Härte ihrer Angriffe war es ihnen nicht möglich, mich zu verletzen und mich auf diese Art außer Gefecht zu setzen. Irgendwann resignierten sie. Ich konnte es kaum fassen. Was hatte sich plötzlich an der Situation geändert? Nichts. Nur, dass sie wie auf ein lautloses Kommando von mir abließen. Der Fahrer und sein Beifahrer rannten nach vorne, schwangen sich hinters Steuer und brausten mit heulendem Motor weiter. Sie schienen begriffen zu haben, dass sie so mit mir nicht weiterkamen. Eingepfercht saß ich zwischen den anderen sechs. Obwohl sie mich nicht festhielten, hatte ich während der Fahrt keine Möglichkeit zur Flucht. Meine Schmerzen wollte ich nicht spüren, ich ignorierte sie einfach. Plötzlich hielt der Jeep vor einem Tor, das nach lautem, mehrmaligem Betätigen der Hupe geöffnet wurde. Wir fuhren in einen großen Hof, der von mehreren Gebäuden umgeben war. Sie wendeten den Jeep und fuhren rückwärts auf eines dieser Gebäude zu, hielten dann in einigem Abstand an und forderten mich auf auszusteigen. Natürlich weigerte ich mich, denn da hinten stand eine Tür offen. Ich war sicher, da würden sie mich einsperren. Und ich käme nie mehr heraus. Nein, so nicht. Nicht mit mir. Als dann eine weiß gekleidete Frau mit einer Spritze gerannt kam und rief: „Injection, Injection", bekam ich zum ersten Mal Panik. Keine Spritze, nur das nicht. Ich würde einschlafen und könnte mich nicht mehr zur Wehr setzten. Meine vehemente Weigerung hatte offenbar Erfolg. So gaben sie es vorläufig auf mir eine Spritze zu verpassen. Ich nutzte die Gelegenheit, schnell aus dem

Wagen zu springen und in den Garten zu flüchten. Mittlerweile waren aus allen Ecken und Winkeln neugierige und doch scheu dreinblickende Menschen hervorgekommen. Wo war ich hier, was waren das für Leute? Sie sahen nicht glücklich aus, sie lächelten auch nicht. War ich in einem Krankenhaus, war ich in einem Gefängnis? Ich wusste es nicht. Doch diese stummen Menschen in ihren ärmlichen Kleidern schauten mich erwartungsvoll an. Was wollten sie von mir hören? Ich sah ihnen an, dass sie etwas von mir hören wollten. Also sprach ich zu ihnen. Mit lauter, klarer Stimme in meinem besten Night-School-Englisch: „Ich bin Iris Kastner aus Germany. Meinen Pass und mein ganzes Geld habe ich im Zug von Chennai nach Ernakulum auf der Toilette verloren. Ich habe ein Fünfjahresvisum für Indien. Siebenmal war ich schon in diesem schönen Land. Immer waren die Menschen freundlich zu mir. Meine Yogalehrerausbildung habe ich im Sivananda-Ashram in Kerala gemacht. Ich bin nach Indien gekommen, um mit meinem Lehrer Dr. Mohan in Varkala zu leben und zu lernen. Bitte bringen Sie mich zu Dr. Mohan, er erwartet mich. Helfen Sie mir, helfen Sie mir doch! Tun Sie mir nichts. Das Deutsche Konsulat sucht mich." All das rief ich hinaus in die Nacht, in der Hoffnung auf Verständnis und Hilfe.

Es gelang ihnen, mich wieder einzufangen, ab in den Jeep, an einen anderen Ort. Sie zerrten mich in ein Zimmer. Es gab da einen Schreibtisch, ein paar Blechstühle, eine Pritsche und eine Tür zu irgendwelchen dahinterliegenden Räumen. Immer noch war ich splitternackt. Sie hatten mir noch nicht mal ein Tuch gegeben, um meinen Körper zu bedecken, wo sie doch sonst so ein großes Schamgefühl besitzen. Glücklicherweise war es angenehm warm, sodass ich nicht fror. Ich klebte auf dem Blechstuhl neben dem Schreibtisch. Ein schmuddelig aussehender Mann begann mit dem Verhör. Die Polizisten saßen oder standen mit müden, gelangweilten Gesichtern herum. Auch ich war müde. Ich konnte mich nicht mehr erinnern, wann ich das letzte Mal etwas gegessen hatte. Ich wollte auch nichts – nur leben. Das Verhör war endlos. Fragen und immer wieder die gleichen Fragen, nach meinem Namen, den Namen meiner Eltern, meinem

Ehemann, ich hatte keinen, das wollten sie mir schon mal gar nicht glauben. Dann, wo ich herkomme und wo mein Gepäck sei. Das mit dem Gepäck war auch so eine Sache. Ich erklärte wahrheitsgemäß, dass ich nur mit einem kleinen Handgepäck und ohne Koffer aus Deutschland gekommen war, weil ich während meines letzten Aufenthaltes alle Kleider und sonstige Dinge, welche für Indien notwendig sind, bei meinem Meister in Varkala gelassen hatte. Mein Gepäck war schon bei meinem Meister deponiert. Natürlich glaubten sie es nicht. Wo ich meinen Pass hätte? Ja, das war folgendermaßen: „In der Nacht im Zug nach Kerala wurde mir übel. Ich ging zur Toilette. Meinen Pass und das Geld trug ich am Körper. Ich wollte die Sachen aus den verschmutzten Kleidern in Sicherheit bringen, doch sie entglitten meinen Händen und entschwanden durch das riesige offene Abflussrohr." Der schmierige Beamte wackelte nur ungläubig mit dem Kopf. „Wo haben Sie Ihren Pass und wo ist Ihr Gepäck?" „Ich habe Ihnen gerade gesagt, dass ich meinen Pass nicht mehr habe, weil er mir im Zug in die Toilette gefallen ist!" Wieder bewegte er seinen Kopf wie eine Glühbirne, die einen Wackelkontakt hat. Im Raum herrschten eine drückende Hitze und eine knisternde Spannung. Nachdem er die Liste seiner Fragen mehrmals eindringlich an mich gerichtet hatte und er immer die gleichen Antworten erhielt, schien er ratlos. Er besprach sich mit seinen Kollegen, daraufhin versuchten sie mich in ein Hinterzimmer zu sperren. Sie hatten wohl gedacht, mein Widerstand hätte nachgelassen. Ich wollte durch die Außentür entkommen, doch das war ein unmögliches Unterfangen. Mit lauten Worten wurde plötzlich die Tür aufgerissen. Ein weiterer Polizist stürmte herein. Sie packten mich und stießen mich aus der Tür ins Freie. Inzwischen war es Tag geworden. Ein Jeep stand bereit, doch bevor sie sich versahen, war ich entkommen. Mit lauten Hilfeschreien rannte ich auf die Straße. Niemand reagierte darauf, niemand wollte mir helfen, war doch die Polizei hinter mir her, also musste ich etwas verbrochen haben. Natürlich kam ich nicht weit. Wieder wurde mein nackter Körper über den Boden geschleift, doch diesmal war es kein glatter schmutziger Bahnsteig, nein – es war Rollsplitt und jedes einzelne Steinchen brannte wie Feuer unter der Haut. Sie hatten mich besiegt, was würden sie mit mir tun? Zurück in den Raum, mit dem schmerzenden Hintern auf den Blechstuhl, ich hörte die Engel singen. Sie saßen teilnahmslos herum, schienen auf etwas zu warten.

Irgendwann traf ein älteres, wenig vertrauenerweckendes Ehepaar ein. Zu meiner Verwunderung sprach die Frau deutsch und stellte mir genau dieselben Fragen, die ich in der Nacht dem stupiden Beamten immer und immer wieder beantwortet hatte. Sie wolle mir doch helfen, versicherte sie mir. Ja wie denn? Darauf hatte sie keine Antwort. Die ganze Situation kam mir immer aussichtsloser vor. Wie sollte ich da jemals herauskommen? Dann kramte sie etwas aus ihrer Tasche. Es war ein „Dschuridar", das typische indische Kleid mit langer Hose und Schal, blau mit weißen Tupfen. Den sollte ich anziehen. Ich tat, wie mir geheißen wurde. Nun sah ich doch wenigstens wieder halbwegs anständig aus. Ein vertrauenswürdig aussehender älterer Beamter erklärte mir dann, dass man mich nun zu einem Hotel bringen würde. Das machte mir Hoffnung. Ich glaubte ihm. Diesmal stieg ich freiwillig ein, bestand aber darauf, vorne neben dem Fahrer zu sitzen, den sie Swami nannten. „Swami ist eigentlich die Bezeichnung für einen Mönch", ging es mir durch den Kopf. Natürlich quetschte sich der freundliche Polizist neben mich. Wieder keine Möglichkeit zur Flucht. In dem Moment kam es mir nicht in den Sinn zu fliehen, da es mir ja doch nichts genutzt hätte. Wir fuhren bei herrlichem Sonnenschein durch ein Gewirr von Straßen. Überall wimmelte und wuselte es von geschäftigen Menschen. Die Straßenhändler lungerten gelangweilt hinter ihren Bergen von Waren, alle Arten von verschiedenen Gemüsesorten, Kokosnüssen, Bananen, Ananas und viele andere Früchte, die man bei uns nicht kennt. Gleich daneben Berge von Unrat. So ist Indien, das Land überwältigender Schönheit und gleichzeitig übersät von unbeschreiblichem Schmutz. Gegensätze wie sie krasser nicht sein können. Gerne hätte ich etwas Obst gehabt, aber ich war ja ohne Geld. Mein ganzes Geld lag irgendwo verstreut auf den Bahngleisen kurz vor Ernakulum. Ich tröstete mich damit, dass ich bald im Hotel wäre und

Verbindung mit Dr. Mohan aufnehmen könnte. Ich war überzeugt, dass er mich abholen würde. Also hielt ich weiterhin Ausschau nach dem Hotel, denn bisher waren wir an mehreren vorbeigefahren, hatten aber nicht angehalten. Dann waren da plötzlich auf der linken Straßenseite mehrere große Gebäude umgeben von einer hohen Mauer. Wir bogen in die Toreinfahrt ein. Mit dem Jeep war fast kein Durchkommen – so viele Menschen tummelten sich hier. Viele Männer in schwarzen, langen, speckig glänzenden Gewändern, die Füße steckten in ausgelatschten Sandalen, was meiner Meinung nach überhaupt nicht zusammenpasste. Frauen in schillernden Saris, ärmlich gekleidete Menschen und jede Menge Polizisten waren hier versammelt. Ich dachte, ich sei auf einem Kostümfest. Aber wie ein Hotel sah das wirklich nicht aus. Der Fahrer hielt vor einem Gebäude an – man gebot mir zu warten. Der Beamte verschwand über eine knarrende Holztreppe ins obere Stockwerk. Auf dieser Treppe war ein ständiges Kommen und Gehen. Was taten alle diese Leute hier? Wo bin ich denn nun schon wieder hingeraten? Ich wollte doch nur ein sauberes Bett, um zu schlafen, schlafen bis Mohan kam. Dann sah ich an der Mauer neben unserem Wagen einen Mann mit einer Kamera, offensichtlich wollte er mich fotografieren. Nein, dazu war ich nun wirklich nicht aufgelegt. Wie lange hatte ich schon nicht mehr in den Spiegel geschaut. Wie sah ich denn aus? Schnell zog ich mir den Schal über das Gesicht. Wie praktisch.

Swami, der mich die ganze Zeit nicht aus den Augen ließ, und die vier Bewacher in hinteren Teil des Wagens kamen in Bewegung. Ihr Boss kehrte zurück und sprach mit ihnen in Malayalam, der Landessprache von Kerala. Ich sollte aus dem Wagen steigen und ihnen durch das Menschengewirr über die besagte Treppe hinauf folgen und wurde in einen von schwarz gekleideten Menschen überfüllten Raum gedrängt. Hinten an der Wand hing ein Foto von „Mahatma Gandhi – der großen Seele", wenigstens ein Lichtblick. Darunter war ein Verschlag, wie ein Käfig, in den ich mich hineinstellen musste. Ich konnte mit meinen 155 cm nur mit Mühe über die Balustrade sehen. Nun begann eine Diskussion in Malayalam. Wenn es wenigstens in Englisch, der

Amtssprache der Inder gewesen wäre, dann hätte ich ja einigermaßen verstanden, um was es ging, aber so kam ich mir sehr verloren vor. Nach einiger Zeit schienen sie sich einig zu sein. Der Richter nannte meinen Namen. Inzwischen war mir klar geworden, dass das nur eine Gerichtsverhandlung sein konnte. Er setzte in seinem besten Englisch hinzu: „You have nothing to say! Please repeat it." Ich wiederholte seine Worte: „I have nothing to say." Was nun? Ich konnte nicht mehr denken, war wie gelähmt. Hatten die mich nun verurteilt? Wie würde es weitergehen? Dann ging ich wie in Trance durch die neugierig blickende Menschenmenge, die knarrende Holztreppe hinab, hinein in den Jeep und mit quietschenden Reifen durchs Tor hinaus.

In rasanter Fahrt ging es diesmal durch die Stadt. Sie kannten ihr Ziel. Das bemerkte ich sofort, nur mir war noch nicht so ganz klar, wohin. Als sie dann aber vor einem großen eisernen Tor, auf dem mit großen Buchstaben „Sub Jail" geschrieben war, anhielten, fiel es mir wie Schuppen von den Augen – sie brachten mich ins Untersuchungsgefängnis. Das war also das versprochene gute Hotel. Die Zelle war erstaunlich groß, hatte eine hohe Decke und war völlig leer, noch nicht einmal ein Bett war vorhanden. Nur das Plumpsklo war durch eine zwei Meter hohe Mauer getrennt. Es wurde Nacht. Durch die Gittertür sah ich draußen die Wärterin auf und ab gehen. Ich wälzte mich auf dem blanken Boden und studierte die Marmorierung der Fliesen, bei einigen ließen sich sogar Muster und Figuren erkennen. Kaltes, mehrfarbiges Licht brannte auf mich nieder und ich bekam Angst, dass es mich vielleicht verbrennen könnte. Deshalb robbte ich in die Toilette, der Raum schien mir klein und geschützt. Aber da war dieser Hahn an der Wand, welcher sich nicht schließen ließ. Vielleicht ein Gashahn? Ich wollte nicht sterben, nicht so. Da lag eine Büchse, die ich über den Hahn stülpte; zur Abdichtung band ich noch meinen Schal darum. Das war geschafft. Vor Erleichterung, aber auch aus Angst fing ich aus vollem Halse an zu singen. Ich sang, was mir gerade in den Sinn kam: Kirchenlieder, Fahrtenlieder aus meiner Rot-Kreuz-Zeit, Schlager, alles kunterbunt und so laut wie möglich. Bei dem Lied „Wenn die bunten Fahnen wehen..."

schrie ich das „hajo, hajo, hajo ho, hajo" hinaus in die indische Nacht. Dann schrie ich nach Hilfe, nach einem Arzt. Vergeblich. Als es wieder Tag wurde, lag ich völlig erschöpft in der Toilette und wimmerte nur noch vor mich hin.

Da hörte ich, wie die Zellentür lautstark geöffnet wurde. „Jetzt holen sie mich, was machen sie dann mit mir?" Ich hatte entsetzliche Angst. Da ich die Tür von innen blockierte, schwangen sie sich auf die Mauer und traten mit ihren Springerstiefeln gegen meinen Kopf. Eine Zeit lang konnte ich standhalten, aber es waren zu viele, ich hatte keine Chance. Doch bis es ihnen gelang, mir die eisernen Handschellen und Fußfesseln anzulegen, wehrte ich mich noch heftig. Einem der Peiniger biss ich in den Arm. Als Gegenreaktion wurde mir dann ein 6 x 1 Zoll großes glühendes Brenneisen auf den Oberschenkel gedrückt. Ich schaute zu, schaute in seine Augen und sagte kein Wort. Nicht einmal mehr Schmerzen konnte ich spüren. Sie schleppten mich wieder zu einem Jeep. Ich lag gefesselt auf dem schmutzigen Boden und sah nur die Füße meiner Bewacher. Dieses Mal waren zwei Frauen dabei. Da ich durch meine regelmäßigen Hatha-Yogaübungen sehr beweglich war, gelang es mir, mich trotz der Fesseln, die mir tief ins Fleisch schnitten, aufzurichten. Die Wärterinnen versuchten vergebens meinen Kopf nach unten zu drücken. Nun konnte ich wenigstens die äußere Umgebung wahrnehmen und fühlte mich nicht mehr wie auf der Schlachtbank. Dennoch schmerzten meine Schultern fürchterlich, wurde ich doch während des Liegens im Jeep bei jedem Schlagloch, und davon gibt es auf Indiens Straßen nicht wenige, jedes Mal nach rechts und nach links gegen die Stahlkanten der Sitze gedonnert. Es war fürchterlich heiß und ich hatte schrecklichen Durst. Anscheinend hatten die Frauen meinen Durst bemerkt und sprachen mit dem Fahrer. Er hielt an, stieg aus und kam mit einer Kokosnuss zurück, die er mir zu trinken gab. Doch irgendwie schmeckte das Zeug eigenartig. Es brannte auf der Zunge. Ich dachte: „Jetzt wollen sie dich vergiften." Die Fahrt schien kein Ende zu nehmen. Irgendwann befanden wir uns wieder in einer Stadt. Es war schon abends, denn die Sonne stand schon sehr tief am Horizont. Wir fuhren wieder durch ein großes Tor und hielten vor einem Gebäude.

„Come out!", wurde mir mit Kommandostimme befohlen. Nein, das wollte ich auf keinen Fall. Da war wieder die Angst. Was machen sie mit mir, wenn ich mit in dieses Gebäude gehe, welches überhaupt nicht einladend aussah. Inzwischen strömte ich auch einen derart üblen Geruch aus, dass ich mich vor mir selbst ekelte. Tagelang nicht geduscht, die schwarzen Haare klebten mir fettig am Kopf, verschwitzt vor Hitze und Angst. Die beiden Inderinnen hielten sich angewidert die Nase zu, sobald sie mir etwas näher kamen. Mehrere Leute redeten auf mich ein: „Aussteigen." Ich konnte nicht, ich wollte nicht, hatte Angst, Angst vor dem Unbekannten, konnte nicht glauben, dass sie mir helfen wollten, nach all dem Schrecklichen, das ich seit meiner Flucht aus Deutschland erlebt hatte. Ich zitterte am ganzen Körper. Wie schon einmal gaben sie auf, stiegen ein, fuhren weiter – doch wir blieben innerhalb der großen Mauer – und hielten dann vor einem lang gestreckten, vergitterten Gebäude an. Nun waren sie nicht mehr so geduldig mit mir. Die Männer und Frauen zerrten an mir und dem Dschuridar, um mich aus dem Jeep zu bekommen. Inzwischen hatten sich eine Menge Frauen versammelt, sehr neugierig mit ihren schönen dunklen Augen dreinschauend. Ich stand an Ende des Jeeps, riss mir den letzten Fetzen Stoff vom Leib und schrie dabei aus vollem Hals, aus Angst, aus Not. Ich muss schrecklich ausgesehen haben, denn die Frauen schrien zurück: „Kali, Kali." Sie ist die schreckliche schwarze Göttin im Hinduismus. „Yes, I am Kali", schrie ich zurück und schaute wild entschlossen in die Menge. Auf mich wirkten sie nicht weniger schrecklich. Eine kleine Bucklige mit einem einzigen Zahn im Mund lächelte mir zu, als ob sie den Mund voller wunderschöner Zähne hätte. Alle deuteten auf sie und sagten: „Sie wird dir helfen." Ich schrie zurück: „Eine Hexe, nein, ich will keine Hexe." Eine Hexe soll mir helfen. Das war zu viel, meine Kräfte verließen mich. Ich konnte mich nicht mehr wehren. So war es für sie plötzlich einfach, mich in eine der vielen Zellen zu sperren. Um zuschließen zu können, suchten sie verzweifelt nach dem richtigen Schlüssel. Endlich hatten sie ihn gefunden – **Key No. 81.** Damit schlossen sie mich ein. Ich sank auf den nackten Steinboden, so nackt wie ich selbst, und fühlte mich zum ersten Mal sicher. „Hier kann mir niemand etwas tun", mit diesem Gedanken fiel ich nach Tagen endlich in einen tiefen Schlaf.

Als ich erwachte, war es Nacht. Der Boden fühlte sich kühl an. Irgendwoher kam etwas Licht. Wo war ich? Es dauerte einige Zeit, bis mir richtig bewusst wurde, was sich abgespielt hatte und dass ich mich in einer Zelle befand. In einer Zelle irgendwo in Indien. Mutterseelen allein. Plötzlich war da eine Bewegung, kein Geräusch. Etwas kam ganz leise und geschmeidig durch das Gitter der Tür. Eine Katze, die den ganzen Raum inspizierte und vorsichtig um die Mauer der Latrine herumging, um genauso lautlos, wie sie gekommen war, wieder zu verschwinden. Ich richtete mich langsam auf, sehr langsam, denn mein ganzer Körper schmerzte, schleppte mich zum Gitter und sah hinaus in die Nacht. Vor der Zelle war ein Flur, auch vergittert, dann ein breiter Weg, rechts und links ebenfalls einstöckige Gebäude. Ein paar schummrige Laternen ließen die Umgebung erkennen. Weiter hinten wieder ein Gebäude mit Gittern und da stand etwas mit einem weißen Tuch behängt, es war ein Sarg. Da steht schon der Sarg für mich bereit. Ich war fassungslos, die Angst kroch mir über den Rücken, morgen früh würde alles vorbei sein. Ratten auf der Suche nach Nahrung liefen über den Weg. „Hoffentlich kommen die nicht zu mir in die Zelle so wie die Katze", ging es mir durch den Kopf. Es war kaum auszuhalten, dennoch war ich so ruhig wie nie zuvor. Ich schrie nicht mehr, ich hatte mein Leben nicht mehr in der Hand, es war vorbei. Ruhig und gelassen wartete ich auf den Morgen. Konnte es noch schlimmer werden? Nein, ich glaubte alles Erdenkliche durchlebt und gelitten zu haben, was man nur ertragen kann. Was sollte noch kommen? Ich hatte keine Angst mehr vor dem Tod, er würde eine Erlösung sein. Es war nichts mehr zu verlieren, denn alles war verloren und niemand wusste, wo ich bin. Ich wusste es ja selbst nicht. Irgendwann später schepperten Töpfe. Frauenstimmen waren zu hören und eine Wärterin schob mir etwas durch die Gitterstäbe. In einer sehr schmuddeligen Plastiktüte war etwas Essbares. Weil ich Hunger hatte, probierte ich den Inhalt, das Zeug war so scharf, dass es mir wie Feuer auf der Zunge brannte. Beim besten Willen konnte ich den Fraß nicht essen. Dann bekam ich noch eine halbe Plastikflasche Milch, wenigstens die war genießbar. Es war immer noch dunkel, wie viel Uhr mochte es wohl sein? Vielleicht fünf Uhr, schätzte ich. Wieder stand ich am Gitter und schaute hinaus. Langsam wurde es heller und ich sah, wie nach und nach Frauen in wunderschönen Saris in die verschiedenen Gebäude gingen. Später kamen sie heraus und hatten einen einheitlichen Sari, eine Art Uniform angelegt. Ein Rumoren in meinem Bauch zeigte mir, dass es nötig war, meine Notdurft zu verrichten. Also ging ich hinter dem Mäuerchen in die Hocke. Direkt daneben an der Wand war ein Wasserhahn, aber wie ich auch drehte, es floss kein Wasser heraus. Das war eine Scheiße im wahrsten Sinn des Wortes. Hoffnungslos klammerte ich mich ans Gitter der Zellentür, langsam kam hinter den Bäumen die Sonne hervor. Zeit für Yoga. Ich legte meine flachen Hände in Brusthöhe zusammen und begann mit Surya Namaskar, dem Sonnengebet. Anstatt nach zwölf Runden erschöpft zu sein, spürte ich neue Kraft in mir. Hier in diesem verschlossenen Raum war ich sicher, niemand konnte mir etwas tun. Nun plätscherte Wasser, ich hatte den Hahn nicht geschlossen, demnach war es nur abgestellt gewesen. Ich war froh, meinen eigenen Mist nicht mehr sehen und riechen zu müssen, aber weit gefehlt. Das Wasser floss nicht ab und meine Hinterlassenschaften schwammen auf der Oberfläche. So hockte ich mich im vorderen Bereich der Zelle in die Ecke und hing meinen Gedanken nach. Es war alles so schrecklich. Plötzlich vernahm ich Stimmen, Menschen, Schlüssel rasselten. Sie wollten die Zellentür öffnen. Nein, nur das nicht. Was würden sie dann mit mir tun? Der verhüllte Sarg in der Nacht stand mir wieder vor Augen, ich wollte hier drinnenbleiben. Um zu verhindern, dass sie das Schloss öffneten, füllte ich rasch die Plastikflasche mit der stinkenden Brühe aus der Toilette und spritze mehrmals auf die Wärterin mit dem Schlüssel. Die anderen wichen mit angewiderten Gesichtern zurück. Sie griffen zur Gegenwehr und schütteten eimerweise Wasser in die Zelle und über mich. In einem unbewachten Augenblick gelang es ihnen doch, die Tür zu öffnen. Sie packten mich und was dann geschah, entzieht sich meiner Kenntnis."

Als ich wieder zu mir selbst fand, lag ich immer noch in der gleichen Zelle am Boden, allein, verlassen von Gott und der Welt. Würde mich hier jemals jemand finden? Eine Frau stand auf einmal am Gitter, schaute mich neugierig an und fragte: „You know where you are?" Resigniert sagte ich: „No!" „You are in a Mental Hospital", sagte sie. Wie ein Krankenhaus kam mir das aber gar nicht vor. Es war wohl mehr ein Gefängnis für Geisteskranke, denn die Schreie und Geräusche, welche aus den Nebenzellen kamen, deuteten darauf hin. Wimmern und schrilles Singen hatten mich in der Nacht schon aufgeschreckt. Zuerst dachte ich, ein Radio würde in voller Lautstärke plärren, aber es war eine Frau, die unentwegt immer und immer wieder die gleiche Leier sang, wie auf einer Schallplatte, bei der der Saphir immer wieder in dieselbe Spur rutscht. Es wurde Tag und es wurde Nacht. Es gab „Sambar und Tschore", Reis mit etwas Gemüse, so scharf wie südindisches Essen nur sein kann. Täglich gab es zweimal Medizin. Pillen in den verschiedensten Farben und Formen, jeden Tag andere. Das konnte und durfte nicht sein. Also begann ich, sie zu sammeln. Nach ein paar Tagen hatte ich schon eine bunte Mischung davon. Abends, die Zeit vor dem Einschlafen, war die schlimmste. Zuerst die Moskitos, welche in Scharen über mich herfielen. Ich wusste nicht, wo ich noch überall kratzen sollte. Was oder wer hatte an meiner Seele gekratzt? Das war meine wichtigste Frage und für die Antwort, wenn es überhaupt eine gab, hatte ich nun unendlich viel Zeit. Unendlich viel Zeit, um alle Stationen meines Lebens noch einmal durchzugehen. Ich konnte mir nicht vorstellen, dass hier mein Leben zu Ende sein sollte. Verloren, vergessen, vorbei. Durch die Misshandlungen hatte ich so viele offene Wunden an Füßen, Knien, Händen, Po, Rücken und Kopf, dass es nicht verwunderlich wäre, wenn ich eine Blutvergiftung bekäme. Dazu war auch mein ganzer Körper mit Hämatomen übersät, sogar auf den Brüsten. Ich war am ganzen Körper grün und blau geschlagen. Blutgerinnsel könnten entstehen, die zum Herzstillstand führen könnten. Bisher hatte ich noch keinen Arzt gesehen und die

Wunden wurden auch nicht versorgt. Die Wärterinnen sahen mich immer nur staunend an und sagten: „The whole body, coloured green and blue", und gingen kopfschüttelnd wieder weg. Ja, ich war grün und blau am ganzen Körper. Ich sollte in einem Hospital sein, aber wo war der Arzt? Es kam keiner. Da waren nur die Wärterinnen, die das Essen austeilten, und morgens und abends die Schwestern, die sehr darauf achteten, dass man alle Pillen schluckte. Die Tage und Nächte kamen und gingen, ich hatte kein Zeitgefühl mehr, alles war so hoffnungslos. Eines Nachmittags stand eine junge Inderin vor der Gittertür meiner Zelle und fragte nach meinem Namen und wo ich herkomme. Ich wollte ihn ihr nicht sagen und sie sagte: „I will help you." „Nobody can help me", war meine Antwort. Doch sie ließ nicht locker, bis sie meinen Namen erfahren hatte und woher ich kam. Sie ging, ich hatte dennoch keine Hoffnung.

Von Gott und der Welt verlassen lag ich auf dem Zellenboden. Meine Gedanken wanderten zurück. Trotz der grässlichen Erlebnisse in den letzten Tagen hatte ich alle Einzelheiten meiner Flucht nach Indien noch sehr deutlich vor Augen.

Ich war in panischer Angst von Zuhause geflüchtet, obwohl doch alles so gut angefangen hatte. Im vergangenen Herbst kam ich voller Energie und Lebensfreude von meinem ayurvedischen Massagekurs und den anschließenden Yogaferien aus Kerala zurück. Ich hatte mir vorgenommen, ein arbeitsfreies Jahr zu nehmen und mit meinem ersparten Geld längere Zeit bei Dr. Mohan, einem großen Yoga- und Reikimeister in Indien zu verbringen. Es waren nur einige wenige Tage, die ich mit ihm verbrachte, doch diese waren sehr eindrucksvoll. Mir war sofort klar, dass ich noch sehr viel von ihm lernen konnte, wenn ich wiederkäme. Deshalb hatte ich schon eine große Tasche mit meinen „Indienkleidern" bei ihm deponiert. Ich bereitete also alles für einen längeren Aufenthalt in Indien vor und bekam auch von meinem Chef die mündliche Zusage zu dieser Auszeit. Nach einer fünfundzwanzigjährigen Beschäftigung freute ich mich darauf, endlich mal mein geliebtes Yogaleben ganz auszukosten. Ein Fünfjahresvisum für Indien hatte ich bereits, der Bausparvertrag war gekündigt und größtenteils in Euro Reiseschecks umgewandelt. Sogar der Flug mit Kuwait Air zum Jahresende 2001/2002 war gebucht. Ein Traum würde in Erfüllung gehen. Während ich in diesem Glücksgefühl schwelgte, ereignete sich ein Zerwürfnis mit meinem langjährigen Lebensgefährten. Es fing ganz harmlos an, er kochte bei mir Tee, suchte das Teesieb und konnte es nicht finden. Ich blieb jedoch seelenruhig auf meinem Stuhl sitzen und machte keine Anstalten, ihm das Sieb in die Hand zu drücken, was ganz entgegen meiner sonstigen Art war. Victor war von mir gewohnt, dass ich immer sofort rannte, wenn er etwas wollte. Diesmal jedoch nicht. Das hat ihn dermaßen erbost, dass er mit den Worten „Fuck yourself!" die Wohnung verlies. Für mich brach eine Welt zusammen. Ich konnte es nicht fassen, dass er mich wegen solch einer Kleinigkeit derart wüst beschimpfte, das ging über meinen Verstand. Ich hing an diesem Menschen, er war mir in vielem ein Vorbild, ein Halt, weil er so felsenfest im Leben stand, wogegen ich mir selbst immer wie ein Blatt im Wind vorkam. So viele schöne Reisen hatten wir miteinander gemacht. Die Schönheit der Welt gesehen, aber nicht nur das, sondern auch Elend und Not. Es waren immer Reisen, welche einen tiefen Eindruck bei mir hinterlassen hatten. Ohne ihn hätte ich Erfahrungen dieser Art nie gemacht und nun solch eine Reaktion, nur weil er in meiner ordentlichen Küche das Teesieb nicht finden konnte. Er war weg und kam nicht zurück. So war und blieb das einige Tage. Ich entwickelte inzwischen eine derartig übersteigerte Energie, welche aber nicht sinnvoll war und nur dazu führte, dass ich meine sonst so adrette Wohnung ziemlich chaotisch aussehen ließ. Bilder nahm ich von den Wänden, weil ich sie nicht mehr sehen konnte. Der rote Läufer in der Küche, handgeknüpft von meiner Mutter, wurde rausgeschmissen, weil ich nichts mehr von ihr haben wollte. Kleider und Bettwäsche wollte ich waschen, was aber in einem Aufwasch nicht so einfach zu bewältigen war. Alles, was rot war, musste verschwinden.

Da ich diesen Zustand nicht mehr aushalten konnte, nahm ich nach ein paar Tagen, an einem Sonntagabend, eine Flasche Guinness und ging hinunter, um mit Victor zu reden. Er öffnete die Tür, nahm das Bier entgegen und bat mich herein. Seine blauen Augen strahlten wie oft in der Nacht und er war offensichtlich bei bester Laune. Er erzählte mir von einem gemeinsamen Bekannten, den er in der Stadt getroffen hatte und der gerade aus Südamerika zurückgekommen war. Ich dachte sofort an Drogen. Plötzlich bekam ich einen Hustenanfall, der nicht mehr aufhören wollte, worauf ich um ein Glas Wasser bat. Er ging in die Küche und kam mit einem Glas zurück, das ich bis dahin in seinem Haushalt noch nicht gesehen hatte. Ich trank in schnellen Zügen, es schmeckte eigenartig, doch als ich es fast ausgetrunken hatte, entdeckte ich auf dem Grund des Glases ein weißes Pulver. „Was hat er mir ins Glas getan?", schoss es mir durch den Kopf. Wie von einer Tarantel gestochen sprang ich auf und verließ seine Wohnung. Zu Hause angekommen musste ich mich erst einmal übergeben. Ich würgte und würgte, bis ich nichts mehr erbrechen konnte, dann bekam ich Atemnot, Herzrasen und eine unsägliche Angst. In meiner Hilflosigkeit rief ich den Notarzt an. Nach relativ kurzer Zeit kamen der Arzt und die Sanitäter. Sie wollten natürlich genau über den Vorfall unterrichtet werden. So sagte ich ihnen, dass ich beim Nachbarn ein Glas Wasser getrunken hätte, in dem meiner Meinung nach ein weißes Pulver gewesen war. Daraufhin wollten sie mit dem Mann sprechen. Das wollte ich jedoch auf jeden Fall verhindern. Zuerst musste ein eingehender Befund vorliegen. Also nahmen sie mich mit in die Klinik. Bis die Untersuchungen abgeschlossen waren, dauerte es endlos lange. Meine Angst war nach wie vor immer noch da. Ich wandelte auf das Ergebnis wartend durch die Gänge der Klinik. Weil es mir allzu lange dauerte, rief ich meine Yogafreundin Sabine an und fragte, ob sie mich abholen würde. Bei ihr zu Hause musste ich dann natürlich erzählen, was passiert war. Da ich aber ohne Erlaubnis die Klinik verlassen hatte, bestand sie darauf, nochmals hinzufahren, um das Ergebnis zu bekommen. Doch die Untersuchungen waren ohne Befund. Was nun? Ich hatte eine Heidenangst wieder in meine Wohnung zu gehen, auf keinen Fall wollte ich dahin. Also konnte ich bei Sabine übernachten. Am nächsten Morgen schickte sie mich dann zu einer nochmaligen Untersuchung zu ihrem Hausarzt. Dieser war sehr freundlich und verständnisvoll. Er schrieb mich gleich zwei Wochen krank. Mit dieser Krankmeldung in der Tasche sowie meinem Pass und den Reiseschecks fuhr ich dann mit Sabine am Vormittag in die Stadt. Ich hatte ihr erklärt, dass ich eine alte Geschäftskollegin besuchen wollte. In der Nähe des Hauptbahnhofes setzte sie mich ab und ich begab mich zum Bahnhof, um so schnell wie möglich einen Zug nach Frankfurt zu bekommen.

Es gab für mich nur noch ein Ziel: nach Indien zu Dr. Mohan. Im Zug machte ich es mir erst einmal gemütlich und ging in den Speisewagen, um meinen Hunger zu stillen. Weil ich keine Briefmarke zur Hand hatte, legte ich nach dem Essen meine Krankmeldung auf den Tisch, in der Hoffnung irgendjemand würde sie schon weiterleiten. Am Flughafen angekommen, beschlich mich wieder diese schreckliche Angst. Ich fühlte mich beobachtet und verfolgt. Was sollte ich tun? Am sichersten erschien es mir, erst einmal ins Flughafenhotel zu gehen und auszuschlafen. Meine Kreditkarte hatte ich bei mir, auf dem Konto war auch genügend Geld, das war also kein Problem. Das Zimmer war groß, aber irgendwie unheimlich. Trotzdem versuchte ich zu schlafen, doch da war die Angst, welche mich nicht zur Ruhe kommen ließ. Jedes Geräusch auf dem Flur schreckte mich auf, es war nicht auszuhalten. Ich musste noch heute ein Flugzeug nach Indien bekommen. Inzwischen war es fast Mitternacht, als ich das Hotel verließ. Ich ging in die Abfertigungshalle und versuchte einen Flug nach Indien zu bekommen. Doch die einzige Fluggesellschaft, die in dieser Nacht noch in Richtung Osten flog, war eine Quantas-Maschine nach Singapur. „Von da könnte ich nach Madras fliegen und dann mit dem Zug nach Kerala fahren", war meine Überlegung. Als ich dann endlich im Flugzeug saß, war diese Angst immer noch da. Ich ging im Gang an den schlafenden Menschen vorbei und rief: „Ich brauche einen Arzt, ist hier ein Arzt?" Keine Reaktion. Die Stewardess kam und kontrollierte meinen Blutdruck. Der war schon auf 230 gestiegen, was doch ziemlich bedenklich war. Nach einer endlos langen und qualvollen Zeit hatten wir Singapur erreicht. Beim Aussteigen hatte ich das Gefühl, dass man mich zurückhalten wollte, also stellte ich mich ganz nahe an die Tür. Bevor man mich ergreifen konnte, hatte ich das Flugzeug schon verlassen.

Nun war ich also in Singapur und musste versuchen einen Flug nach Indien zu bekommen. Das war nicht so einfach, der Flug nach Madras ging erst am nächsten Morgen. Ich musste die Nacht im Flughafengebäude verbringen. In meinem dicken Wintermantel war es mir viel zu heiß, also trennte ich mich von ihm und den anderen Kleidern und kaufte mir in einem kleinen Geschäft Seidentücher, welche ich mir in der Art eines Saris um den Körper wickelte. Dazu ergatterte ich mir gleich auch noch ein Paar hübsche Sandalen. Endlich wurde der Flug nach Madras aufgerufen. Ich kam meinem Ziel näher. Im Flugzeug befanden sich vorwiegend Inder. Obwohl ich fand, dass die Inder besonders schöne Menschen sind, waren diese hier ausgesprochen hässlich. Ich weiß nicht, woran das lag. Bei der Landung in Madras hatte ich wieder dieses ungute Gefühl, als ob man mich festhalten wollte, also nichts wie raus. Ich rannte die Gangway hinunter und schrie: „My India, my India." Die Inder fanden das sehr lustig. Im Flughafen tauschte ich erst mal den größten Teil meiner Schecks in Indische Rupien um. Diese vielen Scheine passten kaum in meine Tasche.

Nun war ich in Indien angelangt, aber die Angst war immer noch da, was sollte ich tun, wo sollte ich hin? In meiner Verzweiflung rief ich einen Bekannten in Deutschland an. Doch ich hatte das Gefühl, dass meine Situation nicht richtig verstanden wurde, deshalb rief ich kurze Zeit danach meine Kollegin Hanne an. Diese schien meine bedenkliche Lage erfasst zu haben, denn sie sagte mir, dass sie die Botschaft in Madras verständigen würde; ich solle am Flughafen bleiben, man würde mich da abholen. Es war Nacht, die Stunden verstrichen, aber niemand kam. Ich hatte Hunger und Durst, ging ein paar Mal zum Kiosk, um mir etwas zu essen und zu trinken zu holen. Dem Verkäufer war offensichtlich nicht entgangen, dass meine Tasche voll mit Geld gefüllt war. Er fragte mich, ob ich für die Nacht nicht in ein Hotel gehen wolle, er könnte mich dahin bringen. Ich war müde, niemand holte mich ab, also willigte ich ein. Draußen vor dem Flughafengebäude wimmelte es auch noch zu dieser nächtlichen Stunde von Menschen. Der Inder führte mich zu einem Bus, der aber keine Hotelaufschrift trug. Ich stieg ein, gleichzeitig stieg nur noch ein Mann zu, ansonsten befand sich niemand in dem Bus. Diese Situation kam mir doch sehr eigenartig vor, blitzschnell ging mir durch den Kopf, was alles passieren könnte. Bevor die beiden reagieren konnten, war ich auch schon wieder ausgestiegen, um mit eiligen Schritten in der Menge zu verschwinden, was mir auch gelang. Aber jetzt wohin, was sollte ich tun? In einer Ecke gedrängt stehend fiel mir eine Familie auf. Sie schienen mir vertrauenswürdig zu sein. So sprach ich die Frau an und fragte, ob sie mir nicht ein Hotel empfehlen könnte. Sie sagte, dass sie gerade auf den Hotelbus warteten, wenn ich wolle, könne ich gerne mitkommen. In dem Hotel wäre sicher auch noch ein Zimmer für mich frei. Für den Moment war ich erleichtert und freute mich auf ein Bett, in dem ich mein müdes Haupt niederlegen konnte. Der Kleinbus kam, wir stiegen ein und ich hatte erstmals Gelegenheit mir die Menschen anzuschauen, welchen ich mich so vertrauensvoll angeschlossen hatte. Vorne neben dem Fahrer saß ein großer stattlicher Mann, dann waren da zwei Frauen und drei Kinder. Was mir sofort auffiel, waren die kräftigen, strahlend weißen Zähne und die vollen Lippen. Ich erkundigte mich, woher sie kämen. Aus Neu Guinea, war die Antwort. „Wo die Menschenfresser herkommen", ging es mir spontan durch den Kopf. Ich verscheuchte den Gedanken so schnell, wie er gekommen war. Die Fahrt durch die Nacht dauerte schon bedenklich lange. Wir entfernten uns immer weiter von der Stadt und kamen in eine nicht gerade vertrauenserweckende Gegend. Ob wir bald da wären, fragte ich. „Ja, gleich hier um die Ecke, das Hotel Mars." Blutrot leuchtete der Name des Hotels. Ich fröstelte trotz des warmen Klimas. An der Rezeption wurde nur nach meinem Namen gefragt, bezahlen könnte ich am nächsten Tag, länger wollte ich sowieso nicht bleiben. Ein kleiner Muskelprotz zeigte mir das Zimmer. Alles war gefliest und sah überhaupt nicht gemütlich aus, es ähnelte mehr einem Schlachthaus. Ich kontrollierte die Fenster, die man nicht verschließen, sondern nur auf- und zuschieben konnte. Hochparterre, davor eine breite Brüstung, über die man problemlos ins Zimmer einsteigen könnte. Die Zimmertür war ebenfalls nicht zu verschließen und das Licht konnte nur vom Flur aus ein- oder ausgeschaltet werden. Der Boy entfernte sich mit schweren Schritten. Sobald er am Ende des Flurs verschwunden war, versuchte ich schnellstens den Ausgang zu finden. Die ganzen Umstände waren mir so unheimlich, dass ich keine Nacht hier verbringen wollte. Der Flur schien nicht zu enden, da führten plötzlich Treppen mit dem Hinweis „Prayer Room" nach unten. Nein, da wollte ich nicht hin. Dann die Rezeption, der Ausgang. Ich rannte auf die Straße, und bevor ich mich versah, war da eine Motorrikscha, die mich mitnahm. Im Hotel hatte man meine

Flucht bemerkt. Der Busfahrer kam mit dem Bus hinter uns her und wollte mich dazu bewegen, zurückzukommen. Doch um nichts auf der Welt wäre ich noch mal in dieses Hotel gegangen. Ich hatte da so meine eigenen schrecklichen Vorstellungen.

Jetzt gab es nur eine Möglichkeit: zum Bahnhof und mit dem Zug nach Kerala. Es war Mitternacht, als ich mich auf die Suche nach einem Zug nach Kerala machte. Morgens um vier Uhr sollte einer nach Ernakulum fahren. Für 160,00 Rs kaufte ich mir eine Fahrkarte, ein Sitzplatz war jedoch in dieser Nacht nicht mehr zu reservieren. Ich drückte mich auf dem Bahnsteig herum, trank Tee, spendierte den Armen auch einen Tee und wartete auf die Abfahrt. Der Zug war voll mit schwarz gekleideten Pilgern, die einen berühmten Tempel besuchen wollten. Die jungen Männer waren sehr freundlich zu mir, rückten zusammen und boten mir einen Platz an. Inzwischen war es Tag geworden. Wir fuhren durch wunderschöne grüne Landschaften, die Pilger gaben mir zu essen und unterhielten sich mit mir. Für sie war es offensichtlich eine reizvolle Abwechslung, sich mit dieser fremden Frau zu unterhalten, die so viel von ihrer Religion wusste. Als Yogalehrerin habe ich mich zwangsläufig mit dem Hinduismus beschäftigt. Die Bedeutungen der unzähligen Götter wie Shiva, Vishnu, Brahma, Kali, Durga, Hanuman, Devi und Ganesha, um nur einmal die mir geläufigsten zu nennen, und nicht zu vergessen „Brahman", die oberste Gottheit, welche mit unserer Vorstellung von Gott gleichzustellen ist. Der Begriff „Brahmanen", die höchste Kaste der Inder, wird davon abgeleitet. Die Strecke schien kein Ende zu nehmen. Es wurde dunkel, wir mussten wohl bald in Ernakulam sein, als ich plötzlich ein würgendes Gefühl in der Magengegend verspürte und gleichzeitig das starke Bedürfnis hatte, die Toilette aufzusuchen. Auf dem Weg dorthin musste ich mich übergeben und bekam gleichzeitig Durchfall, es war nicht aufzuhalten. Auf der Toilette angelangt versuchte ich, mich der verschmutzten Kleider zu entledigen, um sie auszuwaschen, doch bevor es dazu kam, entglitt das glitschige Zeug meinen Händen und verschwand im offenen Abflussrohr der Toilette. Alles war auf einen Schlag weg. Die

Travellershorts mit dem Geld und dem Pass, alles auf den Schienen der indischen Eisenbahn in der Nacht auf Nimmerwiedersehen verschwunden! Ich war nur noch mit einer knielangen schwarzen Bluse bekleidet. Es klopfte an die Tür, der Schaffner wollte meinen Fahrschein sehen. Ich hatte keinen mehr, was sollte ich tun? Inzwischen war mir dermaßen schlecht und elend zumute, dass ich mich kaum auf den Beinen halten konnte. Verzagt öffnete ich die Tür. Wir waren inzwischen in Ernakulum angekommen, wo man mich mit harten Worten aufforderte, den Zug zu verlassen. Doch ich wollte nicht Folge leisten. So schlugen mich die Beamten mit Stockschlägen aus dem Zug. Ich war zu schwach, um zu gehen, so schleiften sie mich an Armen und Beinen über den Bahnsteig. Dabei zerriss dann auch noch die Bluse und hing in Fetzen an mir herunter, bis ich völlig nackt war.

Immer noch nackt lag ich auf dem Zellenboden. Das Einzige, das ich hatte, war unendlich viel Zeit. Zeit, darüber nachzudenken, wie ich in diese hoffnungslose Situation gekommen war. Draußen war es eigentümlich still, es schien spät am Nachmittag zu sein. Mensch und Natur dösten vor sich hin. So ging auch ich wieder mit meinen Gedanken auf die Wanderschaft. Wohin führten sie mich? Weit, weit zurück. Ein halbes Jahrhundert zurück.

Ich sah mich als kleines Mädchen auf einem weiß lackierten Stühlchen neben meinem kleinen Bruder im Hof meiner Großeltern in der Sonne sitzen. Die ländliche Stille gab mir ein Gefühl von Geborgenheit, alles war rein und klar. So hat es sich jedenfalls in meiner Erinnerung eingeprägt. Als ich fünf war, kündigte sich ein weiteres Kind an, und wir zogen aus Platzgründen zur anderen Oma in den Nachbarort. Dort war es auch schön. Durch das Dorf floss ein kleiner Bach, an dessen Ufer wir Kinder stundenlang auf dem Bauch lagen, um mit bloßen Händen kleine Stichlinge zu fangen. Zu Hause angekommen, gab es dann meistens Schläge, weil wir mit beschmutzter Kleidung nach Hause kamen. Dabei schrie mein Bruder immer wie am Spieß, was unsere Mutter veranlasste, nur noch mehr zuzuschlagen. Ich hatte mir nach einiger Zeit meine eigene Strategie zugelegt, indem ich die Zähne zusammenbiss und nicht mehr schrie, wenn sie mich schlug. Das hatte offensichtlich Wirkung, sie geriet nicht mehr so sehr in Wut und hörte auf, mich zu schlagen. Bei meinem Bruder hat das nicht so geklappt, er bekam regelmäßig aus allen möglichen und unmöglichen Anlässen seine Prügel. Einmal mit der bloßen Hand, dann mit dem Teppichklopfer. Einige Kochlöffel wurden im Laufe der Zeit ebenfalls auf seinem Hintern abgebrochen. Er war aber auch ein ganz eigensinniges, egoistisches Kind. Ich war selbst noch ein Kind, sah aber, dass meine Mutter mit dieser Erziehungsmethode nicht weiterkam. Trotz allem waren wir fröhliche, gesunde Kinder. Den Sommer durfte ich regelmäßig bei der „Oma Bizza", so nannten wir sie, verbringen. Obwohl da keine anderen Kinder waren, hatte ich nie Langeweile. Im Garten hockend formte ich aus Erde und Wasser kleine Kuchen und verzierte sie mit Blümchen und bot sie nicht vorhandenen Kunden zum Kauf an – ein Kinderspiel.

Ganz besonders interessant war es, wenn ich Opa mit dem Fahrrad in den Wald begleiten durfte. Als Jäger kannte er sich im Wald aus wie in seiner Westentasche. „Schau, hier ist ein Wildwechsel, da ist ein Fuchsbau", so machte er mich auf vieles aufmerksam. Unterwegs erzählte er mir so allerlei Jägerlatein. Ich wusste schon, dass diese Geschichten nicht so ganz der Wahrheit entsprachen, dennoch hörte ich ihm immer aufmerksam zu. Besonders die Geschichte mit den tausend Schnepfen, welche er bei einer Jagd geschossen haben wollte, ist mir in Erinnerung geblieben. Als wir dann auf den Hochstand geklettert waren, sagte Opa: „Richtig heißt der Hochstand ‚Kanzel'." Dann haben wir unser Vesperbrot ausgepackt und Weinschorle getrunken. Nach langem Warten kamen in der Abenddämmerung die Rehe zum Äsen auf die Lichtung. Atemlos schaute ich durch das Fernglas und beobachtete diese schönen Tiere.

Was war das? Ein blechernes Geräusch drang in mein Ohr. Ich schreckte auf. Öffnete die Augen. Kein Wald, keine Rehe, in einer Zelle befand ich mich. Die Wärterinnen brachten das Abendessen. Sambar and Tschore auf einem runden Tablett mit Rand, aus Metall. Jeden Mittag und jeden Abend das Gleiche und immer so scharf, dass ich es fast nicht essen konnte. Nach dem Essen gab es dann noch diese Pillen, von denen ich nicht wusste, ob sie mir nutzten oder schadeten. Danach wurde das Licht in der Zelle ausgemacht, nur die Laternen auf dem Weg brannten noch. Nun kam die Zeit der Moskitos, mit leisem Summen flogen sie heran, und bevor ich sie töten konnte, hatten sie schon zugestochen. Ich rollte mich auf dem Boden zusammen, damit sie nicht so viel Angriffsfläche hätten, aber es nutzte wenig. Um mich abzulenken, versuchte ich meinen Kindheitstraum, aus dem ich so jäh gerissen worden war, weiterzuträumen.

Die Sommertage bei Oma und Opa vergingen viel zu schnell. Im April begann die Schulzeit. Der Lehrer war steinalt, mein Vater war schon zu ihm in die Schule gegangen, dennoch war er in der Lage, uns Lesen und Schreiben beizubringen. Ich lernte schnell und leicht, deshalb machte es mir große Freude in die Schule zu gehen. Als ich lesen konnte, gab es nichts Schöneres für mich, als meine Nase in die Bücher zu stecken. Ich könnte nicht sagen, dass mich nur ein bestimmtes Thema interessiert hat, nein, alles, was mir in die Finger kam, wurde gelesen, sehr zum Leidwesen meiner Mutter, als sie mich in die Hausarbeit mit einbeziehen wollte und ich das Buch nicht aus der Hand legte, bevor es ausgelesen war. Dann meldete sich wieder ein Kind an, das vierte. Das bedeutete, ich durfte auf das kleine Nachbarskind nicht mehr aufpassen, wo ich doch wöchentlich eine Mark und eine Handvoll klebriger „Gutsel" bekam. Stattdessen musste ich nun auf das Schwesterchen aufpassen, ohne Geld. Als Kind war jede Jahreszeit für mich schön. Im Frühling durften wir barfuß durch die grünen Wiesen waten, im Sommer badeten wir am nahe gelegenen Bach und im Winter, wenn Schnee lag, sind wir Schlitten gefahren. Mein Herz schlug immer höher, wenn mein Schulkamerad Ernst auch da war. Dann nahm er mich auf seinem Schlitten mit und wir rodelten mit lautem Hurra den Hang hinunter. Einmal hatte ich mich zu einem Treffen verspätet. Meine Schwester erzählte mir später, dass er gesagt hätte, als er mich erblickte: „Jetzt, wo ich kalte Hände habe, kommt sie!" Was auch immer das zu bedeuten hatte, irgendwie fühlte ich mich geschmeichelt und habe es nie vergessen. Die Zeit verging. Ich ging nun schon in die fünfte Klasse und sehr zu meinem Leidwesen durfte ich nicht das Gymnasium besuchen, obwohl ich nur Einser und Zweier im Zeugnis hatte. Meine Eltern begründeten es damit, dass wir eine Arbeiterfamilie wären und sie kein Geld für einen Schulbesuch und späteres Studium hätten. Außerdem sei ich ein Mädchen und würde sowieso mal heiraten. Aus, basta, da gab es keinen Widerspruch. Ich dürfte einmal einen Beruf lernen, das müsste genügen. So habe ich mich umso mehr hinter meinen Büchern vergraben, die ich mir in der Schulbibliothek auslieh. Ich hatte kein Geld, um welche zu kaufen, da wir auch kein Taschengeld bekamen. Ich hätte es nicht gewagt, meine Eltern um Geld für ein Buch zu bitten, wusste ich doch, dass das Geld knapp war und meine Mutter schon Tage vor dem Zahltag meines Vaters kein Geld mehr hatte. Jedes Mal gab es darum Streit. Immer haben sie gestritten, nie war da ein vernünftiges Gespräch. Wir mussten gehorchen, und wenn wir das nicht taten, wurden wir bestraft. Ein gutes Wort zur rechten Zeit, so etwas gab es nicht.

Ich erwachte, draußen war es noch dunkel, wie spät war es wohl, ich hatte keine Ahnung. Hatte ich geträumt? Ach nein, das waren die Erinnerungen an meine Kindheit, welche mich vor dem Einschlafen beschäftigt hatten. Weil ich nicht mehr einschlafen konnte, setzte ich mich in eine Ecke der Zelle und versuchte die Erinnerung an diese Zeit so schnell wie möglich an mir vorüberziehen zu lassen.

Bis dahin war alles schön und unbeschwert, doch was dann kam, warf einen dunklen Schatten über mein junges Leben. Ich durfte damals nicht darüber reden und will es eigentlich heute auch nicht. Dennoch war es ein solch gravierendes Ereignis, dass ich es nicht einfach ignorieren, geschweige denn aus meinen Gedanken streichen kann. Es fing an, als meine Mutter wieder schwanger wurde, das fünfte Kind hatte sich angemeldet. Die Wohnung wurde zu klein, deshalb wurde bei der anderen Oma im Haus das Dachgeschoss für die Kinderzimmer ausgebaut. Wir zogen um, der kleine Bruder kam, der große Bruder bekam ein Zimmer, die beiden Schwestern eines zusammen und ich bekam auch ein eigenes Zimmer. Darauf freute ich mich sehr, denn dann hätte ich einen Schlüssel und könnte die Türe schließen, damit ich nicht bedrängt würde. Aber es gab keinen Schlüssel. Es gab aber auch keine Menschenseele, der ich mich hätte anvertrauen können. Was da geschah, bedrückte mich derart, dass ich meine Zuflucht im Glauben suchte. Ich betete, weinte und sprach zu Gott, er solle mir doch helfen und diesem Geschehen ein Ende machen. Er hat mich nicht erhört. Erst nach langer Zeit, als mein Widerstand immer größer wurde, hat es aufgehört. All das, was gegen meinen Willen mit mir gemacht wurde, habe ich versucht, in eine Schublade zu schieben und diese nie mehr aufzumachen.

So hatte ich mir das vorgestellt, damit mein Leben in normalen Bahnen verlaufen konnte. Schon als Kind mangelte es mir nicht an Hilfsbereitschaft. Das mag mich veranlasst haben, beim Roten Kreuz einen Erste-Hilfe-Kurs zu besuchen. Ich war gerade mal dreizehn Jahre alt und ich war wie besessen von dem Gedanken anderen zu helfen. So wie es Henry Dunant damals bei der Schlacht von Solferino getan hatte. Nach dem Kurs schloss ich mich dem Jugendrotkreuz an. Der Leitspruch war „Ich diene" sowie jeden Tag eine gute Tat zu vollbringen und ich war ehrlich bemüht diesen Forderungen auch gerecht zu werden. Die wöchentlichen Gruppenstunden waren die einzige Abwechslung im dörflichen Leben, abgesehen von den sonntäglichen Kirchgängen natürlich. Wir waren eine gemischte Gruppe und hatten immer viel Spaß, sei es beim Üben des Kornährenverbandes, beim Fahrtenliedersingen oder einfach nur beim geselligen Beisammensein. Im kommenden Sommer ging es dann ins Zeltlager. Wochenlang vorher wurden schon Vorbereitungen getroffen. Was nehme ich mit und in welchem Gepäckstück nehme ich es mit, in der Reisetasche oder im Koffer? Meine Eltern waren der Meinung, es müsse ein Rucksack sein. Meine Freundin, die Tochter des Försters, wollte den Rucksack ihres Vaters nehmen und ich nahm dann eben den alten schäbigen Rucksack vom Opa. Der Abreisetag rückte näher, wir kamen zum verabredeten Treffpunkt und siehe da, niemand außer uns hatte einen Rucksack. Ich schämte mich so fürchterlich, bis zum heutigen Tag ist für mich ein Rucksack wie ein rotes Tuch. Im Zeltlager war es klasse. Eines Tages bekam meine Freundin Besuch von ihrem Brieffreund. Weil sie sich aber im Lager in einen Franzosen verliebt hatte, passte ihr der Freund nicht in den Kram. Also drückte sie ihn mir aufs Auge, was mir gar nicht unrecht war. Er sah nämlich umwerfend gut aus, sportliche Figur, schwarze Locken und wunderschöne Augen, so richtig zum Verlieben. Bisher war ich noch nie verliebt gewesen. Wir gingen miteinander spazieren, da Waltraud verhindert war. Die Sonne schien, wir gingen Hand in Hand den Waldweg entlang. Auf einer Lichtung blieb er stehen, nahm mich in die Arme und bog sachte meinen Kopf nach hinten. Ich schaute in seine Augen, die Wimpern waren rabenschwarz und dicht, er lächelte mich an, zeigte dabei seine weißen blitzenden Zähne und dann küsste er mich, wieder und immer wieder. Es war traumhaft, ich schloss auch nicht die Augen, nein, ich wollte ihn dabei ansehen. So schön hatte ich mir Küssen im Traum nicht vorgestellt. Später schrieben wir uns heimlich Briefe. Einmal traf ich ihn auch ohne Wissen meiner Eltern. Als er dann aber intim mit mir werden wollte, wehrte ich ängstlich ab, denn da zogen Bilder herauf, die ich lieber nicht sehen wollte.

Inzwischen war es Tag geworden. Welcher Tag? Ich wusste es nicht. Alles, was ich hier zu erwarten hatte, war das Essen. Ich ging ans Gitter und sah, wie die Frauen gerade das Frühstück in Eimern herbeischleppten. Lustlos aß ich auf dem Boden und würgte den undefinierbaren Brei hinunter. Nach dem Frühstück wurde es dann interessant. Die Zellentüren wurden aufgeschlossen und die Frauen, eine nach der anderen, wurden mit kleinen Weidestöckchen über den Hof getrieben. Nach einer Weile kamen sie dann in anderen Kleidern zurück. Dann kam ich dran. Sie öffneten die Zellentür. Ich sollte mitkommen. Inzwischen hatte sich bei mir eine solche Gleichgültigkeit meinem Schicksal gegenüber eingestellt, dass ich widerstandslos folgte. Ach, so war das, ein Badehaus, mehrere große Becken waren mit Wasser gefüllt, die Frauen standen davor und gossen mit Eimern das Wasser über sich, manche hatten auch Seife, aber nicht alle. Was sie dann anschließend zum Anziehen bekamen, waren schlichtweg Lumpen, in verschiedenen Farben, natürlich ungebügelt. Wie das aussah! Es war so grotesk, dass ich beinahe lachen musste. Dazu kam noch, dass die Frauen ja alle psychisch krank waren und eine entsprechende Mimik und Gestik hatten. Ja, ich war in einem Irrenhaus, aber eins der besonderen Klasse. Für mich stellte sich das Kleiderproblem nicht, da sie mir ja noch immer nichts zum Anziehen gegeben hatten. Also nackt zurück in Zelle 81. Es gab nichts, womit ich mich beschäftigen konnte, außer mit meinen Gedanken. So begab ich mich wieder auf die Reise.

Im nächsten Zeltlager erlebte ich dann die erste große Liebe, im wahrsten Sinn des Wortes. Er war 1,85 m groß, ich dagegen 30 cm kleiner. Wir sahen schon lustig zusammen aus, aber das störte uns nicht, ganz im Gegenteil: Wir waren so verliebt, dass wir den Spott gerne ertragen haben. Ich bekam von der Gruppe sogar den Spitznamen „Glücklich" und das war ich auch. Meine Eltern haben dann natürlich auch davon erfahren und haben ein riesengroßes Theater daraus gemacht. „Du bist erst sechzehn und der Kerl ist schon neunzehn, außerdem ein ‚Flüchtlingsbub', schlage dir den mal aus dem Kopf!", schrien sie mich an. Erst recht wollte ich nicht von ihm lassen. Wir trafen uns heimlich und er schrieb mir wunderschöne Liebesbriefe. So ging das ungefähr zwei Jahre. Er ging zur Bereitschaftspolizei und sprach zu mir von Heirat. Das ginge aber nur, wenn ich schwanger wäre. Für mich stellte die Sexualität immer noch ein großes Problem dar und heiraten müssen wollte ich auf keinen Fall. Die große Liebe scheiterte an meinem Widerstand. Zum Abschied schrieb er mir dieses Gedicht:

Die, du mein Leben warst, beginn ein neues Leben,
was einst mein Reichtum war, sei andern hingegeben,
oh, holde Blume du, erglänz im Sonnenschein
und denk auch einmal des, der fern ist und allein.

IV

Nach meiner Ausbildung als technische Zeichnerin – die praktische Prüfung hatte ich mit der Note 1 bestanden – hat mich die Firma weiterbeschäftigt. Die Arbeit machte mir Freude, und als dann in den Sommerferien ein neuer Mitarbeiter eingestellt wurde, begann für mich eine interessante Zeit. Nachdem ich mit ihm ins Gespräch gekommen war, stellte sich heraus, dass er aus Madras/Südindien kam, an der Uni promovieren wollte und sich jetzt in den Semesterferien etwas Geld verdiente. Wir saßen im gleichen Büro, so hatten wir genügend Gelegenheit für angeregte Gespräche. Natürlich interessierte es mich brennend, so viel wie möglich über Indien zu erfahren. Schon als Kind war ich entzückt, wenn ich Fotos von Inderinnen in ihren wunderschönen Saris sah. Die Umrisse des Landes musste ich in Erdkunde einmal aufzeichnen, herzförmig, so hat es sich mir eingeprägt. Nun einem leibhaftigen Inder gegenüberzusitzen, das war schon etwas Besonderes. Geduldig hat er mir in ausgezeichnetem Deutsch alle meine Fragen beantwortet und viel von sich und seiner Familie erzählt. Einen derart interessanten Mann hatte ich in meinem ganzen jungen Leben noch nicht kennengelernt. Ich war ja erst achtzehn, was wusste ich schon von der Welt und den Menschen. Jeder Tag, an dem ich mich mit ihm unterhalten konnte, war mir eine Freude. Dann machte er mir den Vorschlag, einmal zu ihm nach Hause zum indischen Essen zu kommen. Er wollte für uns beide kochen. Selbstverständlich habe ich diese Einladung gerne angenommen, aber was sage ich zu Hause, wenn ich nicht wie üblich mit dem Zug um achtzehn Uhr heimkomme? Ohne einen triftigen Grund nicht zum Abendessen zu erscheinen – das war unmöglich. Also informierte ich meine Mutter über die bevorstehende Einladung. Sie wollte jedes noch so kleine Detail über diesen Mann wissen. Ausländer, das war der Punkt, dann kam die Standpauke: „Wenn du zu diesem Mann gehst, dann will er etwas von dir, du bekommst ein Kind und er haut ab!" Das waren ihre Worte. Hoch und heilig musste ich ihr versprechen anständig zu bleiben, nur so bekam ich die Erlaubnis bis neun Uhr auszubleiben, länger nicht. Am Tag der Einladung gingen wir nach Feierabend zuerst die entsprechenden Lebensmittel einkaufen und dann zu Fuß durch die Stadt zu seinem Apartment. Er hatte mir schon zuvor über sein spärlich eingerichtetes Apartment berichtet. In der kleinen Küche fing er dann sogleich mit den Vorbereitungen für das Essen an. Ich durfte zusehen. Noch nie vorher hatte ein Mann für mich gekocht. Da ich selbst sehr gerne an jedem Wochenende zu Hause kochte, war ich natürlich sehr daran interessiert, wie die Inder kochen. Ganz neu waren für mich die vielen Gewürze, einige Namen hatte ich noch nie gehört. Rajan erklärte mir, wie und in welchen Mengen die Gewürze, die er aus Indien mitgebracht hatte, verwendet wurden. Das Gericht nannte er Indisches Reisfleisch, bestehend aus Reis, Hackfleisch, Pilzen und eben diesen besonderen Gewürzen. Ein köstlicher Duft zog durch den Raum, während das Gericht garte. Als er das Essen servierte, glich das einer heiligen Handlung. Nach den ersten Bissen hätte ich fast Feuer gespien, es brannte so stark in Mund und Rachen, dass mir die Tränen kamen. So scharf hatte ich noch niemals zuvor gegessen. Trotz allem schmeckte es unheimlich interessant, schon deshalb ließ ich mir nichts weiter anmerken und aß artig weiter. Nach dem Essen zeigte er mir Dias von der Hochzeit seiner Schwester in Madras unter Palmen. Dieses fremde exotische Land beeindruckte mich sehr, hatte ich doch schon als Kind Sehnsucht nach der fernen weiten Welt. Hier stand sie in Bildern vor mir. Ich gab meiner Begeisterung und auch meiner Sehnsucht nach Indien deutlich Ausdruck. Im Laufe der Unterhaltung ließ mich Rajan aber wissen, dass er keine deutsche Frau, auch mich nicht, mit nach Indien nehmen würde. Das hat mich natürlich jäh aus meinen Träumen gerissen. Ich schaute ihn ganz unglücklich an, worauf er vorsichtig meine Hand in die seine nahm und aufmerksam die Innenseite meiner Hand betrachtete. Ich fragte: „Was siehst du da?" Worauf er erwiderte: „Ich sehe, dass du eine sehr empfindsame Menschenseele bist und ein Geheimnis mit dir trägst, an dem du eines Tages fast zu zerbrechen drohst. Da du aber über eine große geistige Kraft verfügst, wirst du alle Gefahren, die dir im Laufe eines ereignisreichen Lebens widerfahren werden, meistern!" Dann sagte er noch einen bedeutenden Satz: „Deine Lebenslinie ist unterbrochen." Ich fragte ihn, was das zu bedeuten hätte, doch er wollte oder konnte mir darauf keine Antwort geben. Er nahm mich zärtlich in seine Arme und dann kam, was kommen musste, er wollte mit mir ins Bett. Mit großer Überzeugungskraft erklärte ich ihm, dass ich unter diesen Umständen keine intime Beziehung mit ihm eingehen würde. Er würde ja nach der Promotion in sein Land zurückgehen und mich dann hier allein zurücklassen. Er schaute mich voller Bewunderung an und sagte: „Iris, du bist nicht achtzehn." Damit war die Situation geklärt und bis zum Ende des Sommers hatten wir weiterhin ein freundschaftliches Verhältnis. Danach verschwand er für immer aus meinem Leben. Doch meine Sehnsucht nach Indien ist geblieben.

V

Inzwischen war ich Gruppenleiterin im Jugendrotkreuz. Wir fuhren im Sommer 1966 ins Zeltlager an die Ostsee. Für alle meine Jungs und Mädels war das die erste große Reise, direkt ans Meer, wir waren begeistert. Sehr bald stellte sich heraus, dass der Lagerleiter, „Käpten" genannt, sehr gerne meine Gesellschaft suchte. Einmal lud er mich ein, ihn in seinem kleinen Wagen nach Eckernförde zu begleiten. Ich nahm die Einladung natürlich gerne an. Nach seinen Erledigungen gingen wir in ein Café und er erzählte mir von seinem Leben. Er wäre geschieden, die Frau hätte ihn betrogen, sein kleiner Sohn lebe bei der Mutter. Das hat mich schon mal sehr gerührt. Von nun an suchte er meine Gegenwart so oft, es ihm möglich war, und ich genoss es in vollen Zügen. Er war sehr gebildet und fragte mich manchmal nach Dingen, von denen ich noch nie vorher etwas gehört hatte und die ich ihm beim besten Willen nicht beantworten konnte. Das schien ihn aber nicht zu stören. Als die Ferienzeit zu Ende war, standen wir alle mit betrübten Gesichtern am Bahnhof, denn die anderen Mädels hatten sich, genau wie ich, ebenfalls verliebt. Wir schrieben uns Briefe und im Herbst kam er zu Besuch, um meine Eltern kennenzulernen. Da er die Aussicht hatte, bald zum Polizeikommissar befördert zu werden, hatten meine Eltern natürlich nichts gegen diese Verbindung einzuwenden. Er reiste wieder ab. Wir hatten regen Briefverkehr. Der Winter kam, doch an Weihnachten konnte er nicht kommen, weil es sein Dienstplan angeblich nicht zuließ. Ich ging meiner Arbeit nach, doch das Projektieren von Heizungen ging mir irgendwie nicht mehr so recht von der Hand, alles machte mir Mühe, ich hatte keine Freude mehr. Seine Briefe kamen auch nicht mehr so regelmäßig, und wenn welche kamen, fühlte ich mich vom Inhalt und den Fragen so überfordert, dass ich mir wie ein dummes kleines Mädchen vorkam. Manchmal saß ich tagelang mit gebeugtem Kopf über meinen Plänen, ohne etwas zustande zu bringen. Ich wunderte mich nur, dass mein Chef das nicht bemerkte. Auch zu Hause nahm niemand von meiner nachlassenden Lebensfreude Notiz. Es gab auch keinen, dem ich mich hätte anvertrauen können oder wollen. Mühsam schleppte ich mich von einem Tag zum anderen. Die Gedanken wurden immer düsterer, ich wollte nicht mehr leben. Eines Nachmittags, als ich alleine in meinem Büro war, der Chef hatte auf der Baustelle zu tun und die Kollegen saßen in separaten Zimmern, nahm ich eine Rasierklinge und versuchte mir die Pulsadern zu öffnen. So einfach war das aber nicht. Scheinbar war die Klinge zu stumpf und ich zu blöd für solch ein Unterfangen. Ein circa 2 cm langer, nicht zu tiefer Schnitt war das Ergebnis, zu wenig zum Sterben. In meiner Verzweiflung rannte ich ins Büro eines lieben Kollegen, zeigte ihm den Schnitt, den er, ohne viel zu fragen, fachmännisch verband. Sein Angebot, mich nach Hause zu fahren, wollte ich zuerst nicht annehmen, denn meine Eltern sollten das auf keinen Fall erfahren. Horst schlug vor, bevor er mich nach Hause bringen würde, eine halbe Stunde spazieren zu gehen, damit ich ihm erzählen konnte, wie es zu dieser Verzweiflungstat gekommen war. Mit ihm war es einfach über mein Problem zu reden, er machte mir Mut, und hinterher war es mir dann auch tatsächlich leichter ums Herz. Zu Hause merkten sie nichts – das Leben ging weiter. Bald stand der Sommer wieder vor der Tür und somit wieder Zeltlager in Eckernförde. Der „Käpten" war auch in diesem Jahr wieder Lagerleiter. Ein Wiedersehen, dem ich mit Bangen entgegensah. Doch es kam anders. Alles war eitel Freude, Sonnenschein, und als die Ferien zu Ende gingen, fragte er mich, ob ich seine Frau werden wollte. Ich sagte nicht Nein und er schlug vor, dass wir uns im Herbst, wenn er mich wieder besuchen komme, verloben sollten. Nun hatte mein Leben wieder einen Sinn bekommen. Ich freute mich darauf, mit diesem Mann an meiner Seite beschützt durchs Leben zu gehen. Heimlich bereitete ich alles für die Verlobung vor, niemand sollte etwas davon wissen, wir wollten meine Eltern, Geschwister und Freunde damit überraschen. Wir verlobten uns am 11.11.1967. Keiner von uns dachte an einen Faschingsscherz. Zum Jahreswechsel sollte ich nach Eutin kommen, bei ihm wohnen und mir eine Arbeitsstelle suchen. So war es zwischen uns abgesprochen und ich freute mich darauf, aus der „dörflichen Idylle" endlich einmal herauszukommen. Mitte Dezember wurde ich krank, eine Unterleibsentzündung, der Frauenarzt schrieb mich ein paar Tage krank. Ich lag im Bett, als eines Morgens wutentbrannt meine Mutter ins Zimmer stürmte und mich anschrie, Faulenzer hätten unter diesem Dach nichts zu suchen. Ich solle meine Sachen packen und verschwinden. Unter diesen Umständen wollte und konnte ich auch nicht mehr bleiben. Nichts wie weg, zu meinem Verlobten nach Eutin.

Am nächsten Morgen fuhr ich mit meinen Habseligkeiten in Richtung Norden. Als ich spät abends ankam, berichtete ich, was vorgefallen war. Ich hatte doch nur noch den Wunsch nach Liebe und Geborgenheit. Nachdem ich mich etwas akklimatisiert hatte, ging ich auf Arbeitssuche. Ich hatte Glück, ein Ingenieurbüro wollte mich zum 2. Januar einstellen. Doch es kam anders, die Tage waren trübe und leer. Mein Verlobter ging zum Dienst und abends hatte er auch oft noch irgendwelche Verpflichtungen. Ich war einsam und traurig. Kurz vor Weihnachten brachte ich die Wohnung und die Schränke in Ordnung. Plötzlich hatte ich seine Scheidungsakte in den Händen und ich sah keinen Grund, weshalb ich sie nicht lesen sollte. Schließlich hatte mein Verlobter ja ganz offen mit mir darüber gesprochen. Doch was ich da las, stimmte nicht mit dem überein, was er mir berichtet hatte. Nach seiner Aussage hat er sich scheiden lassen, weil seine Frau ihn betrogen hatte. Hier stand aber schwarz auf weiß, dass er ebenfalls ein außereheliches Verhältnis gehabt hatte und deshalb die Ehe aus beiderseitigem Verschulden geschieden wurde. Er hatte mich schamlos belogen. Eine Welt brach für mich zusammen. Wie könnte ich diesem Menschen jemals wieder vertrauen, geschweige denn mit ihm leben. Alles schien mir damit zu Ende zu sein, ich wollte nicht mehr leben. Ich schrieb einen Abschiedsbrief, zog meinen Mantel an und verließ das Haus. Ziellos ging ich durch die winterlichen Straßen, zur Stadt hinaus an den See.

Der See war zugefroren, wie sollte ich mir das Leben nehmen an einem zugefrorenen See? Ich setzte mich auf eine Bank nieder, unfähig einen klaren Gedanken zu fassen. Mit der Zeit fühlte ich mich etwas besser. Langsam wurde es dunkel und ich machte mich schweren Herzens auf den Rückweg. Mein Verlobter nahm mich kreidebleich in Empfang. Eine ganze Hundertschaft hätte nach mir gesucht. Ich zweifelte an der Wahrheit dieser Aussage. An diesem Abend unterhielten wir uns lange. Aus dieser besonderen Situation heraus erzählte ich ihm auch, was mir in meiner Kindheit von meinem Vater angetan worden war und wie sehr ich darunter gelitten hatte und dass ich mit niemandem darüber reden durfte und konnte. Es war ein schweres Kreuz, das mir mein Vater aufgeladen hatte, es war zu schwer, um es alleine zu tragen. Ich war in einer sehr schlechten psychischen Verfassung. Ohne mein Wissen hatte mein Verlobter meine Eltern verständigt.

Zwei Tage später standen sie vor der Tür. Als ich sie sah, bekam ich einen Schreikrampf. Schnell wurde eine Ärztin geholt, die mir gegen meinen Willen eine Spritze gab. Am nächsten Tag nahmen sie mich mit nach Hause. Einen Tag später wollten sie mich nach Heidelberg in die Klinik bringen. Mein Bruder fuhr das Auto, ich saß neben ihm, auf dem Rücksitz saß meine Mutter. Kurz vor einem Hinweisschild „nach Heidelberg 8 km" bog mein Bruder rechts ab. Ich sagte: „Wo fährst du denn hin, hier geht es doch nicht nach Heidelberg?" Er sagte, das wäre eine Umleitung. Wir hielten vor einem hässlichen alten Backsteingebäude und gingen hinein. Ich bekam zur Unterschrift ein Formular. Links unten stand: „Wiesloch, den 26. 12. 1967." Ich setzte meine Unterschrift darunter und sagte nur: „Habt ihr es also geschafft!" Es war entsetzlich. Sie hatten mich in die schlimmste Psychiatrie des ganzen Landes gebracht. Ich befand mich in einer geschlossenen Abteilung, bekam Medikamente und bewegte mich wie ein Schlafwandler, als ich das Bett verlassen durfte. Ich wusste nicht, wie viele Tage ich geschlafen hatte; die Ärzte nannten es Heilschlaf. Die Nächte mit den fünf alten Frauen im Zimmer waren ebenfalls ein Albtraum. Die eine schrie jede Nacht nach ihrem „Ami" in Vietnam. „Wenn se mir moin

Ami in Vietnam dodschieße", jammerte sie ununterbrochen in ihrem Mannheimer Dialekt. Doch nicht genug, das alte Mütterchen neben mir beschäftigte sich mit dem Sterben und rief in einem fort: „Noi, i will ned uf de Kärchhof, noi i will ned uf de Kärchhof." Keine Nacht konnte ich ruhig schlafen. Dann lag da die kleine Italienerin in ihrem Bett auf dem Flur und wimmerte, während sie sich mit den Händen an die Schläfen fasste: „Nix Schock, nix Schock." Davor hatte ich natürlich auch Angst, hoffentlich keinen Elektroschock. Strom durch den ganzen Körper, nein, das wollte ich auf keinen Fall. Glücklicherweise wurde ich davon verschont, offensichtlich hielten es die Ärzte bei mir nicht für notwendig. Dafür wurde ich mit Haloperidol vollgepumpt.

Eines Tages kam dann mein Verlobter aus Norddeutschland zu Besuch. Der Zweck seines Kommens war, die Verlobung zu lösen. Es wäre nicht gut, eine Blume wie mich zu verpflanzen, waren seine Worte. Das konnte mich nun auch nicht mehr erschüttern, denn mit diesem Mann wollte ich mein Leben sowieso nicht mehr verbringen. Langsam trat eine Besserung meiner psychischen Gesundheit ein und ich bekam nach vier Wochen Tagesurlaub. Am besten verstanden und angenommen fühlte ich mich bei einem Besuch von meiner Oma. Sie steckte mir etwas Geld zu, welches ich gegen die Vorschriften am Abend in der Klinik nicht abgab. Inzwischen hatte ich eine Stunde Ausgang, das heißt, ich durfte auf dem Gelände spazieren gehen. Diese Stunde nutzte ich, um am nächsten Tag mit der Straßenbahn nach Heidelberg und dann mit dem Zug nach Karlsruhe zu fahren. Das Geld von Oma machte es mir möglich. In Karlsruhe angekommen ging ich zu meiner ehemaligen Firma. Die Chefsekretärin konnte mich schon immer gut leiden und ich erzählte ihr, dass ich aus der Psychiatrie geflüchtet war. Mir war klar, dass ich Medikamente brauchte, ich wusste auch welche. Sie schickte mich zu einem Psychiater in der Stadt. Auf die Frage, wo meine Entlassungspapiere wären, erklärte ich dem Arzt: „Die werden noch mit der Post geschickt." Er verschrieb die von mir angegebenen Medikamente. Ich ging zur Apotheke und fuhr dann mit dem Zug nach Hause. Inzwischen war es Abend geworden, mein Bruder öffnete die Tür und sah mich an, als ob ein Geist vor ihm stünde. Niemand freute sich über mein Erscheinen, es gab ein riesengroßes Theater. Sie wollten mich sofort zurück in die Anstalt bringen. Mit allen möglichen Argumenten versuchte ich sie zu überzeugen hierbleiben zu dürfen. Als dann aber noch die Polizei kam und mich abholen wollte – inzwischen hatte man in Wiesloch mein Verschwinden bemerkt –, weigerte ich mich mitzukommen. Da mich die Polizei nicht mit Gewalt abführen konnte oder wollte, machten die Beamten den Vorschlag mit dem behandelnden Arzt zu telefonieren. Wir hatten zu dieser Zeit noch kein Telefon, also ging mein Vater mit mir zur Telefonzelle. Er sprach mit dem Arzt, danach sprach ich mit dem Arzt. Er wollte mich davon überzeugen, zurückzukommen. Ich wollte zu Hause bleiben und konnte ihn schließlich umstimmen mit der Zusicherung, dass ich wieder kommen würde, wenn sich mein Zustand verschlechtern würde. Geschafft! Ich musste nicht mehr in die „Klapsmühle" zurück. Die Polizisten zogen unverrichteter Dinge ab. Nun war ich zu Hause, aber es war über eine lange Zeit ein trauriges Dasein.

Wie lange ich mit meinen Gedanken auf Reisen gewesen war, wusste ich nicht. Spät am Nachmittag schien es zu sein. Ich blickte mich in der Zelle um. Meine Erinnerungen an die Vergangenheit waren alles andere als rosig, aber hier, hier war die totale Hoffnungslosigkeit. Außer Essen und Pillen gab es nichts, oder doch, manchmal die mitleidigen Blicke der Wärterinnen. Ich ging ans Gitter und schaute sehnsuchtsvoll hinaus. Auf der Treppe des Seitengebäudes saßen Wärterinnen und Patienten, die Freigang hatten, in der Sonne. Was machten die da? Gegenseitig fummelten sie sich auf den Köpfen herum, zerdrückten etwas mit den Fingern, schauten es an und schnippten es dann weg. Sie fingen Läuse, ja das war's. Unglaublich, die Wärterinnen hatten tatsächlich Kopfläuse. Hastig suchte ich meinen Kopf ab, ob ich wohl auch schon davon befallen war. Das, was zutage kam, war lediglich der Schorf von meiner Kopfverletzung – keine Läuse. Ich war erleichtert. Die Sonne ging langsam unter, ich sah es an den Schatten des gegenüberliegenden Gebäudes. Meine Glieder mussten beweglich gehalten werden, nur sitzen und liegen war zu wenig. Ich begann mit meinen täglichen Yogaübungen, auch Asanas genannt. Das war alles, was ich für mich tun konnte. „Yoga shows the way" hatten wir bei der Ausbildung gelernt. Würde es einen Weg aus diesem Gefängnis geben? Nach den Übungen ging es mir, wie immer, etwas besser. Mit angezogenen Knien setzte ich mich wieder in die Ecke und dachte über meine Lage nach. Wie konnte es dazu kommen, dass ich hier nackt, eingeschlossen sitze, ohne die Möglichkeit zu haben mit der Außenwelt Kontakt aufzunehmen? Die einzige geistige Beschäftigung schien mir immer wieder, so wie ich es in den letzten Tagen schon getan hatte, mein Leben von Anfang an abzuspulen, ein Mosaiksteinchen dem anderen hinzuzufügen und mir darüber klar zu werden, was dazu beigetragen hatte, dass ich in diese fatale Lage gekommen war. „Ich habe doch nichts verbrochen", ging es mir durch den Kopf. Die Welt habe ich immer mit den Augen der Liebe gesehen. Leben und lieben wollte ich, sonst nichts, doch man hat diese Liebe mit Füßen getreten. Es war zum Verzweifeln. Alles, was mir das Leben lebenswert gemacht hatte, die Begeisterung, mit der ich Yoga unterrichtete, meine Liebe zu Victor, alles war mir genommen. Warum? So kam ich nicht weiter. Ich musste der Ursache auf den Grund kommen. Warum reagierte meine Seele immer so empfindlich auf Enttäuschungen? Andere Menschen treffen auch schwere Schicksalsschläge und sie landen nicht in der Psychiatrie!

Wie ging es damals weiter? Als Zwanzigjährige mehrere Wochen in der Irrenanstalt verbracht zu haben, damit ließ es sich auf dem Land nicht so gut leben. Ich zog mich zurück, vergrub mich in Bücher und fühlte mich insgesamt sehr einsam. Glücklicherweise beschäftigte mich meine alte Firma wieder, somit hatte ich wenigstens Arbeit. Dennoch ging es mir nicht gut. Unser guter alter Hausarzt wollte mich zur Beobachtung in das städtische Klinikum schicken. Der dortige Arzt konnte die Diagnose nicht richtig entziffern, worauf meine Mutter meinte: „Sie war letztes Jahr in Wiesloch." „Ja, wenn das so ist, dann müssen

Sie Ihre Tochter auch wieder in die Psychiatrie bringen", sagte der Arzt. Ich kam wieder in die gleiche Abteilung wie im Jahr zuvor. Eingeschlossen, essen, schlafen und Tabletten, das war der Tagesablauf. An einem Mittag wollte ich mit in die Küche, um beim Abwasch zu helfen, doch die Schwester erlaubte das nicht. In einem unbewachten Augenblick machte ich, gelenkig wie ich war, am Schalter über die Theke einen Hechtsprung und stand in der Küche. Kurze Zeit später sah mich dieselbe Schwester dort stehen. „Wie bist du hier reingekommen?", herrschte sie mich an. „Die Türen waren ja verschlossen." „Durch den Schalter über die Theke!", gab ich ihr bereitwillig Auskunft. Kurze Zeit später kamen zwei Schwestern und sagten, sie wollen mit mir spazieren gehen. Ich war überrascht, ging jedoch mit. Draußen war es bitterkalt, es war Dezember. Wir kamen zu einem hässlichen, großen, alten Backsteingebäude, gingen hinein und befanden uns in einem unfreundlichen kahlen Raum. Hier befahlen sie mir mich auszuziehen. Ich wollte mich nicht ausziehen, was sollte ich hier? Heftig wehrte ich mich, sie zerrten mich zu viert in einen anderen großen Raum mit vielen Betten und jagten mir eine riesige Spritze in den Oberschenkel. Als ich wieder zu mir kam, lag ich an Händen und Füßen gefesselt in einem Bett, umgeben von mindesten dreißig anderen Betten, in denen genauso armselige Gestalten lagen wie ich. Nach ein paar Tagen holten sie mich aus dem Bett und brachten mich zu einem Arzt. Dieser nahm sich viel Zeit. Er stellte viele Fragen, bis hin zu meiner Kindheit. Weil ich Vertrauen zu ihm hatte, erzählte ich auch von den schlimmen Erlebnissen meiner Kindheit, auch darüber, dass mich diese Bilder bis heute immer wieder verfolgen. Er muss dann meine Eltern darüber informiert haben, denn nach ein paar Tagen kamen meine Mutter und mein Bruder zu Besuch. Voller Wut und Entrüstung hielten sie mir vor, was ich dem Arzt gegenüber behauptet hätte. Sie sagten, ich wäre ja nicht normal, und wenn ich meine Behauptung nicht zurücknehmen würde, würden sie mich entmündigen lassen, sodass ich zeit meines Lebens im Irrenhaus verbringen müsse. Das hat mich schwer erschüttert. Sie hielten mich für eine Lügnerin. Ich konnte nicht verstehen, dass sie mir nicht glaubten. Welches Mädchen würde so etwas behaupten und sich selbst an den Pranger stellen, wenn es nicht der Wahrheit entspräche. Es war unglaublich, ich befand mich in größter seelischer Not und sie wollten mir nicht helfen, nein, sie wollten mich für immer in die Psychiatrie sperren. Entgegen der Wahrheit und gegen meine Überzeugung nahm ich das Gesagte zurück. Ich wollte nicht für immer im Irrenhaus bleiben. Nach ein paar Wochen wurde ich entlassen, das Leben ging weiter. „Könnte ich jemals wieder glücklich sein?", fragte ich mich.

Nun war es Abend geworden, die Dunkelheit kam immer ziemlich schnell. Die Eimer klapperten: Abendessen – Sambar and Tschore. Dann die undefinierbaren Pillen, das Licht in der Zelle wurde gelöscht und die Moskitos kamen. Manchmal und zu unterschiedlichen Zeiten drang Glockengeläut an mein Ohr. Irgendwo in der Nähe musste wohl eine Kirche sein. Was half mir das? Nichts. Hier saß ich in meinem geliebten Indien, nackt in einer Zelle. Das hätte ich mir auch nie träumen lassen. Die ganze Situation schien mir so aussichtslos. Das Einfachste wäre es, so dachte ich mir, am Boden liegen zu bleiben und nicht mehr aufzuwachen. Doch das wäre zu einfach gewesen. Der Tod kam nicht in der Nacht auf leisen Sohlen und nahm mich mit in die Ewigkeit. Ich musste bleiben, die endlosen Tage und Nächte durchstehen. „Warum?", fragte ich mich immer wieder. Ich hatte keine Antwort darauf. Einfach nur leben, aber wie lange noch? Irgendwann kam der Schlaf und nahm mich mit in das Land der Träume, bis der Morgen anbrach und ich mich wie jeden Morgen mit meinem jämmerlichen Dasein auseinandersetzen musste. Bevor es hell wurde, kamen schon die Wärterinnen, knipsten das Licht an und schöpften aus ihren Eimern diesen grässlichen Brei in ein Essgeschirr. Mühsam würgte ich ihn wie jeden Morgen hinunter. Da ich eben immer noch am Leben war, verlangte der Körper nach Nahrung, auch wenn sie noch so scheußlich schmeckte. Nach diesem Frühstück zog ich mich wieder in meine Ecke zurück und ging mit meinen Erinnerungen auf die Reise. Das war außer Yoga die einzige Möglichkeit, den Tag über die Runden zu bringen. Wenn ich das nicht gemacht hätte, wäre die andere Alternative gewesen, den Kopf so lange an die Wand zu schlagen, bis er geplatzt wäre. Doch das schien nicht mein Schicksal zu sein. Die Erinnerungen waren auch nicht immer so erfreulich, doch es war mein Leben, alles war vergangen und vorbei, nichts war mehr zu ändern. Warum sollte ich nicht darüber nachdenken?

Nach diesem zweiten Aufenthalt in Wiesloch brach eine einsame, traurige Zeit für mich an. Ich lebte nur in meinen Büchern und meinen Träumen. Als ich begann, mich für Astrologie zu interessieren, kaufte ich mir ein Buch über mein Sternzeichen, den Krebs. Unter anderem Zutreffenden stand ein ganz bezeichnender Satz darin: „Der Krebs träumt sein Leben, wenn er seinen Traum nicht leben kann." Genau das traf auf mich zu. Ich träumte von der weiten Welt: Afrika, Indien, da wollte ich hin. Aber wie und mit wem? Vorerst blieb es nur ein Traum. Noch viele Jahre sollte es dauern, bis ich den Mann traf, der mir diesen Traum möglich machte.

Dann kam der Sommer und ich erlebte tatsächlich einen Traum. Mein Bruder arbeitete damals in Limburg an der Lahn. Es tat ihm wohl leid, dass ich immer alleine zu Hause saß, als er mir vorschlug, zwei Wochen bei ihm in Limburg zu verbringen. Da willigte ich gerne ein. Wir verbrachten eine schöne Zeit. Wenn er abends heimkam, kochten wir zusammen und während des Tages hatte ich viel Zeit für einen Stadtbummel, um spazieren zu gehen, zu lesen und was mir sonst noch so in den Sinn kam. Während einer dieser Stadtbummel lernte ich einen Mann kennen. Seine charmante Art hat mir sofort gut gefallen, obwohl er sicher etliche Jahre älter war als ich, doch das störte mich nicht. Als ich ihn später einmal nach seinem Alter fragte, sagte er: „Weiß Gott, vierzig Jahre." Er lud mich zum Kaffee ein, wir hatten eine angeregte Unterhaltung und verabredeten uns für den nächsten Tag. Von da an sahen wir uns täglich. Sein Name war Jerome und ich war mächtig verliebt in ihn. Als er mich an einem Abend mit in sein Hotel in Weilburg nehmen wollte, hatte ich nichts dagegen einzuwenden, schließlich war ich eine erwachsene Frau von fast vierundzwanzig Jahren. Es war eine wunderbare Nacht, so hatte ich die Liebe bisher noch nie erlebt. All die schlimmen Erinnerungen waren wie weggeblasen, es war nur noch schön. Ich schwebte auf rosaroten Wolken. Am Wochenende fuhr ich mit meinem Bruder nach Hause, ich hatte Geburtstag. Jerome hatte mich nach meinem Geburtstag gefragt, und als ich am Montag wiederkam, um ihn zu sehen, überraschte er mich mit zwei Erdkugeln, die man als Buchstützen verwenden konnte. Ein treffendes Geschenk. Das hat mein Herz erfreut. Sommer, Licht, Luft und Leichtigkeit. Mit Jerome an einem solchen Sommerabend durch die Landschaft zu fahren, genoss ich in vollen Zügen. Inzwischen war es Nacht geworden und er parkte den Wagen inmitten einer Wiese. Wir taten, was alle verliebten Paare in solch einer Situation tun würden. Der Vollmond tauchte die Wiese in schummriges Licht. Wir sprangen aus dem Wagen, wie Gott uns erschaffen hatte, und tobten wie die Kinder durch das feuchte Gras. Das war der letzte Abend mit ihm. Wieder zu Hause rief er mich in der Firma an und sagte, dass er mit seinem kleinen Sportflugzeug kommen und mich besuchen wollte. Bis heute kann ich nicht begreifen, warum ich damals nicht in der Lage war, zu sagen: „Ja, komm, ich freue mich darauf." Stattdessen gab ich ihm einen abschlägigen Bescheid. Ich habe nie mehr etwas von ihm gehört, aber die Mondnacht auf der Wiese ist für immer in meinem Gedächtnis geblieben. Der Traum war zu Ende.

Schlüssel rasseln, Eimer klappern, das zweite Frühstück wurde „serviert". Eine dunkle Bohnenart, gekocht, höllisch scharf gewürzt, dazu eine halbe Plastikflasche Milch und etwas weißes Brot. Zusammen mit der Milch und dem Brot war es möglich, die Bohnen zu essen.

Danach wieder Rückzug in das vergangene Leben. Ich trauerte ihm nicht nach, ließ es einfach so an mir vorüberziehen. Wie in einem Film kam ich mir vor, den ich schon ein Dutzend Mal gesehen hatte, wusste ich doch, was sich in der nächsten Szene abspielen würde. Trotzdem fand ich die Handlung immer wieder spannend. So viel Liebe habe ich, seit ich mich erinnern kann, den Menschen und dem Leben entgegengebracht und so viel Leid erfahren. Der Film in meinem Kopf ging weiter.

VI

Fast drei Jahre vegetierte ich so vor mich hin. Die einzige Abwechslung war im Sommer das Baden am nahe gelegenen Baggersee. Meistens nahm ich meinen kleinen Bruder mit. Im Laufe der Zeit fiel mir auf, dass jeden Abend zur gleichen Zeit ein junger Mann ebenfalls zum Baden kam. Ich saß wieder mal am Ufer und hielt nach meinem kleinen Bruder Ausschau, als ich plötzlich angesprochen wurde mit den Worten: „Na, haben Sie sich auch wieder eingefunden?" Es war der junge Mann, der jeden Abend kam, aber nicht ohne vorher von seinem neuen schneeweißen Mercedes die Fliegen abzuwischen. Wir kamen ins Gespräch. Er erzählte, dass er Systemanalytiker wäre und bei einer der großen Firmen am Ort arbeiten würde. Er war sehr nett, und als er mich eines Tages fragte, ob er mich am Wochenende zu einem Spaziergang im Hardtwald einladen dürfte, sagte ich nicht Nein. Kam da doch endlich wieder etwas Abwechslung in mein eintöniges Leben. Dieser Spaziergang erstreckte sich über mehrere Stunden, und als ich am Abend nach Hause kam, hatte ich Wasserblasen an den Füßen. Von nun an trafen wir uns des Öfteren. Ich kann nicht sagen, dass ich himmelhoch jauchzend verliebt gewesen wäre, dennoch fühlte ich eine Zuneigung für ihn. Er machte auf mich den Eindruck eines hochanständigen, verlässlichen Menschen. Das tat mir gut, das brauchte ich. In einer ruhigen Stunde erzählte ich ihm dann von den vergangenen psychischen Problemen, an denen er aber keinen Anstoß nahm. Langsam schien die Welt für mich wieder in Ordnung zu kommen. Im Herbst nahm er mich übers Wochenende mit zu seinen alten Eltern. Sie waren für meine Begriffe tatsächlich schon sehr alt. Seine Mutter hatte ihn erst mit vierzig Jahren zur Welt gebracht. Das einzige heiß ersehnte Söhnchen, es zeigte sich in seinem ganzen Verhalten. So hat er mir gleich zu Anfang sehr deutlich gesagt, dass er keine Familie gründen möchte, weil er seine alten Eltern nicht mit Frau und Kindern konfrontieren wollte. Obgleich ich keinen sehnlicheren Wunsch hatte als den nach einem Mann und Kindern, bin ich nach einiger Zeit mit ihm in eine gemeinsame Wohnung gezogen. Ich dachte, er würde irgendwann seine Meinung ändern, zumal mich auch seine Eltern gerne als Schwiegertochter gesehen hätten. Die Zeit ging dahin, wir führten ein gutbürgerliches Leben, auch ohne Trauschein. Ich bekochte ihn, er ging mit mir im Wald spazieren, alles sehr nett und beschaulich, aber auch ziemlich fade.

Inzwischen hatte ich meinen Arbeitsplatz gewechselt. Die neue Stelle im technischen Büro an einer Universität im süddeutschen Raum gefiel mir sehr gut. Plötzlich hatte ich einen ganz anderen Umgang. Gastwissenschaftler, Doktoranden aus verschiedenen Teilen der Welt waren da. Ich hatte Zeichnungen für ihre Dissertationen anzufertigen, kam mit ihnen ins Gespräch, das Leben war mit einem Mal wieder interessant. Bei einer Feier waren auch Gäste aus dem Nachbarinstitut eingeladen. Ein junger, gut aussehender Türke saß neben mir, der mich den ganzen Abend blendend unterhielt. Offensichtlich hatte auch ich einen guten Eindruck auf ihn gemacht, denn er wollte mich wiedersehen. Ich war überhaupt nicht abgeneigt. Beim nächsten Treffen klopfte mir das Herz bis zum Halse, als er mir entgegenkam. Ich war sofort bis über beide Ohren in ihn verliebt. Nun trafen wir uns des Öfteren nach Feierabend, gingen zusammen in die Stadt, stöberten in Buchhandlungen und Schallplattenläden. Anschließend kaufte er im Feinkostgeschäft Parmaschinken, Roquefort, Dimple und andere Köstlichkeiten. Er kochte gut und gerne, ich erlebte das Leben von einer neuen Seite. Leben, lieben und genießen, das habe ich erst durch Murat so richtig erfahren. Es war einfach wunderbar. Da steckte ich aber noch in dieser „kleinbürgerlichen Beziehung". Der Unterschied wurde mir erst jetzt so richtig bewusst. Die Beziehung musste ich so schnell wie möglich beenden. Als Kurt jedoch begriff, dass ich ihn verlassen wollte, kam er plötzlich mit einem schriftlichen Heiratsantrag. Dieser Zug war abgefahren, darauf wollte ich mich nicht mehr einlassen und zog aus. Was dann kam, war eine wunderbare Zeit. Murat und ich fuhren mit meinem neuen kleinen Auto nach Heidelberg, an den Bodensee, zur Insel Mainau, zum Rheinfall nach Schaffhausen, ich war glücklich in seiner Gesellschaft. Immer wusste er etwas zu berichten, auch seine Arbeit interessierte mich sehr. Auf diese Weise erfuhr ich viel über Hydrologie und die Niederschläge an der Sulm. Mein Leben war reicher geworden. Da er auch ein sehr geselliger Mensch war, kamen oft seine türkischen Freunde zu ihm, alle sprachen ausgezeichnet Deutsch, sodass ich mich nie ausgeschlossen fühlte. Manchmal besuchten wir auch das türkische Restaurant in der Stadt. Gefüllte Weinblätter, Lammfleisch, Köfte (Hackfleischbällchen), Reis, alles schmeckte einfach köstlich. Das deutsche Essen kam mir dagegen fade und langweilig vor. Schon immer hatte ich eine Vorliebe für alles Fremde, das war aufregend und spannend. Im Sommer flog Murat für mehre Wochen nach Hause zu seinen Eltern. Natürlich schrieb ich ihm wöchentlich einen Brief, denn ich hatte große Sehnsucht nach ihm. Als er zurückkam, holte ich ihn am Flughafen ab, aber irgendwie schien er verändert. Ein paar Tage später sprach ich ihn direkt darauf an. Zuerst druckste er herum, ich wollte aber wissen, was los war, und ließ nicht locker. Dann stellte sich heraus, dass sein Vater durch meine Briefe aufmerksam geworden war und mit ihm gesprochen hätte. Der Vater meinte, eine Ehe wäre kompliziert genug, und mit einer Ausländerin wäre das noch komplizierter. Er würde nur der Hochzeit mit einer Türkin zustimmen. Als gehorsamer Sohn hatte er keine Wahl. Natürlich traf mich das wie ein Schlag. Allerdings vermutete ich noch etwas anderes hinter der Geschichte. Murat erzählte mir einmal, dass es in seiner Familie immer so gewesen wäre, dass die Männer den Titel hatten und die Frauen das Geld. Ich kam nicht aus reichem Haus, das war wahrscheinlich der ausschlaggebende Punkt. Wenn es nach ihm gegangen wäre, hätten wir unsere Beziehung nicht sofort beenden müssen. Doch für mich war es unvorstellbar, hier mit ihm zu leben und dann nach seiner Doktorprüfung alleine zurückzubleiben. Wieder ein Traum zu Ende. Sollte das immer so weiter gehen?

Ich richtete mich auf, dehnte und streckte meine vom Sitzen steif gewordenen Glieder, ging ans Gitter und schaute aus meiner düsteren Zelle hinaus ins Licht. Die Sonne stand schon ziemlich hoch, es müsste bald Mittag sein. Wie ich so gedankenverloren dastand und schaute, kamen auch schon die Frauen mit den Eimern um die Ecke. Es waren Mitgefangene, die täglich das Essen heranschleppen mussten. *Wieder Sambar und Tschore. Normalerweise war ich ganz begeistert von der indischen Küche, aber dieser Schlangenfraß hier, diese Schärfe trieb mir die Tränen in die Augen. Andererseits wusste ich, dass Gewürze sehr wichtig zur Erhaltung des Immunsystems sind, also runter mit dem Zeug. Am liebsten würde ich jetzt schlafen, obwohl es taghell war, einfach einschlafen und vergessen, was geschehen war und wo ich gelandet war. Ich wälzte mich auf dem nackten Steinboden hin und her, der erlösende Schlaf wollte nicht kommen, so sehr ich ihn auch herbeiwünschte. „Dann gehe ich eben mit meinen Gedanken wieder auf die Reise, zurück in eine Zeit, wo ich meine Träume wenigstens noch in Freiheit träumen konnte."*

Die sorglose Zeit mit Murat war vorbei. Das machte mich traurig. Im Institut gab es viel Arbeit. Schautafeln mussten zu einem bestimmten Zeitpunkt vorbereitet werden. Ich war zusammen mit anderen Kollegen mit dem Anfertigen sowie der Organisation betraut. Aus welchen Gründen auch immer wuchs mir plötzlich die Arbeit über den Kopf. Vonseiten der Institutsleitung wurde mir dann vorgeworfen, dass ich wegen privater Probleme nicht mehr mit der Arbeit zurechtkommen würde. Das hat mich dermaßen getroffen, dass ich meinen Hausarzt aufsuchte und ihm die Situation schilderte (ich hatte deshalb schon Schlafstörungen). Er schrieb mich arbeitsunfähig und attestierte mir, dass ich aufgrund der stressigen Situation am Arbeitsplatz krank geworden sei. Gleichzeitig meldete er mich zur Kur in einer psychosomatischen Klinik im Schwarzwald an. Der Aufenthalt in dieser Klinik tat mir sehr gut. Hier nahmen sich die Ärzte sehr viel Zeit für den einzelnen Patienten. Ich konnte über die Erfahrungen meiner beiden Psychiatrieaufenthalte reden, über die Probleme von damals und die Angst vor einer Entmündigung, die mir seitens meiner Familie angedroht worden war. Während meines ersten Aufenthaltes stellte man die Diagnose einer abnormen Reaktion, beim zweiten

Mal wurde ich wegen Depressionen eingeliefert. Hier meinte der Psychiater, dass ich manisch-depressiv sei. Zu diesem Zeitpunkt wollte mir das nicht so richtig einleuchten, denn bis dahin hatte ich noch keine Manie gehabt. Man hatte mir gesagt, dass sich bei dieser Art Erkrankung Lithium (ein Mineralsalz) am besten bewährt. Gleichzeitig wurde mir nahegelegt, dieses Medikament als Langzeittherapie anzusehen und anzuwenden. Ich ließ mich darauf ein, obwohl ich vom ersten Moment an Zweifel hatte, dass mir dieses Salz helfen würde, meine Probleme zu lösen. In regelmäßigen Abständen musste das Blut kontrolliert werden, damit gewährleistet war, dass auch die richtige Dosis eingenommen worden war. Dann kam ich aus der Kur zurück und wollte wieder arbeiten. So einfach wurde mir das dann aber nicht gemacht. Das besagte ärztliche Attest hatte meinen Chef doch wohl sehr verärgert. Ich wurde zum Vertrauensarzt geschickt, um eine Bescheinigung über meine hundertprozentige Arbeitsfähigkeit zu erhalten. Als ich das dem Arzt vortrug, schüttelte er nur den Kopf, solch eine Bescheinigung könne ein Arzt nicht ausstellen. Ich sei wieder arbeitsfähig und das müsse genügen. Dann wurde noch die Verwaltung eingeschaltet und letztendlich wurde ich glücklicherweise weiterbeschäftigt. Die Atmosphäre im Büro war unter diesen Umständen natürlich nicht die beste. In solch einem Betriebsklima wieder einen Neubeginn zu starten, war für mich eine große Herausforderung. Ich habe durchgehalten und es kam der Zeitpunkt, wo man mit meiner Arbeit wieder zufrieden war. Sparsam wie ich war, hatte sich in den Jahren etwas Geld auf der Bank angesammelt. Ich wollte mir eine kleine Wohnung kaufen. Recht bald fand ich auch etwas Passendes. Das Grundkapital war vorhanden und für den Rest bekam ich von der Bank ein Darlehen. Die monatliche Belastung war nicht viel höher als die Miete. Nun hatte ich eine eigene Wohnung, ein Auto und einen guten Arbeitsplatz. Alles war in bester Ordnung, ich war mit meinem Leben zufrieden.

Das war damals, aber jetzt lag ich in einem indischen Gefängnis auf dem Boden und wusste nicht, ob ich jemals wieder he-

rauskommen würde. Ich bekam zu essen und Tabletten, das war alles. Ich hatte keinen Kontakt zur Welt da draußen hinter den Mauern. Weinen und schreien hätte auch nichts geändert. Im Gegenteil, ich war ganz ruhig und gefasst. Ich hatte das Gefühl an einer Beerdigung teilzunehmen, bei der man keine Gefühle zeigt. Meine Gedanken richteten sich wieder auf mein vergangenes Leben, in dem es auch glückliche Zeiten gab, welche ich nicht missen wollte.

Ja, ich hatte fast alles erreicht, es fehlte nur noch ein Mann. Auf einer Faschingsveranstaltung lernte ich ihn kennen, den Mann meines Lebens. Er war groß, schlank, dunkelhaarig, mit Bart und sanften dunklen Augen hinter seiner Brille. Ich verliebte mich auf der Stelle in ihn. Wir verabredeten uns zum nächsten Faschingsball, es blieb aber nicht nur bei dieser Faschingsliebe. Er hatte in Berlin studiert, war inzwischen Studienrat und schwärmte immer von dieser Stadt mit ihren vielen kulturellen Angeboten. Einmal wollte er mir Berlin zeigen, ich war noch nie da gewesen. Wir unternahmen zuerst eine kleine Wochenendreise nach Rothenburg und Würzburg. Es gefiel mir, dass er sehr unternehmungslustig war. Bevor ich ihn kennenlernte, stand noch eine schon lange vorher geplante Reise aus. Einer meiner Freunde am Institut, ein Amerikaner, war inzwischen wieder zurück an seiner amerikanischen Universität. Wir standen im Briefwechsel und er machte mir den Vorschlag, im Juni in die Staaten zu kommen. Der Zeitpunkt fiel auch mit dem achtzigsten Geburtstag eines befreundeten amerikanischen Professors zusammen, der mich ebenfalls eingeladen hatte. Ich nannte ihn in meinen Gedanken immer den „guten alten John", meinen ältesten Verehrer. Er war wirklich ein Kavalier alter Schule, ein weltweit geachteter Wissenschaftler, der sich dennoch ein hohes Maß an Menschlichkeit und Bescheidenheit bewahrt hatte. Niemals habe ich ihn über jemanden schlecht reden hören. Von seinen Reisen nach Russland oder von seinem Zuhause in Maine schickte er mir immer wunderbare Briefe, meistens mit einer Zeichnung aus seiner Feder versehen.

Die Reise nach Amerika stand bevor, da ich aber in der Dorfschule kein Englisch gelernt hatte und ich mich in meinem Gastland wenigstens einigermaßen verständlich machen wollte, belegte ich einen „Short Course" in Englisch. Ich ging drei Monate lang dreimal die Woche je drei Stunden zum Unterricht. Meine erste richtig große Reise, ich freute mich darauf. Charles holte mich in New York am Flughafen ab, denn wir wollten zwei Tage in der Stadt verbringen. Am ersten Abend gingen wir in die Metropolitan Opera ins Ballett, Don Quichotte. Das war natürlich ein berauschendes Erlebnis. Mit dem Theaterstück am nächsten Abend konnte ich weniger anfangen, dazu fehlten mir dann doch die nötigen Sprachkenntnisse. Auch von der Stadt selbst war ich nicht sehr angetan. Es lag wohl daran, dass es Wochenende war und das geschäftige Treiben fehlte, wie ich bei einem späteren Besuch dann feststellte. Die Mutter von Charles hatte ein großes Wohnmobil, das wir für unsere kleine Rundreise benutzen durften. Zuerst fuhren wir gemächlich auf den breiten Straßen zu den Niagarafällen. Die amerikanische Seite war nicht sehr beeindruckend, umso mehr dann aber die kanadische. Unter ohrenbetäubendem Getöse stürzten die gewaltigen Wassermassen in die Tiefe. Ebenfalls atemberaubend war die Fahrt mit dem Boot „Maid of the Mist" ganz nah bis an die Fälle. Die Gischt war so stark, dass alle Passagiere wasserdichte Umhänge bekamen. Unser nächstes Ziel war die Universität von Maryland. Wir trafen den befreundeten amerikanischen Professor genau an seinem achtzigsten Geburtstag bei bester Gesundheit an. Er hatte schon oft von seinem Cottage in Maine erzählt und genau das wollte er uns für ein paar Tage zu Verfügung stellen. Zuerst musste aber noch unser „Verhältnis" geklärt werden. Charles gab mir zu verstehen, dass er noch mit seiner Dissertation beschäftigt wäre und nicht ans Heiraten denken könnte. Mich hatte dieses Geständnis sehr erheitert, denn mit dieser Erwartung hatte ich die Reise nicht angetreten, mein Freund wartete ja zu Hause auf mich. Als ich ihm das sagte, war er sehr erleichtert und wir setzten die Fahrt weiterhin als gute Freunde fort. In Maine war es dann wunderbar, das Cottage lag verborgen in einem Wald, direkt am Meer. Vom Wohnzimmer aus hatte man einen herrlichen Blick über die Felsen und auf das Wasser, stundenlang hätte ich sitzen und nur schauen können. Ganz in der Nähe war ein Restaurant, ich habe da meinen ersten „Lobster" gegessen. Vor Begeisterung umgefallen bin ich nicht. Die Tage in Maine vergingen viel zu schnell. Auf der Rückfahrt besuchten wir noch Washington. Das Weiße Haus und das Capitol wollte ich schon gerne einmal sehen. Wieder zurück in Bethlehem organisierte Charles mir zu Ehren eine Party und lud dazu seine Bekannten und Freunde ein. Ich habe es sehr genossen, dass ich aufgrund meines Englischkurses auch tatsächlich an der Unterhaltung teilnehmen konnte. Ein Freund von Charles fragte mich, ob ich nicht Lust hätte, noch mal nach New York zu fahren, denn er müsste da in den nächsten Tagen etwas erledigen. Warum nicht, dachte ich und sagte zu. Nun war ich während der Arbeitstage und nicht am Wochenende in dieser Stadt, das war natürlich ein Unterschied wie Tag und Nacht. Das Leben pulsierte, geschäftiges Treiben überall, Leuchtreklamen, Autoschlangen, Menschen in allen Farben und Formen. Mein Begleiter hatte sein Vorhaben schnell erledigt und fragte mich, ob ich auf das Empire State Building wollte. Ich war Feuer und Flamme für diesen Vorschlag. Schon das Benutzen der verschiedenen Aufzüge war ein Erlebnis. Auf der Aussichtsplattform lag mir dann ganz New York zu Füßen. Ein erhebender Anblick.

Meine jetzige Aussichtsplattform war am Gitter, ein begrenzter Blick zum gegenüberliegenden Gebäude. Dort standen manchmal ebenfalls Gestalten am Gitter, Frauen, die genauso eingesperrt waren wie ich hier drüben. Die Sonne war schon untergegangen, langsam wurde es auch etwas kühler. Vorsichtig versuchte ich meine Yogaübungen, den Kopfstand machte ich auf dem Steinboden lieber nicht. Trotz aller Hoffnungslosigkeit wollte ich nicht nur in der Ecke sitzen und vor mich hinvegetieren. Ich hatte so oft um mein Leben gekämpft, es konnte doch hier in dieser Zelle nicht zu Ende sein. Niemand kam zu mir, niemand sprach zu mir, ich hatte keinen Pass mehr, also war ich niemand: „nobody's child".

Würde man mich hier mein ganzes weiteres Leben lang eingesperrt lassen, nur füttern, sonst nichts? Allein der Gedanke daran konnte einem den Verstand rauhen, dann doch lieber in Gedanken die verschiedenen Stationen meines Lebens vor meinem inneren Auge vorbeiziehen lassen. Mal war es ein Heimatfilm, dann eine Tragödie oder ein Liebesfilm. Da war ich gerade angekommen und ich wollte mir die Zeit dieser Liebe noch mal in meinem Gedächtnis wachrufen.

Glücklich und voll neuer Eindrücke kam ich aus den Staaten zurück. Am Flughafen wurde ich schon Stunden sehnsuchtsvoll von Hans erwartet. Bald waren Sommerferien, welche wir in Griechenland verbringen wollten. Auf dem Peleponnes war es traumhaft schön. Wir waren beide sehr verliebt und genossen das Leben in vollen Zügen. Zu diesem Zeitpunkt war ich überzeugt, den Mann meines Lebens gefunden zu haben. Irgendwann zum Jahresende fragte er mich dann, ob ich seine Frau werden möchte. Die Antwort war ein freudiges Ja. Bis zur Hochzeit sollte es noch dauern. Zuerst war da dann noch diese versprochene Reise nach Berlin. Es bereitete ihm sichtlich Freude mir seine Stadt zu zeigen und ich muss sagen, sie hat mir auch sehr gut gefallen. Im Sommer sollte unsere Hochzeit sein, wir schmiedeten schon eifrig Pläne, das heißt, ich machte Vorschläge und er stimmte zu. Natürlich waren auch Kinder geplant, ich war überglücklich, hatte ich doch zeitlebens nur den einen Wunsch, eine Familie zu haben. Das Glück war zum Greifen nahe, so viele Jahre hatte ich darauf gewartet, mich danach gesehnt. Wir legten den Termin in die Sommerferien, ein Lehrer könne nur in den Ferien heiraten, wurde mir gesagt, nun dann eben erst in den Ferien. Bis dahin musste natürlich einiges geplant und arrangiert werden. Ich war in meinem Element, sprühte von guten Ideen und Vorschlägen. Kritiklos wurde von meinem zukünftigen Mann alles akzeptiert. Ein wunderschönes Fest sollte es werden, dafür würde ich schon sorgen. Der lang ersehnte Tag kam, die standesamtliche Trauung war in seiner Heimatstadt. Auf dem Weg dahin hätte er mich aus Unachtsamkeit fast in den vorüberfließenden Bach gestoßen, was mich in diesem Moment doch etwas erschütterte. Die kirchliche Trauung am Nachmittag auf dem Land mit Verwandten und Freunden war sehr eindrucksvoll, wollten wir doch einen Bund fürs ganze Leben schließen.

Früh am Morgen, die Vögel sangen, der Tag erwachte. Wieder ein Tag mehr hinter Gittern. „Werde ich ihn aushalten, diesen schönen neuen Tag in diesem Gefängnis, das sich Mental Hospital nennt?" In Deutschland ist es in einem Zuchthaus gemütlicher, als hier in diesem „Hospital". Da bisher niemand in die Zelle kam, war auch die Toilette immer noch verstopft. Nur durch die Umwelteinflüsse wie Sauerstoff und Wasser zersetzten sich die Fäkalien im Lauf der Tage. Eigenartigerweise roch es aber nicht unangenehm, was mit der Querlüftung zu tun haben konnte. Die Zelle hatte gegenüberliegende Gitter, wodurch immer eine Luftzirkulation stattfand. Die Luft war außerdem angenehm warm, sodass mir manchmal gar nicht bewusst war, keine Kleider zu tragen.

Ja, damals als ich das liebevoll ausgesuchte Brautkleid anhatte, schön geschminkt und frisiert mit Orchideen in der Hand mit meinem Mann vor dem Altar stand, schien mein Leben in den besten Händen zu sein. Ein neuer gemeinsamer Wohnort musste gefunden werden. Ich war dafür, dass wir uns eine Eigentumswohnung in der Nähe seiner Schule suchten. Da wir ja recht bald Kinder haben wollten, war es sinnvoll, da zu wohnen, wo er den Lebensunterhalt verdiente, bis es soweit war, wollte ich täglich zur Arbeit pendeln. Vorerst zog ich zu ihm in seine Zweizimmerwohnung und bot meine Eigentumswohnung zum Verkauf an. Ich fand einen Mieter, der dann zum Jahresende kaufen wollte. Doch es stellte sich heraus, dass er weder kaufen, noch die Miete bezahlen konnte. Es hat große Mühe und Geld gekostet, diesen Betrüger wieder aus der Wohnung zu bekommen und anschließend einen anständigen Käufer zu finden. Mit dem Kauf einer neuen Wohnung hatten wir Glück. Etwa zweihundert Meter von der Schule meines Mannes entfernt wurde gerade zu der Zeit ein brachliegendes Gartengrundstück erschlossen. Wir fanden auf dem Plan eine Wohnung gerade nach unserem Geschmack. Wir hatten beide ungefähr das gleiche Grundkapital, mein Mann aus dem Verkauf seiner Aktien und ich aus dem Verkauf meiner Wohnung, außerdem zusätzliches Geld aus Sparverträgen. So war es uns möglich, mit einer entsprechenden Finanzierung die Wohnung zu kaufen. Eine traumhafte Lage am Hang, hundert Quadratmeter, mit einem großen Balkon und freiem Blick über die ganze Stadt. Da die Wohnanlage noch nicht gebaut war, konnte ich am Grundriss und auch an der Elektroinstallation noch einige Änderungen, Verbesserungen einbringen. Die Planung der Küche, meiner Küche, machte mir besondere Freunde. Alles wurde von mir bis ins kleinste Detail durchdacht und maßstabsgerecht auf dem Küchenplan festgehalten. Mit der gleichen Sorgfalt wie die Küche plante ich für meinen Mann das Arbeitszimmer, indem Türen und Wände versetzt wurden. Ich ging ganz in dieser Planung auf und war mir in meinem Eifer dann doch manchmal nicht bewusst, dass mein Mann keine Ideen dazu beisteuerte und immer kritiklos mit meinen Vorschlägen einverstanden war. Überhaupt ist mir ganz allmählich aufgefallen, dass er seit unserer Hochzeit sehr träge geworden war. Ins Theater ging er nicht mehr mit mir, keine Ausflüge mehr, Urlaub konnten wir uns angeblich auch keinen mehr leisten. Noch war ja die große Wohnung nicht bezugsfertig, deshalb schob ich unsere Differenzen auf unser Zusammensein in seiner kleinen, engen Zweizimmerwohnung. Ich dachte, wenn wir erst umgezogen wären und jeder etwas mehr Raum für sich hätte, würde alles besser werden. Endlich war es so weit, wir bezogen unsere Traumwohnung. Er hatte sein Arbeitszimmer und sein Bad, ich meine Küche und meine eigene Dusche, gemeinsam das Wohnzimmer, Schlafzimmer, Essdiele und natürlich auch ein Kinderzimmer. Ich setzte meine Tabletten ab und wollte schwanger werden, doch so einfach von heute auf morgen ging das wiederum auch nicht.

Trotz der neuen wunderbaren Wohnung wollte sich die angespannte Situation nicht bessern. Ich kam abends vollbepackt mit Einkaufstüten nach Hause, kochte für uns das Abendessen und anschließend verkroch sich mein Mann hinter der regionalen Zeitung oder er zog sich in sein Arbeitszimmer zurück. Nie konnte ich begreifen, warum er das nicht schon am Nachmittag erledigt hatte, um den Abend mit mir verbringen zu können. An den Sonntagen empfand ich es noch schlimmer. Meist waren wir bei seinen oder meinen Eltern zum Kaffee eingeladen und am Abend musste er dann regelmäßig die Vorbereitungen für den nächsten Schultag treffen. So hatte ich mir ein Eheleben wirklich nicht vorgestellt. Wenn ich mit meinem Mann darüber reden wollte, zog er sich immer zurück. Von Tag zu Tag wurde ich unglücklicher und innerlich einsamer. Von seiner Seite kam keine Inspiration. Der ganze Ideenreichtum in meinem Kopf schien lahmgelegt, mein Mann war zu nichts zu begeistern oder zu irgendwelchen Aktivitäten zu bewegen. Ich war todunglücklich, dass ich nicht in der Lage war, unserer Ehe etwas Pfiff zu geben, meine Seele wurde krank. Der erwünschte Kindersegen blieb auch aus. Ich dachte, es wäre besser, unter diesen Umständen kein Kind zu bekommen, und verhütete wieder. Bevor wir verheiratet waren, hatte ich mit meinem Mann zusammen einen Yogakurs besucht, aber da wollte er auch nicht mehr mit mir hin. Eines Abends, als wir mal wieder eine wenig erfreuliche Auseinandersetzung hatten, flüchtete ich weinend ins Badezimmer und ließ meinen Tränen freien Lauf. In diesem Zustand tiefster Traurigkeit und Hoffnungslosigkeit sah ich ein Gesicht vor meinen Augen. Ich kannte dieses Gesicht nicht, hatte es nie vorher gesehen. Sanfte dunkle Augen schauten mich voller Güte an, die braune Haut umgeben von einem weißen Bart und ebensolchen langen Haaren. Meine ganze Traurigkeit verschwand beim Anblick dieses Gesichtes. Es wurden keine Worte gewechselt, dennoch kam eine Botschaft herüber, welche auch ich nicht in Worte fassen konnte. Jedenfalls erfasste mich eine innere Ruhe und Frieden, was mit dem Verstand nicht zu erklären war, wo ich doch gerade noch so tieftraurig und verzweifelt gewesen war. Noch oft wurde ich in traurigen Situationen an dieses Gesicht erinnert und ich fragte mich jedes Mal, wer dieser Mensch wohl ist. Ich konnte mich nicht erinnern, ihm jemals begegnet zu sein.

Das eintönige Leben mit meinem Mann konnte ich kaum noch ertragen. Eines Tages packte ich meine Sachen und ergriff die Flucht. Bei meiner jüngsten Schwester fand ich Unterschlupf, doch meine Seele war so krank geworden, dass sie mich in die Psychiatrie bringen musste. Zum Glück war der Aufenthalt nicht so lange und es blieb mir nichts anderes übrig, als zu meinem Mann zurückzukehren und noch einmal einen neuen Anfang zu wagen. Er unternahm sogar über Weihnachten und Silvester eine Flugreise auf eine Insel im Atlantik mit mir, um etwas zu retten, das nicht mehr zu retten war, wie sich hinterher herausstellte. Ich reichte die Scheidung ein, wohnte aber noch in der gleichen Wohnung mit ihm, da sie mir ja auch zur Hälfte gehörte. Diese Situation war nach wie vor für meine Nerven unerträglich. Wieder Einlieferung in die Psychiatrie, dieses Mal im Schwarzwald. Der Scheidungstermin fiel genau in diesen Aufenthalt, und so holte mich mein „Noch-Ehemann" zur Scheidung aus der Psychiatrie ab, um mich hinterher wieder dort abzuliefern, eine makabre Situation. Als Anschlussbehandlung kam ich dann in eine psychosomatische Klinik, ebenfalls im Schwarzwald, dieselbe, in der ich vor Jahren schon einmal war. Da gefiel es mir sehr gut, ich hatte viel Zeit und Gelegenheit, über meine bis dahin größte Enttäuschung meines Lebens hinwegzukommen. Meine Eltern waren mit dieser Scheidung überhaupt nicht einverstanden, sie gaben mir die ganze Schuld am Scheitern dieser Ehe. Trotzdem hat sich mein Vater während meines Klinikaufenthaltes nach einer Wohnung in der Nähe meines Arbeitsplatzes umgeschaut und auch eine gefunden. An einem freien Wochenende habe ich sie mir dann angesehen und für gut befunden. Natürlich musste sie noch gründlich renoviert werden. Das würde ich schon hinkriegen, darin hatte ich ja inzwischen Erfahrung.

Mittagessen, wieder Sambar und Tschore, welch ein Genuss. Dennoch kam ich nicht auf die Idee, mir ein anderes vegetarisches Gericht zu wünschen oder vorzustellen. Ich befand mich hier in diesem Raum, weitab von Deutschland, irgendwo in Kerala. Meine guten Erinnerungen und Vorstellungen an Kerala verschwanden in dieser Zelle. Alles, was im Leben wichtig erschien, verlor an Bedeutung. Woran konnte ich mich halten, auf was konnte ich mich freuen? Da war weder Freude noch Leid, da war einfach nichts. Auch die Zeit spielte keine Rolle mehr. Es wurde Tag und Nacht, die Sonne ging auf und unter, ich existierte im Rhythmus der Natur. Lustlos kaute ich auf dem Essen herum, plötzlich spürte ich etwas Hartes zwischen den Zähnen, spuckte es in die Blechschale und siehe, da lag ein kleines Stück Gold vor meinen Augen. Gold in indischem Essen, das konnte wohl nicht sein. Hastig kontrollierte ich mit der Zunge meine Zähne, eine Goldkrone war herausgebrochen. Was nützte mir das kleine Stückchen Gold, lieber flüchtete ich mich in meine Träume. Träume aus einem gelebten vergangenen Leben. Ein Leben voller Sehnsucht nach Liebe und Geborgenheit, durchbrochen von Leid und Verzweiflung. Dennoch wollte ich dieses Leben zu Ende träumen mit allem Glück und auch mit den immer wiederkehrenden Enttäuschungen.

Der Umzug nach meiner Scheidung begann mit einer seltsamen Geschichte. Während der Renovierungsarbeiten übernachtete ich in der noch nicht bezogenen Wohnung auf dem Balkon. Es war eine herrliche Sommernacht. Früh am Morgen war ich wach und machte mich voller Elan an die Arbeit. Die Bodenleger wollten kommen. Es klingelte, ich dachte: „Die Handwerker sind aber früh", und öffnete die Wohnungstür. Es waren nicht die Handwerker, vor mir stand ein gut aussehender Mann in kurzen Hosen und schien ziemlich verärgert zu sein. „Sie klopfen seit einer halben Stunde mit dem Hammer", herrschte er mich an. Ich sagte, ich habe gar keinen Hammer, und ging dabei einen Schritt zurück. Dabei entstand auf dem Betonboden ein Geräusch durch den Blockabsatz. „Dann sind es Ihre Schuhe, ziehen sie Ihre Schuhe aus!" „Nein, das werde ich nicht", entgegnete ich ihm. „Es wird in der ganzen Wohnung ein Teppichboden verlegt, dann werde ich Sie hoffentlich nicht mehr stören!", und schloss die Tür. „Das fängt ja gut an", dachte ich mir. Inzwischen war ich eingezogen, ich fühlte mich in meinem neuen Heim von Anfang an sehr wohl. Von meinem vierten Obergeschoss aus hatte ich von Küche und Bad einen herrlichen Blick nach Osten. Aufstehen und den Sonnenaufgang erleben, jeden Tag dieses Naturschauspiel vor Augen, ein beglückendes Gefühl. Einige Zeit später, ich war zu Hause, weil ich noch krankgeschrieben war, klingelte es an der Tür. Ich erwartete keinen Besuch, umso erstaunter war ich, als der Mann vor mir stand, der sich vor einiger Zeit beschwert hatte. Er hielt eine Reisetasche in der Hand und sagte zu mir: „Würden Sie etwas für mich tun?" Ich dachte: „Der hat ja Nerven, zuerst beschwert er sich und dann soll ich etwas für ihn tun." Trotzdem sagte ich: „Möchten Sie nicht reinkommen, ich habe jetzt auch Teppichboden und hoffe, ich störe Sie nicht mehr?" Auf meine Frage, ob er ein Guinness trinken möchte, entgegnete er: „Sie haben Guinness, kein normaler Mensch trinkt Guinness." „Vielleicht bin ich nicht normal", antwortete ich ihm. Wir hatten eine sehr interessante Unterhaltung und plötzlich hatte er es gar nicht mehr so eilig in den Urlaub zu fahren, weshalb ich ihm den Briefkasten leeren sollte. Als er sich dann verabschiedete, meinte er: „Wenn ich zurückkomme, trinken wir eine Flasche Champagner miteinander." Sein schlechter Eindruck vom ersten Mal hatte sich gründlich verbessert und von da an wartete ich täglich auf seine Rückkehr.

Nach einer unerträglich langen Zeit, wie es mir schien, kam er zurück. Wir verbrachten einen kurzweiligen Abend mit dem versprochenen Champagner in seiner Wohnung. Er erzählte mir von seinen vielen Reisen, wie und wo er nach seiner Flucht aus der damaligen Tschechoslowakei gelebt hatte. Mit diesen abenteuerlichen Erzählungen hat er natürlich genau mein schlummerndes Fernweh, die Sehnsucht nach der fernen weiten Welt getroffen. Ich war so fasziniert, dass ich ihm stundenlang hätte zuhören können. Zu später Stunde verabschiedete ich mich mit einer Gegeneinladung, die er natürlich gerne annahm. Daraufhin sahen wir uns in immer kürzer werdenden Abständen und nach geraumer Zeit kam die Liebe dazu. Ich war verliebt in einen Mann, der weder fade noch langweilig, aber sehr sportlich und gut aussehend war. Ob es gute interessante Filme, gute Bücher oder alle möglichen Arten von Musik war, er wusste immer Bescheid. Seine Auswahl von MCs war schier unerschöpflich. Seine Vorliebe für Jazz teilte ich nicht, er brachte mir jedoch die amerikanische Countrymusik näher, die ich bis zu diesem Zeitpunkt überhaupt nicht kannte. Plötzlich war mein Leben reicher geworden. Meine Sinne, meine Fantasie bekamen Nahrung. Es fanden gute Unterhaltungen statt, immer wollte ich noch mehr von seinen Reisen und Erlebnissen wissen, und wenn ich ihn dann voller Bewunderung anblickte, sagte er: „Schau nicht am mich, wie am goldene Kalb", was mich dann zum Lachen brachte und der Situation den Ernst nahm. Bisher hatte er seine Reisen immer ohne weibliche Begleitung unternommen. Da er neben anderen sportlichen Betätigungen auch begeisterter Bergsteiger war, hatte er solche Touren meistens alleine oder mit Freunden unternommen. Umso überraschter war ich, als er mir vorschlug, nach Südfrankreich zu fahren. Natürlich war ich Feuer und Flamme. Frankreich, Sonne und Meer, da störte es mich wenig, dass wir nicht in einem feinen Hotel abstiegen, sondern dass uns ein kleines Zelt Unterschlupf und gegenseitige Nähe bot. Wir liefen nackt am Stand entlang, badeten im salzigen Meer, genossen die wunderbaren Fischgerichte und den herrlichen Rotwein. Glück und Freude erfüllten mein Herz. Wie sehr hatte ich doch so viele Jahre diese Leichtigkeit des Seins vermisst. Keinen Augenblick trauerte ich meiner gescheiterten Ehe, diesem langweiligen, ungeschickten Ehemann nach, der mich durch hinterhältiges Agieren auch noch um mehr als die Hälfte meines Vermögens gebracht hatte. Wie ein gerupftes Huhn kam ich aus dieser Ehe heraus. Es tat weh, so viele Federn lassen zu müssen. Eine neue, andere Zeit hatte begonnen. Ich empfand wieder Lust am Leben. Diese erste Reise nach Südfrankreich war eigentlich nur ein Test, wie sich später herausstellte. Victor wollte wissen, ob ich in der Lage war, auf Reisen unter einfachen Bedingungen zurechtzukommen. „Im Luxushotel kann das jeder", sagte er. Wobei ich manchmal einem kleinen bisschen Luxus nicht abgeneigt gewesen wäre.

IX

Offensichtlich hatte ich den Test bestanden, denn er wollte mit mir zum Jahreswechsel nach Ägypten reisen. Vor Begeisterung blieb mir glatt die Spucke weg. Ins Land der Pharaonen, ich kannte niemanden, der schon mal dort war. Mit großem Eifer ging ich an die Vorbereitungen. Wir hatten nur zwei Wochen Urlaub und wollten in dieser Zeit natürlich so viel wie möglich sehen. Da es keine Gruppenreise werden sollte, buchten wir nur den Flug nach Kairo und zurück. Dort wollten wir ein Auto mieten, die einzelnen Stationen unserer Reise hatten wir uns schon ausgesucht. Meine erste Rucksackreise nach langer Zeit. Schon im Zug zum Flughafen nach München haben wir einen Bayern beleidigt, als er auf seine Feststellung: „Sie fahren in die Berge?", die Antwort bekam: „Nein, wir fahren in die Wüste." Wir kamen am Abend am Flugplatz in Kairo an und fuhren mit dem Taxi durch ein unglaubliches Verkehrschaos zum Hotel, welches wir anhand unseres Reiseführers ausgesucht hatten. Glücklicherweise war auch noch ein Zimmer frei. Am nächsten Tag begaben wir uns dann auf Entdeckungsreise, zu Fuß in die Stadt. Alles war so total anders als das bisher Gewohnte oder Gesehene. Die Moscheen, die Gebäude, der Souk, die Menschen in ihren Gewändern. Begierig sog ich alle Eindrücke in mich auf und hielt die Momente mit meinem Fotoapparat fest. Diese Stadt lebte, nicht mal in New York hatte ich solch ein pulsierendes Leben verspürt. Ich fühlte mich buchstäblich in ihren Bann gezogen. Es war Freitag, Feiertag der Moslems. Viele Frauen und Mädchen hatten ihre schönsten Kleider angelegt und gingen zum Gebet, wenngleich sie auch nur in einem separaten Raum sitzen durften. Die Moschee als solche war nur den Männern vorbehalten. Uns wurde es nach dem Gebet gestattet, dieses Prachtstück von einem Bauwerk, „Mohamed Ali" oder auch „Alabaster Moschee" genannt, zu besichtigen. Auch Fotografieren war erlaubt. Auf dem Rückweg durch die Altstadt kamen wir an der Sultan-Hasan- und der El-Rifai-Moschee vorbei, in welcher der Schah von Persien seine letzte Ruhestätte fand. Dann heftete sich ein selbst ernannter Führer an unsere Fersen, was sich später als sehr hilfreich herausstellte, denn er lotste uns in den Turm einer verfallenen Moschee. Die Aussicht aus einem der Rundfenster über die Altstadt in der Dämmerung war fast mystisch. Ich schoss ein Foto, es sollte eines meiner besten werden. Zurück im Hotel machten wir Pläne für den nächsten Tag. Wir wollten ein Auto mieten und dann sollte die eigentliche Reise beginnen. Am anderen Morgen fanden wir dann auch einen passenden Wagen, das erste Ziel waren die Pyramiden. Victor steuerte das Auto durch das Gewühl von Fahrzeugen, Mopeds, Eselskarren, Fahrrädern und was es sonst noch alles gab, so, als ob er noch nie etwas anderes gemacht hätte. Ich war voller Vertrauen, was die Reise der nächsten zwölf Tage betraf. Die Pyramiden, da standen sie nun in ihrer ganzen Größe und Majestät vor mir, trotzdem blieb mir nicht vor Staunen der Mund offen stehen. In das Innere der Cheopspyramide zu steigen, reizte mich dann doch. Zuerst zwängten wir uns in gebeugter Haltung durch einen niedrigen, langen, steilen und muffigen Schacht aufwärts, um in die Grabkammer zu gelangen. Dort angekommen gab es nur einen offenen steinernen, leeren Sarg zu sehen, das war alles, sonst nichts. Ich schaute mich in dem unheimlich wirkenden Raum um und dachte, hier wollte ich nicht um alles in der Welt begraben sein. Erleichtert kam ich wieder ins Freie. Victor schien diese Wirkung nicht verspürt zu haben. Nun befanden wir uns auf dem Weg in die Wüste. Hier begann die erste Auseinandersetzung, Victor wollte die Fahrt ohne Reservekanister antreten. Da hatte er aber nicht mit meiner deutschen Gründlichkeit und Übervorsicht gerechnet. Ohne zusätzliches Benzin und genügend Wasser in die Wüste kam bei mir schon mal nicht in die Tüte. Zähneknirschend suchte er eine Tankstelle, was in dieser Gegend gar nicht so einfach war. Nach längerer Fahrt fanden wir eine und füllten Benzin in die Kanister, zu welchen es natürlich keine Deckel gab. Also wurden Lappen um den Verschluss gebunden, ein leichter Benzingeruch begleitete uns die ganze Fahrt, aber immer noch besser, als mitten in der Wüste ohne Benzin zu stehen, dachte ich mir. Das Erste, was auf uns zukam, war ein Sandsturm. Wir hatten Glück, in sicherer Entfernung zog er an uns vorbei, ein herrliches Naturschauspiel. Langsam wurde es Nacht und wir hatten unser Ziel El Gedida noch nicht erreicht. Der Mond stand am Himmel, die Sterne kamen hervor, ich hatte das Gefühl durch einen Wald zu fahren, obwohl mir klar war, dass es rechts und links nichts als Sand gab. Die Fahrt dauerte eine Ewigkeit, langsam wurde es mir irgendwie unangenehm. Erleichtert atmete ich auf, als in der Ferne Lichter zu sehen waren. Die Oase, wir waren gleich am Ziel. Ein großer, gut aussehender Ägypter empfing uns, sichtlich erstaunt, dass zu so später Stunde noch Gäste kamen. Er wollte es kaum glauben, als wir sagten, wir kämen direkt aus Kairo. Es war ihm anzusehen, dass er dachte: „Nur Verrückte fahren nachts allein durch die Wüste." Wir bekamen sogar noch ein warmes Essen, anschließend zeigte er uns das Häuschen für die Übernachtung. Treppen führten nach oben, wir standen auf dem Flachdach, über uns der Himmel, unzählige Sterne zum Greifen nahe. Ich konnte nur noch sehen und staunen, am liebsten wäre ich in dieser Nacht überhaupt nicht schlafen gegangen. Das war nicht möglich, weil wir am nächsten Tag wieder eine lange Fahrt zur nächsten Oase vor uns hatten. Ganz selten kam uns mal ein Pick-up entgegen, meistens aber dann auf der gleichen Fahrspur, nie war gewiss, ob er auch im richtigen Moment ausweichen würde. Es klappte immer, aber aufregend war es jedes Mal. Bevor wir die Oase Bahariya erreichten, sollte sich etwa ein Kilometer abseits ein kleines Dorf mit einer heißen Quelle befinden, so hatte ich im Reiseführer gelesen. Da wollten wir hin, was auch kein Problem war. Wir fuhren ins Dorf, aber nach hundert Metern war die Straße zu Ende, es war kein Weiterkommen. Also hielten wir an und stiegen aus. Plötzlich, wie aus dem Erdboden geschossen, stand eine Reihe von alten Männern und Kindern vor uns und jeder Einzelne streckt uns die Hand zur Begrüßung entgegen. Ich war völlig überwältigt und kam mir wie die Tante aus Amerika vor. Natürlich wussten sie, warum wir gekommen waren, und führten uns durch schmale Gassen zur Quelle. Sichtlich stolz zeigten sie uns das große Rohr, aus welchem das warme Wasser in ein riesiges Bassin strömte. Die Aufforderung zum Baden lehnten wir dankend ab. Dieses Schauspiel wollten wir ihnen nun doch nicht bieten. Bevor wir weiterfuhren, bekam natürlich noch jedes Kind einen „Stilo". Genauso höflich, wie wir begrüßt wurden, war auch wieder die Abschiedszeremonie. Weiter ging die Fahrt durch die weiße Wüste bis zur nächsten Oase Farafra. Bisher hatte ich eine Wüste auf diese Art und Weise nicht einmal auf Bildern gesehen. Für mich war Wüste einfach nur Sand, sonst nichts. Umso überraschter war ich, hier richtige Landschaften aus Stein und Sand vorzufinden. Fantastische Gebilde aus weißem Sandstein umgeben von gelblichem feinen durch den Wind geriffelten Sand. Wir hielten den Wagen an, stiegen aus und waren umgeben von Stille, nichts als Stille, es war faszinierend. Die weiße Wüste in Ägypten, ich nannte sie „Das stille Land". Am Spätnachmittag kamen wir in Farafra an. Der Dorfschullehrer besorgte uns eine Unterkunft, ziemlich schäbig, aber wir hatten für die Nacht ein Dach über dem Kopf. Während eines kleinen abendlichen Rundganges sahen wir, dass es hier auch eine warme Quelle gab, welche zum Baden benutzt werden konnte. Am nächsten Vormittag trafen wir ein paar Männer und kamen ins Gespräch, einer sprach etwas Englisch. Sie wollten uns etwas zeigen, also folgten wir ihnen neugierig. Ein Bretterverschlag, das war ihre Behausung. Wir sollten zum Essen bleiben, zwei von ihnen begannen zu kochen. Wir waren gespannt, was unter diesen einfachen Verhältnissen herauskam. Salat aus Gurken und Tomaten, Hähnchenfleisch, Reis dazu Pfefferminztee, alles schmeckte hervorragend. Wir waren vor allem von dieser Gastfreundschaft beeindruckt. Wie konnten wir uns erkenntlich zeigen? Geld zu geben, hätte sie sicher beleidigt. Was nun? Wir beglückten sie mit Erinnerungsfotos, ließen uns ihre Adresse geben und versprachen die Fotos zu schicken, was wir auch taten, als wir wieder zu Hause waren. Am Abend wollten wir dann im einzigen Restaurant der Oase noch etwas zu essen haben, doch außer Tee gab es absolut nichts. Deshalb waren wir unseren Gastgebern für das reichliche Mittagsmahl noch mal besonders dankbar, denn wir hatten praktisch kaum Vorräte, weil wir nicht damit gerechnet hatten, weder ein Restaurant noch ein Lebensmittelgeschäft vorzufinden. Zum Frühstück am nächsten Morgen gab es dann aus unserem dürftigen Vorrat für jeden von uns zwei Schluck Bier aus der Dose und eine halbe Tafel Schokolade. Das nächste Ziel war Dakhla, eine etwas größere Oase ebenfalls in der westlichen Wüste, wo dann auch wieder Lebensmittel reichlich vorhanden waren. Die nächste Etappe führte uns an den Nil. Bilder wie aus dem Alten Testament hatten wir vor Augen. Da gingen Frauen in ihren luftigen Gewändern mit ihren Wasserkrügen zum Fluss, nebenher trippelten kleine Eselchen mit riesigen Bündeln von frisch gerupftem Gras auf den Rücken auf den steinigen holprigen Wegen, eine Horde schmutziger Kinder tollte umher. Wir fühlten uns um zweitausend Jahre zurückversetzt. Blau und gemächlich floss der Fluss vor sich hin, genauso wie er es vor Urzeiten schon getan hatte, ohne Eile. In Quena angelangt suchten wir uns ein Hotel für die Nacht. Doch an Nachtruhe war in dieser Stadt nicht zu denken. Als der Lärm auf den Straßen endlich ein Ende nahm, begannen die Frühaufsteher mit lautem Gehupe und Geschrei die ersehnte Ruhe zu stören. Eilig verließen wir am frühen Morgen die lauteste Stadt, die ich bisher erlebt hatte. Auf der Brücke saßen die alten Männer in ihre Gewänder und Kopfbedeckungen gehüllt und lächelten uns mit der strahlenden Morgensonne entgegen. Dann der Karnaktempel, eine riesige Anlage, getragen von hohen Säulen, beschriftet mit in den Stein geschlagenen Hieroglyphen. Begeistert stand ich zwischen diesen monumentalen Zeugnissen einer längst vergangenen Kultur. Ich fotografierte, als mickriger Erdenbürger, die in den Himmel ragenden Giganten, die Perspektive war einfach umwerfend.

Überhaupt übte diese riesige Tempelanlage eine magische Kraft auf mich aus. Fast am Ende des Tempels befanden wir uns plötzlich vor einem verschlossenen eisernen Gittertor und auch hier tauchte wie aus dem Nichts ein Araber auf, der uns anbot, das Tor zu öffnen und uns den nicht jedem

Touristen frei zugänglichen kleinen Tempel von Osiris und Isis, den höchsten Göttern der alten Pharaonen, zu zeigen. Am nächsten Tag ging die Reise weiter, mit einer Fähre über den Nil zum Tal der Könige. Ein hügeliges, wüstenartiges Gebiet, in welchem die verstorbenen Pharaonen in tief in das Erdreich gegrabenen Kammern eingeschlossen wurden, welche mit eindrucksvollen Wandmalereien versehen deren letzte Reise darstellen. Wir hatten Glück, das Grab von Tutenchamun im Tal der Könige war gerade zur Besichtigung freigeben. Weil die Farben der Wandmalereien durch den Ansturm der Besucher schon gelitten hatten, wurden die Gräber manchmal geschlossen, sodass nicht immer alle Gräber besichtigt werden konnten. In einige andere uns nicht bekannte Pharaonengräber stiegen wir hinunter, jedes Grab an sich war eine Besonderheit. Um zum Tal der Königinnen zu gehen, hatten wir keine Zeit mehr, denn diese wurden in einem entlegeneren Teil separat bestattet. Den sogenannten „Heiligen Abend" verbrachten wir im „Old Cataract Hotel", welches schon viele prominente Gäste beherbergt hatte, unter anderem auch Agatha Christie, die hier zu ihrem berühmten Roman „Mord auf dem Nil" inspiriert wurde. Der Sonnenuntergang mit einem kühlen Drink auf der Terrasse des Hotels mit Blick über den Nil hinterließ einen unvergesslichen Eindruck. Dann am späteren Abend ein landesübliches Dinner, die Speisen in verschiedenen kleinen Kesseln auf offenem Feuer parat gehalten, zubereitet mit allen erdenklichen Gewürzen des Orients, das war ein Gaumenschmaus. Für den nächsten Tag hatten wir einen Flug zum Abu Simbel gebucht. Mit einem kleinen Flugzeug wurden wir von einem steinalten Piloten, der wie Dracula aussah, dennoch sicher zu den beeindruckenden Bauwerken geflogen, die zu Ehren von Ramses II. und der Königin Nofretari errichtet wurden. Das Außergewöhnliche daran war, dass diese Tempel sich ursprünglich an einem anderen Ort befunden hatten und durch den Bau des Assuanhochdamms in den Fluten versunken wären. Mithilfe russischer und deutscher Firmen wurden die Tempel aus den Felsen gesägt und 65 Meter über dem Wasserspiegel wieder aufgebaut, ein gewaltiges Unternehmen. Weiter ging die Fahrt durch die östliche Wüste, welche sich doch tatsächlich in Farbe und Form von der westlichen unterschied. Manchmal wuchsen auch Bäume und Sträucher, dennoch war es Wüste. Wir waren noch lange nicht in Hurghada, als sich die Benzinuhr mit rotem Aufleuchten meldete. Mit Genugtuung stellte ich fest, dass wir einen gefüllten Reservekanister hatten. Am Suezkanal entlang wollten wir nach Alexandria, von den Ägyptern aber Ixandria genannt, was zu großen Missverständnissen führte, als wir nach dem Weg fragten und uns niemand sagen konnte, welche Straße nach Alexandria führt, bis sich nach einem emotionalen Wortwechsel herausstellte, dass die unterschiedliche Aussprache daran schuld war. Unterwegs bekamen wir Hunger und hielten nach einem Restaurant Ausschau. Nach einiger Zeit fanden wir auch eines, wir waren die einzigen Gäste. Nun haperte es aber mit der Verständigung, was wollten wir essen. Kurz entschlossen zeigte mir der Besitzer den Inhalt seines Kühlschranks. Ich suchte zwei schöne Stücke Fleisch aus, die dann nach geraumer Zeit schön gebraten mit Fladenbrot und Salat serviert wurden. Es schmeckte vorzüglich. In der Mitte des Fleisches befand sich ein Röhrenknochen, was mich veranlasste, darüber nachzudenken, von welchem Tier das Fleisch wohl stammen könnte. „Schweinehaxen" gab es bei den Moslems nicht, dann konnte es nur vom Kamel sein. Diese Vermutung äußerte ich natürlich laut, die mein Gegenüber wie immer sofort infrage stellte. Aber ich hatte recht. Als nämlich der Besitzer wieder an unserem Tisch kam, um zu schauen, ob wir noch Wünsche hätten, sagte ich zu ihm nur ein Wort: „Kamel", worauf er zur Bestätigung eifrig mit dem Kopf nickte und freundlich grinste. Wieder zurück in Kairo hatten wir noch einen Tag Zeit zur Stadtbesichtigung und zum Besuch der Koptischen Kirche. In Kairo residierte Schenuda III., der Papst von Alexandria und Patriarch Ägyptens, des Nahen Ostens und ganz Afrikas. Dann wieder durch die engen Gassen der Altstadt, den Gemüsemarkt, mit Blumenkohlköpfen so groß, dass mir vor Staunen der Mund offen blieb. Schneidereien in einem winzigen Loch untergebracht, Metzgereien, bei denen einem schon vom Anblick der Appetit verging, Schmeißfliegen, soweit das Auge reicht. Dann ein Geschäft mit alten leeren Radiogehäusen, Schafe mit rot gekennzeichnetem Fell auf dem Weg zur Schlachtbank, dazwischen der Ruf des Muezzins zum Gebet, all dies machte diese Stadt zu einem einzigen wimmelnden Gebilde. Voll von Leben, von Reichtum keine Spur und das war gut so. Im Ägyptischen Museum sahen wir dann die Mumie von Tutenchamun. Man hatte ihn aus der friedvollen Atmosphäre seines Grabes ins Museum umgebettet. All seine Grabbeigaben, die Goldmaske, Edelsteine und Amulette waren zu sehen. Irgendwann später hat er dann seine Reise um die Welt angetreten, sodass möglichst viele Menschen in den Genuss seines Anblicks kamen. Ein letzter Blick vom Nil Hilton auf die untergehende Sonne, der Nil, grau, getaucht in rötliches Licht, atemberaubend!

Der Heimflug stellte noch eine Anforderung an unsere Nerven, denn plötzlich setzte ein Triebwerk aus, die Maschine sackte ab, ein Schrei ging durch die Kabine: „Die wollen uns abstürzen lassen", jammerte der Ostdeutsche in der Reihe hinter uns. Victor schrie zurück: „Halt die Klappe." Glücklicherweise waren wir in der Nähe von Athen. Dem Piloten glückte die Notlandung und nach mehreren Stunden Wartezeit in der heißen Maschine auf dem Rollfeld konnten wir in eine eilends aus Kairo eingeflogene Maschine umsteigen und später wohlbehalten in München ankommen. Als die Maschine aufsetzte, gab es einem lauten Krach …

Krach, wieso Krach? Ach so, ich war nicht im Flugzeug, ich war ja hier in dieser Zelle irgendwo in Kerala und der Krach kam von den scheppernden Eimern der Wärterinnen, die das Abendessen verteilten. Schmerzlich kam ich aus meinen Erinnerungen an diese eindrucksvolle Reise zurück in diese trostlose Zelle. Wie lange würde ich hier gefangen gehalten werden, würde mich jemand suchen, könnte man mich hier an diesem gottverlassenen Ort finden? Fragen über Fragen und keine Antwort. Nachdem ich das Abendessen hinuntergewürgt hatte, setzte ich mich wieder in meine Ecke und schwelgte in Erinnerungen.

X

Wir waren gerade erst von unserer erlebnisreichen Ägyptenreise zurück, als Victor fragte, ob ich nicht Lust hätte, mit ihm im Herbst nach Indien zu fliegen. Und ob ich Lust hatte, das war ja das Land meiner Träume. Lange bevor es soweit war, begannen wir schon mit der Planung. Victor wollte auf jeden Fall nach Darjeeling, Kaschmir und zum Mount Abu. Ich durfte mir noch andere Sehenswürdigkeiten aussuchen. Natürlich stand als Erstes das Taj Mahal an und das am 25. Oktober 1988, weil an diesem Tag der erste Vollmond nach dem Monsun war, ein ganz besonderer Tag. Auch Udaipur, die weiße, und Jaipur, die rosa Stadt, wollte ich gerne sehen. Am 3. Oktober war es dann endlich soweit. Wir flogen mit Kuwait Air nach Bombay, wieder mit dem Rucksack. Wir landeten am frühen Morgen und suchten uns ein billiges Hotel für drei Tage, dann sollte die Reise weitergehen, an welchen Ort zuerst, wussten wir noch nicht. Das Zimmer war klein und ziemlich schmutzig, dennoch ließen wir uns erschöpft auf das Bett mit dem fleckigen Bettuch fallen, um in einen dämmrigen Schlummer zu sinken. Hinterher waren wir beide klatschnass (wegen der hohen Luftfeuchtigkeit). Nach einer Dusche zogen wir uns leichte Kleidung für die Stadtbesichtigung an. Wir suchten den Bus, der laut unserem Reiseführer eine Route durch ganz Bombay fuhr und dann nach Stunden wieder zum Ausgangspunkt zurückkam. Es war ein Doppeldecker und wir saßen oben in der vordersten Reihe. Unglaublich, welches Getümmel und Gewühl auf diesen Straßen herrschte. Lärm und Schmutz ohne Ende, unvorstellbar. Es war Abend, als wir zurückfuhren, in den Wohnungen brannte Licht, durch die vergitterten Fenster sah ich, in welch grausigen Löchern diese Menschen hausten. Ich war so erschüttert, dass mir Tränen über das Gesicht liefen. Die Eindrücke in den nächsten beiden Tagen waren genauso belastend und Victor meinte, wir brauchen nicht auch noch Calcutta sehen, da wäre es bestimmt noch schlimmer. Über diese Entscheidung war ich sehr froh. Im Zug nach Udaipur konnte ich endlich aufatmen und mich an der herrlichen Landschaft erfreuen. Die sogenannte weiße Stadt war wirklich weiß und das Palasthotel im See ein Traum aus vergangenen Zeiten.

Doch ich war hier eingesperrt, ich wusste nicht, wie lange schon, denn ich hatte den Begriff von Raum und Zeit verloren. Die Wärterin kam und löschte das Licht. Wie auf Kommando schwirrten die Moskitos herbei und stürzten sich auf mein Blut. Es war mir nicht möglich, meinen schönen Traum zu Ende zu träumen. Irgendwann schlief ich ein und erwachte wieder, als Wärterinnen den Eimer mit dem ersten Frühstück brachten, draußen war noch dunkle Nacht. Ich schätzte, dass es vielleicht fünf Uhr früh war. An Schlafen war nicht mehr zu denken, so setzte ich mich wieder in meine Ecke und setzte die Reise vom Abend fort.

Das nächste Ziel war Jaipur, die „Pink City". Der Anblick dieser rosa Bauwerke, besonders der „Palast der Winde", war sehr beeindruckend. Dann das Amber Fort. Hier hatte ich die Möglichkeit erstmals auf einem Elefanten zu reiten. Welch ein Gefühl, wie er mich mit wiegenden Schritten durch das Fort schaukelte. Victor hielt dieses einmalige Schauspiel mit der Kamera fest. Am nächsten Tag ging es mit dem Zug weiter nach Padna, eine wiederum sehr schmutzige Stadt. Die einzige Sehenswürdigkeit war ein Jain-Tempel. Immer musste man vor Betreten des Tempels die Schuhe ausziehen und ich hatte jedes Mal Angst, ob ich die meinen unter dem Berg von Schlappen auch wieder finden würde, denn barfuß durch Indien wäre für unsere europäischen Füße bestimmt kein Vergnügen. Ich war schon froh, dass meine Sandalen so dicke Sohlen hatten, um unbeschadet durch all den Schmutz und Unrat zu waten. Nun bewegten wir uns auf einen der Höhepunkte unserer Reise zu – Darjeeling, die Hochebene mit den berühmten Teeplantagen. Schon mit dem Taxi hinaufzufahren, war atemberaubend. Als wir dann am nächsten Morgen noch vor Tagesanbruch auf den Tigerhill fuhren, um den Sonnenaufgang über dem Kachenjanga, einem der höchsten Berge des Himalaja, zu sehen, war ich von diesem Naturschauspiel überwältigt.

Wieder Schlüssel rascheln und Eimer klappern, das zweite Frühstück wurde „serviert": Scharf gewürzte Linsen, meine Plastikflasche halb gefüllt mit Milch und heute gab es auch noch ein hart gekochtes Ei dazu. Das war die einzige Mahlzeit am Tag, mit der ich mich anfreunden konnte. Alles andere kostete Überwindung hinunterzuwürgen. Doch was blieb mir anderes übrig, denn verhungern wollte ich trotz meiner aussichtslosen Lage auch wieder nicht. Dann doch lieber wieder den Traum von Indien weiterspinnen.

Vom Hochland dann wieder zurück ins Tal des Ganges. Varanasi, die Heilige Stadt am Fluss, wo sich die Pilger im total verschmutzten Wasser waschen, um von ihren Sünden gereinigt zu werden, ein Schauspiel welches in den meisten Dokumentationen über Indien gezeigt wird. Ich war sehr neugierig darauf, dieses Ereignis persönlich mitzuerleben, aber es kam anders. In Varanasi angekommen, gingen wir am Abend in ein sehr vornehmes Hotel zum Essen. Als krönenden Abschluss bestellten wir uns ein Mango-Eis. Das war ein Fehler, jedenfalls für mich, wie sich später herausstellte. In unserem schäbigen Hotel angekommen, legten wir uns in unsere Sommerschlafsäcke (direkt auf den versifften Bettlaken zu liegen, wäre nicht so angenehm gewesen). Spät in der Nacht wachte ich auf, weil es mir unerträglich heiß war. Mein Schlafshirt und auch der Schlafsack waren schon völlig von Schweiß durchnässt. Ich fühlte mich furchtbar elend und weckte Victor. Er legte seine Hand auf meine Stirn (ein Thermometer hatten wir nicht) und stellte fest, dass ich sehr hohes Fieber haben müsste. Als sich mein Zustand dann bis zum Morgen verschlechterte, erkundigte sich Victor bei der Hotelleitung nach einem Arzt, der dann an mein Krankenlager gerufen wurde. Nach einer alt hergebrachten Methode untersuchte er mich eingehend, stellte aber keine Diagnose und verordnete mir fünf verschiedene Medikamente. Er bestellte beim Hotelkoch eine bestimmte Diät für mich und meinte, dass ich in drei Tagen wieder auf den Beinen sein sollte. Es ging mir tatsächlich dann auch wieder besser, sodass wir am vierten Tag den Flug nach Agra nehmen konnten. Aber gesund fühlte ich mich nicht. Da aber das Taj Mahal in Agra zu sehen, mein größter Wunsch war, schob ich alles Unwohlsein zur Seite und freute mich auf eines der größten Weltwunder, und dazu noch am 25. Oktober, dem ersten Vollmond nach dem Monsun. Eine ganz besonders spirituelle Energie sollte in dieser Nacht vorherrschen. Schon am frühen Morgen, als es gerade anfing hell zu werden, waren wir zur Stelle. Zuerst wollten wir dieses Monument von der Flussseite bei Sonnenaufgang sehen. Um dahin zu kommen, mussten wir über steiniges Gelände klettern. Victor ging voraus, ich mit Abstand hinterher. Gut, dass ich dabei auf meine Füße schauen musste, denn plötzlich tauchte wie aus dem Nichts eine riesige schwarze Schlange vor mir auf. Ich blieb wie angewurzelt stehen, war fasziniert. Sie wollte offensichtlich nichts von mir und war genauso schnell, wie sie aufgetaucht war, auch wieder zwischen den Steinen verschwunden. Als ich Victor dann später davon berichtete, glaubte er mir wie üblich nicht. Solche Reaktionen war ich von ihm ja schon gewohnt. Er hat immer seine eigenen Wahrheiten, und wenn ihm keine handfesten Beweise geliefert wurden, glaubte er mir nicht. Ich hatte die Schlange gesehen und war begeistert, ob er mir nun glaubte oder nicht. Nach unserem Rundgang um die Gartenanlage betraten wir diese durch das große Tor. Welch ein Anblick, das Taj Mahal im grauen Morgenlicht in seiner ganzen Schönheit und Majestät. Das Zeugnis einer unendlichen Liebe des Schahs Jahan an seine über alles geliebte Mumtaz. Bis zum Sonnenuntergang verbrachten wir die Zeit unter Schatten spendenden Bäumen. Der Sonnenuntergang verbreitete dann wieder eine ganz andere Atmosphäre. Der Marmor des Grabmals war nun in zartes Rosa getaucht. Später, als es dunkel wurde und der volle Mond am Himmel stand, war das Taj Mahal in ein fahles weißes Licht getaucht. Bilder wie aus Tausendundeiner Nacht. Ich wagte kaum zu atmen, so sehr war ich von diesem Schauspiel angetan.

Was riss mich wieder so jäh aus meinen Träumen? Natürlich das Geklappere der Eimer mit dem Mittagessen. Sambar und Tschore wie jeden Tag. Lustlos stopfte ich mir das Zeug mit der rechten Hand in den Mund, die linke war ja unrein und durfte zum Essen nicht benutzt werden. Dann setzte ich mich wieder in die Ecke, um meine Indienreise fortzusetzen.

Am frühen Morgen startete unser Flug nach Srinagar. In Kaschmir angekommen, ließen wir uns von einem Taxi zum Nagin Lake fahren. Wir hatten vor, die letzten acht Tage unserer Reise auf einem dieser wunderschönen, hölzernen Hausboote, welche zu Kolonialzeiten die Engländer haben bauen lassen, zu verbringen. Ein geeignetes Boot war schnell gefunden. Der Schlafraum war groß und luxuriös, ebenso das Wohnzimmer und zusätzlich bekamen wir auch noch einen Diener, der für unser Wohlbefinden sorgen sollte. Da ich mich von meiner Krankheit in Varanasi immer noch nicht so richtig erholt hatte, ging Victor den nächsten Morgen allein auf Tour, um die Gegend zu erkunden. Ich machte es mir an Deck gemütlich, sah den Händlern zu, welche vorbeikamen und ihre Waren feilboten. Einer hatte wunderbare Kaschmirschals anzubieten. Ich vertröstete ihn auf den Abend, wenn mein Mann da wäre. Am Mittag kam Victor zurück und erzählte mir ganz begeistert, dass er ein „wunderschönes Dorf" entdeckt hätte. Ich sollte gleich am Nachmittag noch mit ihm dahin. „Musst du aber zuerst durch einen Zaun klettern", sagte er mir mal vorab. Wir sind dann durch das Loch im Zaun geklettert und befanden uns inmitten von Hühnern, Ziegen, Hunden und neugierig blickenden Kindern. Dann war da eine Reihe von lang gestreckten Häusern. Betten standen auf der offenen Veranda, auf denen in der Mittagshitze dösende Menschen lagen, hier und da ging jemand am Stock mit verbundenen Beinen. Ein anderer hatte den Arm verbunden, alles in allem kam mir das Ganze etwas merkwürdig vor. Es herrschte eine ganz eigenartige Atmosphäre in diesem kleinen Dorf. Plötzlich fiel es mir wie Schuppen von den Augen. Die haben ja alle Lepra. Wir sind inmitten eines Lepradorfes gelandet! Es waren jedoch nur die Erwachsenen, die davon befallen waren, die Kinder sprangen gesund und munter umher. Da wir nicht einmal das kleinste Geschenk bei uns hatten, kaufte ich am nächsten Tag jede Menge Gebäckstücke und nahm für jedes der Kinder einen Kugelschreiber mit. Man kann sich nicht vorstellen, mit welcher Dankbarkeit diese Menschen mit ihren abgefaulten Stümpfen den Kuchen entgegennahmen. Manche hatten keine Augen, Ohren oder Füße mehr. Es war ein Bild des Grauens. Einer der Männer sprach etwas Englisch. Er wollte mich zu ihrem Arzt bringen. Was ich da sollte, war mir schleierhaft, aber ich ging mit. Dem Arzt war es genauso unverständlich, was ich hier wollte. Nun fragte ich ihn, was man für diese Menschen hier tun würde. Daraufhin sagte er, dass es inzwischen Medizin gäbe, um die Krankheit zu stoppen, was auch ziemlich erfolgreich sei. Die anderen, bei denen die Krankheit schon weiter fortgeschritten war, müssten hier im Dorf und von der Regierung unterstützt leben, bis sie durch den Tod von diesem schrecklichen Leiden erlöst werden. Was aus den Kindern einmal würde, darauf konnte er mir keine Antwort geben. Ich habe von der ganzen munteren Schar ein Foto gemacht und keiner würde glauben, dass die Eltern dieser Kinder an Lepra erkrankt waren. Wenn man so etwas mit eigenen Augen gesehen hat, ist es nicht schwierig, dem eigenen Leben mit Demut und Dankbarkeit gegenüberzustehen. Die beschauliche Zeit auf dem Nagin Lake verging wie im Flug. Unser Rückflug begann in Delhi. Wir waren sehr zeitig am Flughafen und ich hatte noch einige Dollars in der Tasche. Also ging ich zum Stöbern in einen Buchladen. Da mein Interesse dem Yoga galt, hatte ich auch gleich ein entsprechendes Buch darüber in der Hand. Ich schlug es auf, die zweite Seite zeigte einen würdigen alten Mann mit weißen Haaren und ebensolchem Bart in Padmasana, der Yogahaltung, sitzend. Aber das Gesicht, es war das Gesicht, welches mir damals in meiner traurigen Zeit so viel Trost gespendet hatte. Genau diese gütigen dunklen Augen blickten mich an. Es war Swami Vishnu Devananda. Ich kaufte das Buch in der englischen Version und später dann zu Hause in Deutsch. Mit vielen neuen Eindrücken und Erfahrungen kam ich nach Hause zurück. Beim Auswerten meiner zahlreichen Dias zog noch einmal das farbenfrohe, lebendige und dennoch geheimnisvolle Indien an mir vorbei. Ich war sicher, dass ich nicht das letzte Mal dort gewesen war.

Durch das Gitter meiner Zelle sah ich die Sonne hinter den Dächern der anderen Gebäude untergehen. Wieder ein Tag vorüber. Ich hatte keine Ahnung, wie lange ich schon hier war. Das Zeitgefühl war mir völlig verloren gegangen. Werde ich hier jemals wieder lebend herauskommen? Immer wieder dieselbe Frage und jedes Mal keine Antwort. Wie lange kann ich das noch aushalten, ohne tatsächlich verrückt zu werden?

XI

Nun, an welcher Stelle sollte ich meine Reise in die Vergangenheit fortsetzen? Das tägliche Leben nahm seinen normalen Gang. Ich ging meiner Beschäftigung im Zeichenbüro des Instituts nach. Meine Freizeit verbrachte ich im Winter mit Lesen, Musikhören, Spaziergängen, Thermalbad-, Kino- und Theaterbesuchen. Während dieser beschaulichen Zeit meldete sich natürlich mal wieder meine Sehnsucht nach der Ferne. In meinem Kopf spukten da schon seit ewigen Zeiten die Azoren herum. Das kam wohl daher, dass ich mich sehr viel mit Esoterik beschäftigt habe und die Azoren mit dem sagenumwobenen, versunkenen Atlantis in Verbindung gebracht wurden. Ja, da wollte ich unbedingt hinfliegen, auf die neun Inseln, weit draußen im Atlantik auf halbem Weg nach Amerika. Obwohl Victor immer nur seine Ideen durchsetzte, war er in diesem Fall einmal meinem Wunsch nachgekommen und war bereit mit mir zu fliegen. Der Juni sollte eine sehr angenehme Zeit sein, zumal es jetzt noch nicht so viele Touristen zu den Inseln zog. Der Flug ging über Lissabon nach Ponta Delgada auf der Hauptinsel San Miguel. Ich sehe mich immer noch am Kraterrand von Sete Cidades stehen. Der Krater, der ringsum mit blühenden Sträuchern und seltenen Bäumen bewachsen war, und unten der klare, grün schimmernde See. Im Angesicht dieser atemberaubenden Naturschönheit fiel es mir nicht schwer, meine Gedanken weit in der Zeit zurückwandern zu lassen und dem untergegangenen Atlantis nahe zu sein. Es waren meine Gedanken und Gefühle und die gingen niemanden etwas an. Schon gar nicht Victor, der sich über derartige Gefühlsregungen doch nur lustig gemacht hätte. Ich jedenfalls hatte mein Atlantis gefunden.

Atlantis: geheimnisvolle Welt.
Ich habe dich endlich gefunden,
für ewig versunkenes Paradies
auf dem tiefen Meeresgrunde.
Die Energie eine gewaltige Macht
hat dem herrlichen unbeschwerten Leben
ein jähes Ende gemacht.
Meine Seele, sie irrte äonenlang umher,
nun stehe ich auf deinen Gipfeln, Atlantis,
und sehe dich unter dem tosenden Meer.

Auch auf den anderen Inseln kam es mir vor, als wäre ich nach langer Zeit nach Hause gekommen. Wer an Reinkarnation glaubt, wird mich verstehen. Die anderen Inseln besuchten wir entweder mit dem Schiff oder mit dem Flugzeug. Jede von ihnen hatte ihren eigenen Reiz und ihre Schönheit.

XII

Doch kaum war ich wieder zu Hause, bekam ich eine Depression. Ich war traurig, niedergeschlagen und hatte wahnsinnige Kopfschmerzen, es war kaum auszuhalten. Täglich fühlte ich mich schlechter, sodass der Hausarzt meinte, es könne mir nur noch in der Psychiatrie geholfen werden. Widerstandslos ließ ich mich einweisen. Aufgrund der Antidepressiva ging es mir dann auch nach relativ kurzer Zeit schon wieder besser. Ich musste aber noch bleiben, bis sich der Zustand normalisierte. Auf der Station war ein junger, gut aussehender Mann, mit dem ich mich anfreundete. Er war einer der wenigen, die nicht mit trüben Augen im Tagessaal herumhingen und sich aus dem Aschenbecher mit schmutzigen Fingernägeln die Kippen herausklaubten. Mit Klaus konnte ich vernünftige Gespräche führen und das tat gut im Einerlei der Tage. Nachmittags durften wir die Station verlassen. So gingen wir täglich auf dem weitläufigen Gelände der Anstalt, für mich war das immer noch ein von alters her zutreffender Begriff, spazieren. Mit der Zeit wagten wir uns auch etwas weiter weg, über die Wiesen bis zum Waldrand, setzten uns auf eine Bank und genossen diese kleine Freiheit, bis wir später wieder auf die geschlossene Station zurück mussten. Es fiel uns auf, dass regelmäßig ein Radfahrer vorbeikam, der offensichtlich seine Runden drehte. Einmal blieb er dann stehen und begann ein Gespräch mit uns. Dabei stellte sich heraus, dass er ebenfalls Patient in der Klinik war, in einem offenen Haus wohnte und deshalb täglich eine Stunde mit dem Fahrrad in der Gegend herumfahren durfte. Wir freundeten uns mit ihm an und trafen uns nun täglich zu einem kleinen Schwätzchen. Dabei ließ er durchblicken, dass er in jungen Jahren schon einmal längere Zeit hier in der Klinik gewesen war, und zwar hinter der Mauer. Das bedeutet, dass er im psychiatrischen Gefängnis gesessen hatte. Auch jetzt hätte er wieder einige Jahre hier verbracht, befinde sich nun aber in der letzten Phase seiner Rückführung in die Gesellschaft und würde nun bald entlassen werden. Wie sich dann sein Leben gestalten würde, davon hatte er im Moment keine Vorstellung, ursprünglich wäre er Gärtner gewesen. Jonathan, so hieß er, lud uns eines Nachmittags zu sich auf die Station zum Waffelnessen ein, die er für uns backen wollte. Petra, eine Mitpatientin, war auch eingeladen. Es war eine nette Abwechslung in der täglichen Routine und wir sprachen sehr offen, jeder über seine Krankheit. Jonathan äußerte, dass sich die Frauen immer in abfälliger Weise über seinen kleinen Penis lustig gemacht hätten. „Wenn alle Frauen so wären wie Petra und ich, könnte er seinen Hass auf die Frauen vergessen", meinte er. Wir nahmen dieses Bekenntnis kommentarlos hin, was hätten wir auch dazu sagen sollen, und schenkten dieser doch sehr persönlichen Offenbarung keine weitere Beachtung. Einige Zeit nach meiner Entlassung hörte ich eines Vormittags in den Regionalnachrichten, dass ein Patient der Psychiatrie in Wiesloch eine Krankenschwester ermordet hätte. Mein erster Gedanke war: Jonathan! Am Abend rief Petra an, die meine Vermutung bestätigte. Es war schrecklich. Ich wagte mir nicht auszumalen, was passiert wäre, wenn Klaus nicht immer wie eine Klette an meiner Seite gewesen wäre. Ich, allein da oben am einsamen Waldrand, es lief mir eiskalt den Rücken herunter. Ich war mir sicher, dass ich Klaus mein Leben zu verdanken hatte. Ein paar Wochen später kam ein Brief von Jonathan aus der Haftanstalt. Der Brief begann mit den Worten: „Ich bin ein Mörder geworden, es ist schrecklich, immer das Gesicht des Opfers vor Augen zu haben." Weiter schrieb er, dass er die Erlaubnis habe einmal im Monat ein Telefongespräch zu führen und fragte, ob er mich anrufen dürfte. Ich teilte ihm daraufhin mit, dass es mir aus psychischen Gründen nicht möglich wäre, mich mit seiner Situation auseinander zu setzen, und wünschte ihm viel Kraft dieses schreckliche Los zu ertragen. Zu jedem Jahreswechsel schickte er mir eine

Karte mit den Worten: „Von einem der immer noch an dich denkt."

Traurig schaute ich mich in meiner Zelle um. Ich hatte keinen Menschen ermordet und trotzdem saß ich hier in diesem Gefängnis auf unbestimmte Zeit. Die Eimer klapperten, Essenszeit. Nach dem Essen überlegte ich mir, welche Etappe meines Lebens nun an der Reihe war.

XIII

Indien und immer wieder Indien. Dieses Land war aus meinem Leben nicht wegzudenken. An der Uni hatten wir mal wieder einen indischen Gastprofessor. Seine Frau und drei Kinder waren auch mitgekommen. Gegenseitig luden wir uns von Zeit zu Zeit zum Essen ein. Frau Rao kochte wunderbar, es war immer wieder ein Genuss. Nachdem der Forschungsauftrag beendet war, gingen sie wieder in ihre Heimat zurück, natürlich nicht, ohne mich eingeladen zu haben. Dieses Angebot wollte ich gerne annehmen, denn den Süden Indiens kannte ich noch nicht. In Madras angekommen, wurde ich von Herrn und Frau Rao am Flughafen erwartet. Durch die lärmende Stadt fuhren wir dann auf holprigen Straßen zu einem College, an dem Herr Rao seine Vorlesungen hielt. Er wohnte auch auf dem dazugehörenden Campus. In der schicken kleinen Villa wurde mir das schönste Zimmer zur Verfügung gestellt. In den nächsten Tagen stellte sich heraus, dass man aber hier so gut wie nichts unternehmen konnte. Auf meinen Spaziergängen durchs Gelände begleitete mich immer ein Wachmann mit Stock. Ich konnte keinen Schritt alleine machen. Als ich dann an Herrn Rao mit dem Wunsch herantrat, alleine ins 200 km entfernte Auroville zu fahren, wo Shri Aurobindo seinen Ashram hatte, wollte er mir das auf keinen Fall erlauben. Es wäre zu gefährlich für mich, ohne Begleitung zu reisen. Damals konnte ich das nicht verstehen und fühlte mich in meiner Freiheit eingeschränkt. Stattdessen lud man mich dann zu einem Sonntagsausflug nach Mahbalipuram, der großen Tempelanlage direkt am Meer, ein. Es war an diesem Tag außergewöhnlich heiß und ich wunderte mich, dass diese Hitze den beiden Indern mehr zusetzte als mir. Sie wollten dann auch nicht mit mir zum Tempel, denn es waren doch mehrere Hundert Treppen zu besteigen, bis man oben am Heiligtum ankam. Die Pilger zündeten Räucherstäbchen an und beteten zu Shiva. Um mir dann aber doch noch etwas mehr zu bieten, kam der Vorschlag, dass Frau Rao eine Woche mit mir nach Bangalore fahren würde, wo sie ihr Haus hatten. Bangalore war eine sehr schöne Stadt, mit breiten Straßen, vielen Parks und für indische Verhältnisse sehr sauber. Es gab auch gute Geschäfte und so machte das Einkaufen Spaß, zumal die Einkäufe mit meinem deutschen Geld so gut wie geschenkt waren. Ich bemerkte Frau Raos neidvollen Blick, dass ich als alleinstehende deutsche Frau das Geld mit vollen Händen ausgeben konnte. Doch nur einzukaufen, genügte mir nicht, ich wollte auch etwas von der indischen Kultur sehen. Maysor war nicht so weit entfernt. In meinem Reiseführer hatte ich gelesen, dass dort ein prachtvoller alter Palast zu besichtigen war. Ich konnte Frau Rao überreden, mit mir dahin zu fahren. Der Palast übertraf dann alle meine Erwartungen. Er war in vollendeter Schönheit ausgestattet. Ich ging voller Ehrfurcht durch die prachtvollen Räume, in der Erwartung, gleich auf den Maharadscha zu treffen. Die Bildergalerie zog mich dann vollends in den Bann. In prachtvoll gehüllte Gewänder und mit Schmuck versehen hatte der Maler die früheren Bewohner des Palastes in Öl festgehalten. Von einem Bild fühlte ich mich ganz besonders angezogen. Es zeigte drei Kinder, zwei Mädchen und einen Jungen, noch in einer „Chaise" sitzend. Das größere Mädchen stand beschützend dahinter und die Kleine im Vordergrund hielt an einem seidenen Schnürchen ein Holzpferdchen. Mit großen dunklen Augen schaute sie aus dem Bild herab. Sie erinnerte mich an ein Foto aus meinen Kindertagen, als ich mit den gleichen großen, wachen Augen voller Erwartung in die Welt schaute. Ich konnte mich nur schwer von diesem faszinierenden Anblick losreisen. Noch lange beschäftigte ich mich mit diesem Kind und hätte gerne gewusst, was aus ihm geworden ist, aber niemand konnte mir Auskunft darüber geben. Nachdem wir wieder aus Bangalore zurück waren, wollte Frau Rao noch einen Besuch bei ihrem Verwandten im 500 km entfernten Gunthur machen. Wir fuhren wieder mit dem Zug, das Reisen in indischen Zügen ist nicht gerade ein Vergnügen, besonders unangenehm sind die hygienischen Verhältnisse. Als ich nach drei Stunden Fahrt die Toilette aufsuchen musste, traf mich fast der Schlag. Unter der Toilettentür floss schon Urin durch, wie mochte es wohl drinnen aussehen.

Unverrichteter Dinge ging ich zu meinem Platz zurück. Nur mit äußerster Selbstbeherrschung gelang es mir, die Fahrt zu überstehen und nicht in die Hosen zu pinkeln. Wir kamen um Mitternacht in Gunthur an, wo uns der Schwager von Frau Rao abholte. Am nächsten Morgen beim Frühstück war dann die ganze Familie versammelt und überhäufte mich mit allen möglichen Fragen, die ich natürlich gerne beantwortete. Auf die Frage nach meiner Religion gab ich dann aber doch nicht zu, dass ich schon vor Jahren aus der evangelischen Kirche ausgetreten war, denn sie waren im Gegensatz zum Großteil der Inder keine Hindus, sondern fanatische Katholiken. Den ganzen Vormittag hielt mir dann der Hausherr einen Vortrag über den christlichen Glauben, und wie schlecht die Hindus, Moslems und Juden wären, nur aus Höflichkeit wagte ich nicht zu widersprechen. Inzwischen war es Zeit zum Mittagessen. Verzweifelt wurde für mich nach Messer und Gabel gesucht. Als ich aber erklärte, dass ich genau nach der indischen Sitte auch mit der Hand essen könne, waren sie alle sehr erfreut und erleichtert. Der Sohn und die Tochter wollten mir dann am Nachmittag die Stadt zeigen. Sie orderten eine Rikscha, wir drückten uns zu dritt auf die schmale Sitzbank und los ging es ins kunterbunte Gewimmel der brodelnden City. Es gab jedoch zu meiner Enttäuschung so gut wie keine Sehenswürdigkeiten, so sehr sich auch meine beiden Begleiter bemühten, in mir eine Begeisterung zu erwecken und immer wieder fragten: „You like it?", worauf ich nach indischer Manier mit dem Kopf wackelte. Für den nächsten Tag war dann ein Ausflug zum Krishna geplant. Ich wunderte mich etwas, weil mir nicht klar war, was das bedeuten sollte. Es wäre der größte Fluss hier in der Gegend, aufgestaut zu einem riesigen Staudamm. Das interessierte mich dann schon, kam ich doch aus einem Wasserbauinstitut und hatte solche Anlagen schon mehrfach gezeichnet. Es war dann auch ein wirklich imponierender Damm und meine Gastgeber schienen zufrieden zu sein, mir dieses Bauwerk gezeigt zu haben. Am nächsten Tag fuhren wir wieder ab. Ich war froh diesen Familienbesuch hinter mich gebracht zu haben, obwohl sie alle sehr nett zu mir waren, wohl auch deshalb, weil ich zum Abschied für jeden ein Geschenk gekauft hatte. Die Männer bekamen lederne

Gürtel und für Mutter und Tochter hatte ich je einen Seidenschal erstanden. Die letzte Woche meines Aufenthaltes war angebrochen und ich wollte Familie Rao zu einem schönen Essen einladen. Es wurde lange beraten, worauf man sich dann für „Fishermans Cove" entschied, ein 5-Sterne-Hotel am sechs Kilometer entfernten Strand gelegen. Wir tafelten fürstlich, und als ich die Rechnung bezahlte, traf Frau Rao fast der Schlag. Ich gebe zu, es war für indische Verhältnisse eine riesige Summe, doch für mich war es nicht mehr, als ich in einem guten Restaurant in Deutschland hätte bezahlen müssen. Weil es mir da so gut gefallen hatte und es auch einen Strand gab, wo ich mich im Badeanzug sehen lassen konnte – die Inderinnen stehen nämlich im Sari nur bis zu den Knien im Wasser – nahm ich mir die nächsten Tage am Nachmittag eine Rikscha und ließ mich zum Hotelstrand fahren. Dort angekommen, setzte ich mich erst mal mit einem Cocktail auf die Terrasse und genoss den wunderschönen Ausblick über das Blütenmeer des Gartens, zum Strand und dem blauen Meer. Die Brandung war an dieser Stelle sehr stark, und so wagte ich mich beim Schwimmen nicht weit hinaus, obwohl es einen „Lifeguard" gab. Aber diesem mickrigen Kerlchen hätte ich nicht zugetraut, dass er mich im Notfall retten würde. Ich zweifelte vielmehr daran, ob er überhaupt schwimmen konnte, denn darin sind die Inder auch keine Weltmeister. Wobei ich zu ihrer Ehrenrettung sagen muss, dass sie viele andere Qualitäten haben, an denen wir uns noch eine Scheibe abschneiden könnten. Wenn auch die Reise nicht so ganz nach meinen Vorstellungen verlaufen war, so hatte ich doch viele neue Eindrücke gewonnen und war meinem geliebten Indien wieder etwas näher gekommen.

Ich saß in meiner Ecke und hing meinen Gedanken nach: Yoga, ein wichtiger, wenn nicht überhaupt der wichtigste Punkt in meinen Leben. Ich wollte noch einmal Revue passieren lassen, wie alles begonnen hatte.

XIV

Über Jahre hinweg besuchte ich nun schon die wöchentlichen Yogastunden an der Universität, ohne jedoch das Gefühl zu haben, spirituell weitergekommen zu sein. Ich machte mich auf die Suche nach einem neuen Lehrer. Von einem Kollegen bekam ich den Tipp, es gäbe da einen Yogalehrer aus Afghanistan, an den ich mich mal wenden sollte, was ich dann auch tat. Sein Name war Ashif. Wie er mir am Telefon mitteilte, wollte er sich erst einmal mit mir treffen, um sich mit mir über Yoga zu unterhalten. Bei einem guten Essen in einem Chinarestaurant beeindruckte er mich dann mit seinem großen Wissen, das aber mehr philosophischer Natur war und mit Hatha-Yoga nicht direkt etwas zu tun hatte. Bei der Verabschiedung wollte ich nun doch auf den Punkt kommen und fragte ihn, wann ich denn nun Yogastunden bei ihm nehmen könnte. Er wollte sich nicht festlegen und sagte, er würde sich telefonisch bei mir melden. Es dauerte und dauerte, als er dann endlich anrief, teilte er mir mit, dass er bis jetzt noch keinen geeigneten Raum für den Unterricht gefunden hätte. Irgendwie hatte ich den Verdacht, dass daraus nichts werden würde. Scheinbar zum rechten Zeitpunkt bekam ich mal wieder vom Sivananda-Zentrum München einen Flyer, in welchem sie ihre Yogastunden und unter anderem auch eine vierwöchige Yogalehrerausbildung in Spanien anboten. Wenn ich schon keine geeigneten Lehrer fand, warum sollte ich dann nicht selbst eine Ausbildung machen, ging es mir durch den Kopf. Je länger ich darüber nachdachte, desto begeisterter war ich von der Idee. Kurz entschlossen meldete ich mich an. Die Ausbildung sollte im September 1993 in Mojacar im „Pueblo Indalo", einer Ferienanlage in der Nähe von Alicante stattfinden. In freudiger Erwartung machte ich mich auf die Reise. Am Zielort angekommen, bekamen wir unsere Unterkunft zugeteilt, jeweils eine Zweizimmerwohnung für drei Teilnehmer in einem der zahlreichen Häuschen. Mit mir teilte Rita, eine feurige, rothaarige Schweizerin, den Schlafraum. Der nächste Morgen begann dann um sechs Uhr mit einer einstündigen Meditation unter freiem Himmel. Wir waren hundert Yogaschüler, aus ganz Europa, in der Mehrzahl waren die Spanier, dann Deutsche, Engländer, Franzosen, Finnen, Schweizer und Polen, kurz gesagt ein bunt zusammengewürfelter Haufen. Wir bekamen die Schuluniformen, weiße bequeme Hosen und gelbe T-Shirts. Unsere Lehrer, die Swamis, hinduistische Mönche und Schüler von Vishnu Devananda, weihten uns in einer feierlichen Zeremonie in die Yogalehrerlinie ein. Damit begannen dann harte vier Wochen voller Disziplin und Aufmerksamkeit. Nach fast militärischen Regeln gestaltete sich der Tagesablauf:

5.30 Uhr Wecken
6.00 Uhr Meditation, Mantrasingen, Vortrag
8.00 Uhr Asanas (Yogastellungen), Pranajama (Atemübungen)
10.00 Uhr Brunch
11.00 Uhr Karma-Yoga (selbstloser Dienst)
12.00 Uhr Bhagavadgita (Heilige Schrift)
14.00 Uhr Philosophischer Hauptvortrag
16.00 Uhr Asanas (Yogastellungen), Pranajama (Atemübungen)
18.00 Uhr Abendessen
19.30 Uhr Meditation, Mantrasingen, Vortrag
22.00 Uhr Bettruhe

Es war schon eine große Herausforderung, dieses strenge Programm vier Wochen durchzuhalten. Natürlich mussten wir zum Abschluss noch eine mehrstündige Prüfung ablegen, um das Diplom zur Berechtigung als Yogalehrer gemäß der Lehre von Sivananda und Vishnu Devananda zu erhalten. Dann war es noch möglich, eine Mantra-Einweihung und einen spirituellen Namen zu bekommen. Ich suchte mir ein Mantra aus, von dem ich überzeugt war, dass es das richtige für mich war. Von einem spirituellen Namen habe ich

Abstand genommen, hatte ich doch schon einen griechischen Namen: Iris, die Götterbotin des Zeus, Tochter des Thaumantas und der Elektra. Sie verkörpert den Regenbogen mit seinen Farben und ist ein Symbol von Himmel (Uranus) und Erde (Gaia). Mit diesem Namen verbindet sich, seit ich mir dessen bewusst geworden bin, eine große Verpflichtung, und ich glaubte, dieser mit einem Leben nach der alten Yogatradition gerecht zu werden. Die Mantra-Einweihung hatte mich sehr bewegt. Danach saß ich auf einem Felsen, schaute über das unendliche, türkisfarbene Meer mit dem unbeschreiblichen Gefühl endlich auf dem richtigen Weg zu sein. Ein Weg, nach dem ich so lange gesucht habe und bis dahin so viele Irrwege gegangen war. Ich nahm mir vor, mich von diesem Weg nicht mehr abbringen zu lassen. Meine spirituelle Verbindung zu Vishnu Devananda würde mir die notwendige Stütze sein, dessen war ich mir sicher.

Zu Hause angekommen, erzählte ich nicht ohne Stolz meinen beiden Nichten, dass ich nun eine Yogalehrerin wäre. Spontan bestürmten sie mich, ich solle ihnen zeigen, wie das geht. Woher ihr Interesse kam, konnte ich mir nicht erklären, denn mit ihren vier und sieben Jahren hatten sie wohl noch nichts von dieser alten indischen Tradition gehört, schon gar nicht aus ihrem Elternhaus. Gerne erklärte ich mich bereit, Alicia, Kristina und ihren beiden Freundinnen einmal in der Woche Kinderyoga zu unterrichten. Schon während der ersten Stunde bemerkte ich, welche Freude es war, mit den Kindern die einzelnen Asanas, Yogaübungen, welche auch Tiernamen hatten, z. B. Kobra, Schildkröte, Adler, Kamel und Hund, zu praktizieren. Dann Surya Namaskar, den Sonnengruß, machten sie ebenfalls mit großer Aufmerksamkeit, und mit welcher Andacht sie das heilige OM sangen, setzte mich in Erstaunen. Während der Endentspannung lagen sie dann wie die Lämmchen am Boden, ihre Eltern hätten es sicher nicht für möglich gehalten, dass sie minutenlang in dieser Haltung liegen bleiben würden. Alle vier waren nach der Stunde so begeistert, dass sie gerne wieder kommen wollten. Für mich war es die Bestätigung, dass ich in der Lage war, die Yogalehre weiterzugeben. Wenn das bei den Kindern so gut ankam, dann war ich auch sicher in der

Lage Erwachsene zu unterrichten. Demzufolge setzte ich mich an der Uni mit dem Personalrat mit dem Vorschlag in Verbindung, im Rahmen des Betriebssports Yoga für Unibedienstete nach Feierabend anzubieten. Die Idee fand Anklang, es wurde im neuen Sportinstitut ein Raum zur Verfügung gestellt, etwas Reklame gemacht, und so konnte ich zum Sommersemester den Kurs mit einer Gruppe von sechzehn Teilnehmern beginnen. Alle, Doktoren, Sekretärinnen und technisches Personal waren begeistert und kamen von nun an regelmäßig, um sich nach anstrengender geistiger Arbeit neunzig Minuten Entspannung zu gönnen. Manche, so erzählten sie mir, gingen nach der Yogastunde nach Hause, machten es sich gemütlich und genossen die totale innere Ruhe. Die anderen waren durch die Übungen so gestärkt und energiegeladen, dass sie sich noch mal mit viel Elan an ihre wissenschaftliche Arbeit setzten. Über so viele positive Rückmeldungen war ich natürlich hocherfreut, es war ein gegenseitiges Geben und Nehmen.

Aber ich saß hier in der Zelle, wer konnte mir etwas geben, woher konnte ich etwas nehmen? Das Einzige waren meine Erinnerungen. Viele waren nicht gerade erfreulich, doch als mein aktives Yogaleben begann, hatte sich für mich eine vollkommen neue Welt geöffnet. Eine Welt, in der das Leben wieder lebenswert war. Ich war voller Hoffnung, nie mehr mit dieser psychischen Krankheit konfrontiert zu werden. Alles lief doch jetzt in geregelten Bahnen und ich hatte die Hoffnung, dass es auch so bleiben würde. Ja, das Leben ging weiter und ich hatte noch viele Ziele, ferne Länder, die ich gerne besuchen wollte. So gut es ging, drückte ich mich in meine Ecke und ging mit meinen Gedanken auf die Reise.

XV

Victor hatte mal wieder eine glänzende Idee über Weihnachten und Silvester nach Jordanien zu reisen. Damit war ich gleich einverstanden. Der Flug nach Amman war schnell gebucht und eine Woche vor Weihnachten flogen wir los. Wir kamen spät in der Nacht an, suchten uns ein Hotel und nach einer kurzen Nacht machten wir uns gleich am frühen Morgen auf die Suche nach einer Autovermietung. Hilfsbereit, wie die Araber alle sind, wurden wir dann auch zu einem einheimischen Verleiher geschleust. Nach einer langen zähen Verhandlung konnten wir dann einen Kleinwagen in einigermaßen gutem Zustand in Empfang nehmen. Wir wollten über die Straße der Könige nach Petra und von dort weiter nach Aqaba am Roten Meer. Ich hatte im Reiseführer gelesen, dass man für diese Straße, weil sie in der Nähe der israelischen Grenze verläuft, ein Permit, d. h. eine Genehmigung der zuständigen Polizei braucht. Victor, der sich immer über alle Vorschriften hinwegsetzte, meinte: „Wir brauchen das nicht." Wir brauchten das nur solange nicht, bis uns nach einigen Kilometern ein Militärposten zum Anhalten zwang, was Victor notgedrungen und widerwillig tat. Natürlich wurde das Permit verlangt, wir hatte keines und da halfen auch keine langen Debatten, warum und wieso, wir durften nicht weiterfahren, basta. Wenn nicht gleich drei Soldaten mit schussbereiten Gewehren auf uns gerichtet dagestanden hätten, wäre Victor sicherlich durchgefahren, so aber musste er wutentbrannt umdrehen. Ich sagte lieber nichts, um die geladene Stimmung nicht explodieren zu lassen. Die alte Straße nach Petra war weniger befahren, und so konnten wir immer mal wieder an einer besonders schönen Stelle anhalten, um zu fotografieren. In der Abenddämmerung erreichten wir den kleinen Ort, wo sich in unmittelbarer Nähe der einzige Eingang zu dieser sagenumwobenen

Felsenstadt befindet. Es gab ein großes feines Hotel für reiche Leute, wir begnügten uns jedoch mit einer etwas einfacheren Herberge. Am nächsten Morgen machten wir uns mit unseren Tagesrucksäcken, Wasserflaschen und etwas Proviant auf den Weg. Am Eingang zum Siq verlangten zwei düster aussehende Typen eine Gebühr, die jedoch so gering war, dass wir nicht lange darum feilschten, ob die Gebühr gerechtfertigt war oder nicht. Umgeben von siebzig Meter hohen Felswänden gingen wir schweigend durch die schmale kilometerlange Schlucht. Am Ende der Schlucht war ein großer Platz und in der Morgensonne strahlte das aus rosafarbenem Sandstein in den Felsen gehauene Schatzhaus. Wir waren zu dieser frühen Stunde die einzigen Touristen und konnten so ungestört unsere Aufnahmen machen. Ein farbenprächtig herausgeputztes Kamel zeigte sich ebenfalls sehr fotogen. Des Weiteren befand sich auf dem weitläufigen Gelände ein Amphitheater. Wir stiegen die steinernen hohen, teilweise ausgebrochenen Stufen hinauf, testeten die Akustik und ließen unsere Laute weit über das Tal hallen. An einem verfallenen Tempel vorbei stiegen wir hinauf zum sogenannten Kloster. Auch hier ein großer, in den Stein gehauener Raum, geschmückt mit Säulen und verschiedenen Ornamenten. Dass aber die Nabatäer diese Stätte hier als Kloster benutzt haben, wollte mir nicht so richtig einleuchten. Denn vor ungefähr zweitausend Jahren sollen diese Menschen aus unerforschten Gründen von hier verschwunden sein. Zur damaligen Zeit wurde Jesus gerade geboren und das Christentum war noch nicht ins Leben gerufen. Da muss man doch wohl davon ausgehen, dass es Juden waren. Das Gelände war so weitreichend, dass wir beschlossen, am nächsten Tag wiederzukommen. Am Morgen waren am Eingang Männer mit Pferden, welche diese zu einem Ritt durch den Siq anboten. Natürlich wollte ich da gerne durchreiten. Wenig begeistert schloss sich Victor dann doch an. Hoch erhobenen Hauptes saß ich auf dem Pferd und genoss den Ritt durch die Schlucht. Heute wollten wir den hohen Opferplatz erkunden. Wieder gab es unzählige Treppen zu steigen. Auf halber Höhe, in einer Felsennische, saßen plötzlich Menschen, ein Mann, eine ältere Frau und zwei schmutzige Kinder. Sie luden uns durch Gesten zum Tee ein und wir setzten uns gerne dazu. In holprigem Englisch teilte uns der Beduine mit, dass er ein Führer sei und uns begleiten würde. Wir lehnten freundlich ab, denn wir waren sicher, den Weg nach oben alleine zu finden. Ich hatte aber eine Idee. Im Reiseführer war zu lesen, dass es auf den gegenüberliegenden Felsen eine große natürliche Zisterne auf dem abgeflachten Plateau gab. Allerdings sehr schwer zugänglich, der Weg sei nicht gekennzeichnet und teilweise müssten enge schwierige Teilstücke überwunden werden. Vor längerer Zeit sei an dieser Stelle ein Tourist abgestürzt und hätte das mit dem Leben bezahlt. Ich wollte dennoch da hinauf und dabei konnte der Führer der geeignete Mann sein. Ohne Victor zu fragen, handelte ich für den nächsten Tag die Tour aus. Wir wollten uns am frühen Morgen treffen. Beschwingt gingen wir weiter die Treppen hoch. Unterwegs gab es verschiedene Steinformationen zu bewundern. Die Felsen waren verschiedenfarbig geschichtet, was sehr interessant aussah und von einem Geologen sicher interpretiert werden könnte. Oben angekommen, genossen wir erst einmal die herrliche Aussicht über das ganze Areal. Beim genaueren Hinsehen entdeckten wir dann auch den Stein, auf dem die Menschen angeblich geopfert worden waren. Eine in den Stein gemeißelte Rinne führte zum Rand des Felsens und ich wollte mir lieber nicht vorstellen, wie das Blut der Opfer hier abfloss. Im Alten Testament steht geschrieben, dass Gott das Opfer eines Kindes verlangt hat, das dann aber doch im letzten Moment nicht ausgeführt wurde. Warum sollten die Nabatäer nicht das Gleiche getan haben. Wenn ich bedenke, wie sich in unserer heutigen Zeit durch Kriege die Menschen zu Tausenden immer noch gegenseitig umbringen, so hat sich seit damals offensichtlich nichts geändert. Dennoch steht in der Bibel auch geschrieben: „Du sollst nicht töten." Das gilt für alle Lebewesen, wir sollten uns das mal des Öfteren vor Augen halten. Wie dem auch sei, an diesem grausamen Ort fühlte ich ein deutliches Unbehagen und war froh, als Victor zum Aufbruch drängte. Wieder unten angekommen, musste ich erst einmal kräftig durchatmen, um die aufgekommenen Bilder der Vergangenheit wieder abzuschütteln. Am Tag darauf erfolgte dann der Aufstieg zum

Um el Bijara, der Mutter der Zisternen. Unser Führer wartete schon auf uns. Zuerst war der Aufstieg noch nicht sehr anstrengend. Ali ging voraus, immer darauf bedacht, dass ich ihm auch folgen konnte, und hinter mir dann Victor, dem es wieder mal nicht schnell genug ging. Ich war froh, dass ich Ali an meiner Seite hatte. Dann wurde der Weg immer steiler und man musste von Fels zu Fels hochklettern. An einer besonders schmalen Stelle angekommen – der Pfad war nur zwei Fuß breit und der Felsen brach hier mindestens dreißig Meter ab – hielt uns Ali an, sehr vorsichtig zu sein, denn das war hier die Stelle, wo der tödliche Absturz stattgefunden hatte. Ali reichte mir seine Hand, und so überwand ich sicheren Schrittes diese gefährliche Stelle. Immer noch ging es weiter bergauf. Doch dann war es geschafft, wir waren wohlbehalten auf dem Plateau angekommen. Ali klopfte mir hochachtungsvoll auf die Schulter und lachte. Ich hatte das Gefühl, dass er mir am Anfang nicht zugetraut hatte diese Klettertour zu schaffen. Voller Stolz ließ er sich dann mit mir fotografieren. Die Zisterne befand sich unter einer flach abfallenden Felsplatte. Durch eine kreisrunde Öffnung konnte man hinuntersehen. So wie es aussah, war zurzeit nicht viel Wasser gespeichert. Noch einmal einen Blick über das zu unseren Füßen liegende Petra und dann machten wir uns an den Abstieg. Auch beim Rückweg war wieder äußerste Vorsicht geboten. Unten angekommen, bekam Ali sein vereinbartes Honorar und noch extra ein Bakschisch. Glücklich und zufrieden wünschte er uns Allahs Segen. Wir beschlossen, diese eindrucksvollen Tage in der verlassenen Felsenstadt Petra mit einem schönen Abendessen in dem feinen Hotel ausklingen zu lassen. Am nächsten Morgen machten wir uns auf den Weg zum „Wadi Rum" und am späten Nachmittag kamen wir bei der Polizeistation an, von wo aus es möglich war, das Wadi zu erkunden, entweder zu Fuß, per Jeep oder auf dem Kamel. Es war natürlich klar, was wir vorhatten, wir wollten wie Lawrence von Arabien mit dem Kamel durch die Wüste reiten. Außer der Dessert-Polizeistation gab es nur noch ein paar Hütten und Zelte. Wir fanden einen alten Araber, dem wir erklärten, dass wir am nächsten Morgen zwei Tage lang mit Kamelen in die Wüste reiten wollten. Er versprach, uns am frühen Morgen zwei Kamele und einen Führer zu schicken. Da es in diesem gottverlassenen Winkel der Welt auch kein Hotel gab, nahmen wir dankbar die Einladung an, bei ihm im Zelt zu schlafen. Wir sollten uns aber für die beiden Tage noch etwas zu essen besorgen. In einer der Hütten gäbe es einen kleinen Laden. Wir fanden ihn, die Tür stand offen und beim Eintreten stolperten wir erst mal über Fladenbrote, die auf dem Boden lagen. Wir schauten uns um, aber außer Mehl, Zucker, trockenen Erbsen und Bohnen und Wasserflaschen gab es hier nichts. Wir entdeckten dann doch noch eine Dose Leberwurst und dänischen Schinken. Das sollte der Proviant für die nächsten zwei Tage sein. Am nächsten Morgen stand Madlak, so hieß der Führer, mit zwei wunderschönen Kamelen da. Wir zogen noch schnell unsere Jacken an, denn es pfiff ein kühler Wind durch das Wadi, immerhin war es Winter. Wegen der starken Sonnenstrahlen war es dennoch wichtig, eine Kopfbedeckung zu tragen. Die typisch arabischen Tücher mit dem schwarzen geflochtenen Kränzchen hatten wir schon in Amman gekauft. Nun ging es ans Aufsteigen. Das Kamel lag am Boden und so machte es keine Mühe in den Sattel zu steigen. Madlak gebot mir, mich am vorderen Knauf festzuhalten, denn plötzlich gab es einen Ruck, das Kamel stieg mit den Hinterbeinen zuerst auf, und wenn ich mich nicht festgehalten hätte, wäre ich kopfüber vorne im Sand gelandet. Dann noch mal ein Ruck mit den Vorderbeinen und stolz thronte ich auf dem Kamel. Nachdem Victor ebenfalls aufgesessen war, trieb Madlak mit schmatzenden Lauten die Kamele zum Gehen an. In schaukelndem Gang bewegten sie sich durch die lautlose Wüste. Mächtige Steinformationen säumten den Weg. Es herrschte eine Ruhe und Stille, die Zeit schien stillzustehen. Nach ein paar Stunden hielt Madlak die Kamele an, ließ uns absitzen, sammelte ein paar herumliegende dürre Zweige und entzündete ein kleines Feuerchen. Aus seinem Gepäck holte er einen zerbeulten schmutzigen Teekessel, erhitzte das mitgebrachte Wasser und bereitete Tee für uns. Dazu gab es Fladenbrot mit Leberwurst, wobei bei jedem Bissen der Sand zwischen den Zähnen knirschte. Doch das alles schmälerte nicht mein Glücksgefühl, in der Wüste zu sein. Es ist nicht zu beschreiben, man muss es erlebt haben. Gegen Abend, die Sonne stand schon tief am Horizont und weit und breit war immer noch keine menschliche Behausung zu entdecken, tauchte plötzlich ein kleiner Junge wie aus dem Nichts kommend mit einem Zicklein auf dem Arm auf. Madlak tauschte ein paar Worte mit ihm. Der Junge ging mit uns weiter und dann war auch schon in einer Senke das Zelt seiner Familie zu sehen. Aufmerksam wurden wir von den übrigen Familienmitgliedern betrachtet. Eine ältere, in schwarze Tücher gehüllte Frau, offensichtlich die Mutter der zahlreichen Kinder, forderte uns auf, im Zelt auf dem Boden Platz zu nehmen. Sie sagte etwas zu Madlak, worauf er uns übersetzte, ob wir die kleine Ziege kaufen würden, damit sie geschlachtet und zum Abendessen gebraten werden kann. Entsetzt, aber dennoch höflich lehnten wir ab. Wir konnten uns nicht vorstellen, diese niedliche schwarze kleine Ziege zu verspeisen. Offensichtlich ist es doch ein Unterschied, ob man das Fleisch beim Metzger an der Theke kauft oder dem Tier Auge in Auge gegenübersteht. So mussten wir uns zum Abendessen mit frisch gebackenem Fladenbrot und unserem Dosenschinken begnügen. Die Nacht verbrachten wir in einem für uns abgegrenzten Platz des Zeltes. Die Rucksäcke wurden in einem alten Ölfass untergebracht, denn die herumstreunenden Ziegen hatten sich schon auf der Suche nach etwas Essbarem über die Rucksäcke hergemacht. Am nächsten Morgen, natürlich ohne geduscht zu haben, bestiegen wir wieder unsere Kamele und ritten unter strahlend blauem Himmel durch die endlos scheinende Wüste zurück. Madlak wurde reichlich belohnt und schlurfte mit seinen ausgetretenen Sandalen zufrieden von dannen. Da es spät am Nachmittag war, konnten wir noch bis zum Abend Aqaba erreichen. Wir fanden ein günstiges Hotelzimmer mit Balkon mit freiem Blick auf das Rote Meer. Morgen ging das Jahr zu Ende, natürlich konnten wir hier nicht mit einem Silvesterball rechnen. So verbrachten wir den Tag am Strand. Ich fiel natürlich mit meinem Badeanzug auf, die arabischen Frauen saßen in Tüchern eingehüllt am Ufer. Für die Männer war ich, wie es schien, eine Augenweide, und so kamen dann auch ein paar von ihnen auf uns zu und unterhielten sich mit Victor. Als sie dann seine Kamera sahen, wollten sie natürlich mit mir fotografiert werden. Es ist schon ein einengendes Gebot im Koran, das den Frauen nicht erlaubt, auch nur ein wenig Haut in der Öffentlichkeit zu zeigen. Trotz unserer Freizügigkeit herrschen ja bei uns auch nicht Sodom und Gomorrha. Doch mit diesen alten Traditionen ist wohl sehr schwer zu brechen. Ob es diesen Frauen wohl jemals gelingen wird, sich zu emanzipieren? Doch das sollte nicht mein Problem sein. Für den Silvesterabend kauften wir uns eine Flasche Wein, die gar nicht so leicht zu bekommen war, denn die Moslems dürfen ja keinen Alkohol trinken. Dann erstanden wir noch jede Menge dieser köstlichen Süßigkeiten aus Honig, Mandeln und Nüssen, die im Orient überall angeboten wurden. Nach einem ausgiebigen Abendessen zogen wir uns auf unser Zimmer zurück. Auf dem Balkon genossen wir den Wein und das „Baklava". Um Mitternacht gab es ein wunderschönes Feuerwerk über der Bucht von Aqaba. Wir wünschten uns für das neue Jahr alles Gute und noch viele interessante gemeinsame Reisen.

Nun wurde es Zeit für den Rückweg. Wir versuchten noch einmal, die Straße der Könige zu befahren, weil diese am Toten Meer vorbeiführte, und siehe da, von hier aus konnten wir sie problemlos ohne Permit befahren. Das leuchtete uns eigentlich nicht so richtig ein, aber uns sollte es recht sein. Wir hofften nur, dass auf der Strecke nicht doch noch Militärposten auftauchen würden, um uns wieder zurückzuschicken. Es verlief jedoch alles ohne Probleme und die Landschaft zog sich öde und leer dahin, bis wir das Tote Meer erreichten. Es lud uns zum Baden ein, denn wir wollten sehen, ob man sich wirklich einfach ins Wasser setzen konnte, um Zeitung zu lesen, so wie man das schon gehört hatte. Tatsächlich hatte das Wasser durch den hohen Salzgehalt einen derartigen Auftrieb, dass es möglich war, sich ohne Schwimmbewegungen darin aufzuhalten. Das machte Spaß, am liebsten hätte ich mich stundenlang darin getummelt. Am Ufer, etwas weiter oben, floss ein Bach, der ein kleines natürliches Becken gebildet hatte. Hier legten wir uns nach dem Bad im Meer hinein, um das Salzwasser abzuwaschen. Wieder zurück im Richtung Amman, machten wir einen Abstecher zur Oase Azraq nahe der saudi-arabischen Grenze. Laut Reiseführer war hier ein wundeschöner blauer See mit vielen Wasservögeln versprochen. Wir fanden aber nur eine ausgetrocknete öde Landschaft vor. Wasser gäbe es hier schon lange nicht mehr, sagte uns ein Einheimischer. Ziemlich enttäuscht fuhren wir am Tag darauf wieder ab. Der Abschluss der Reise war dann wieder Amman, wo wir noch die zwei der bedeutendsten Moscheen besuchten. Mit vielen neuen Eindrücken und Erlebnissen fiel mir dann zu Hause das tägliche Einerlei wieder etwas leichter.

Hier in der Zelle war ich auch diesem täglichen Einerlei ausgesetzt. Bisher konnte ich jeden Tag bewältigen, ohne die Nerven zu verlieren, wenn auch bis jetzt keine Aussicht auf Veränderung meiner Lage bestand. Immer wieder stellte ich mir die Frage, warum es soweit gekommen war. Konnte ich alles auf meine Erlebnisse in der Kindheit und Jugend abwälzen oder hätte ich später nicht doch die Kraft gehabt, mich den Anforderungen des Lebens in anderer Weise zu stellen? Ich weiß es nicht. Es hatte auch keinen Sinn, in dieser Situation weiter darüber nachzudenken. Gelebtes Leben ist nicht zu korrigieren, doch wie würde es weitergehen, wenn ich tatsächlich wie durch ein Wunder dieses Gefängnis wieder verlassen könnte? Doch auch diese Gedanken brachten mich nicht weiter. Was blieb, waren die Erinnerungen. Daran klammerte ich mich wie an einen Strohhalm.

Wohin ging meine Reise jetzt? Auf die Bahamas, genauer gesagt auf Paradise Island. Das Sivananda-Zentrum hatte da einen Ashram und ich wollte einmal erfahren, wie das Leben in einem Ashram gelebt wird, denn die Ausbildung in Spanien hatte ja nicht in einem Ashram stattgefunden, obwohl die Regeln dieselben waren. Der Oktober schien mir eine geeignete Zeit, und so flog ich von Frankfurt über Atlanta nach Nassau. Am Flughafen angekommen, fuhr ich mit dem Taxi zur Bootsanlegestelle, wo ich von einem der Karma-Yogis, das sind Freiwillige, die im Ashram für eine bestimmte Zeit arbeiten, abgeholt wurde. Nach einer kurzen Überfahrt legten wir an. Der Ashram lag am Ende der Insel und war nur mit dem Boot zu erreichen, auf der anderen Seite war dann gleich der Strand. Die Anlage: ein wunderschöner Garten mit Palmen, exotischen Bäumen und Sträuchern, die Luft erfüllt vom Duft der zahlreichen Blüten. Dazwischen stand das Hauptgebäude mit dem Tempel, in der Nähe befanden sich die verschiedenen Hüttchen mit den Unterkünften und an beiden Küsten gab es die Plattformen für die Yogastunden. Es mutete fast schon unwirklich an. Ein Ort, um die Welt zu vergessen. Ruhe und Frieden in sich aufzunehmen, dafür war ich hergekommen, und auch, um meinem Guru wenigstens auf spiritueller Ebene nahe zu sein. Leider war es mir nicht mehr vergönnt, ihn hier zu treffen, denn im Jahr zuvor war er genau vier Wochen nach meiner Yogalehrerprüfung in Mahasamadi (in die Ewigkeit) gegangen. Der Tagesablauf war tatsächlich genauso wie in Mojacar, jedoch mit dem Unterschied, dass ich jetzt Yogaferien hatte und keine Ausbildung machen musste. Das war insofern angenehmer, da die Nachmittage frei waren und die Zeit am Strand verbracht werden konnte. Glasklares warmes Wasser lud zum Baden ein. Es war wirklich wie im Paradies. Die friedliche Atmosphäre des Ashrams trug ebenso dazu bei. Ich war schon einige Tage da, als mir beim Essen ein weiß gekleideter, würdig aussehender Herr auffiel. Unsere Blicke trafen sich und ich hatte das Gefühl von gegenseitigem Erkennen, obwohl wir uns in diesen Leben noch nie begegnet waren. Am Abend, bevor die Meditation begann, saß ich unter einer Kokospalme, den Blick versunken aufs Meer gerichtet, als er leise auf mich zukam, sich neben mich setzte und fragte, warum ich gerade in dieser Zeit gekommen war. Normalerweise würde er sonst immer um die Weihnachtszeit hier sein. Ohne dass ich ihn aufforderte, erzählte er von sich. Er sei Inder und praktiziere schon viele Jahre als Chirurg in den Vereinigten Staaten. Obwohl er schon dreiundfünfzig Jahre alt sei, hätten es seine Eltern immer noch nicht geschafft, ihn zu verheiraten. Bei jedem Besuch zu Hause würde ihm immer eine hübsche junge Inderin präsentiert, aber er hätte noch an keiner Gefallen gefunden. Er habe ein erfülltes Leben, bereichert durch die Spiritualität, welche ihn schon seit seiner Kindheit begleite. In stiller Eintracht verbrachten wir die nächsten Tage. Am Morgen vor seiner Abreise gingen wir noch einmal gemeinsam zum Meer.

Als wir zu unserem „silent walk" aufbrachen,
ging die Nacht zu Ende,
noch leuchteten die Sterne am Himmel,
wir gingen am Stand entlang,
die Brandung umspülte unsere Füße.
Schweigend, fast andächtig gingen wir unseren Weg,
bis wir zu den Felsen kamen,
wo wir uns zur Meditation niederließen.
Das einzige Geräusch verursachten die Wellen,
welche in ihrem ewigen Rhythmus
auf die Steine schlugen.
Umgeben von Erde, Wasser und Luft
fanden wir zu uns selbst.
Der Morgen brach an,
die Sterne verschwanden am Himmel
und wir gingen den Weg zurück am Meer entlang.
Weiße Wolken zogen auf,
bestrahlt von der aufgehenden Sonne.
Ein breites blaues Band
überspannte den Himmel von Osten nach Westen.
Es sah aus wie eine riesige Brücke.
Ich verspürte den Wunsch,
mit dir über diese Brücke zu gehen.

Dann kam die Zeit, Abschied zu nehmen. Pritam lud mich in das nahe gelegene Hotel zum Abendessen ein. Als wir später die Hotelhalle verließen, tauchte plötzlich ein Fotograf auf. Ich lächelte freundlich in die Kamera. Das Foto könne am nächsten Tag abgeholt werden, sagte man uns. Als ich es abholte, war Pritam schon weg. Zu Hause ließ ich später eine Kopie machen und schickte sie ihm zu, wir waren wirklich ein schönes Paar. Doch ich sollte nie eine Antwort bekommen.

Welch ein Unterschied zu den Bahamas. Ich saß mit angezogenen Beinen in der Ecke meiner Zelle, die bunten Bilder meiner Reisen zogen an mir vorüber und ich fragte mich, aus welcher Quelle ich wohl schöpfen könnte, wenn ich all die schönen Erinnerungen nicht hätte. Ohne meine Yogakenntnisse und Praktiken, die ich regelmäßig jeden Tag durchführte und die mir viel Kraft und Energie gaben, um den Tag zu überstehen und um in der Nacht schlafen zu können, läge ich sicherlich wie verwelktes Gemüse in der Ecke. Niemand würde sich um dieses elende Stückchen Fleisch kümmern, bis eines Tages sein Licht erloschen wäre. Nein, so wollte ich nicht enden. Doch wo gab es Licht in der Ferne, über das ich einmal dieses Gedicht verfasst habe:

Ich gehe meinen Weg und sehe es nicht.
Wo ist es, das helle, wärmende Licht?
Tief drinnen sind Schmerzen, Kummer und Leid.
Wo ist das Licht, das mich davon befreit?

Ich habe so lange gewartet auf Wärme und Zärtlichkeit,
nun ist es zu spüren, das strahlende Licht der Ewigkeit.
Der Weg ist plötzlich nicht mehr so steinig und schwer.
Ich gehe nun leichter und spüre das Licht neben mir.

Ich möchte den langen Weg ohne Licht nicht mehr gehen.
Werde auch ich eines Tages das Licht wieder sehen?
Ein kleiner Funke ist schon im Innern entfacht.
Er wird erhellen die einsame dunkle Nacht.

So sehr ich mich auch bemühte, sah ich in dieser Situation kein Licht. Dennoch spürte ich, dass es vorhanden war. Viele Dinge in unserem Leben geschehen im Verborgenen, eines Tages kommen sie ans Licht, denn sie haben schon lange in uns geschlummert, aber die Zeit war noch nicht reif dafür. Wann würde die Zeit kommen und für mich ein Licht leuchten? Am besten ich verlor mich wieder in meinen Erinnerungen. Wie ging es weiter nach den Bahamas?

Durch meine Yogaausbildung stieß ich auch auf den Begriff Ayurveda. Diese Wissenschaft vom Leben ist aus dem meditativen Geist der Seher der Weisheit, der Rishis, hervorgegangen. Nach den ayurvedischen Lehren hat jeder Mensch vier biologische und spirituelle Antriebe oder Triebe: einen religiösen, einen finanziellen, einen Fortpflanzungstrieb und den Drang nach Freiheit. Eine gute ausgeglichene Gesundheit ist die Voraussetzung, um diese Antriebe erfüllen zu können. Ayurveda hilft dem gesunden Menschen, seine Gesundheit zu erhalten, und dem Kranken, sie wiederzuerlangen. Ayurveda versteht sich als medizinisch-metaphysische, heilende Wissenschaft vom Leben, als Mutter aller Heilkünste. Die Anwendung des Ayurveda fördert Glück, Gesundheit und schöpferisches Wachstum. Durch ein Studium der ayurvedischen Lehre kann sich jeder praktisch die Methode der Selbstheilung aneignen. Sind alle Energien im Körper im Gleichgewicht, lassen sich die Krankheitsvorgänge und die körperlichen Verfallserscheinungen in eindrucksvoller Weise verringern. Die Fähigkeit des Einzelnen zur Selbstheilung ist grundlegend für die Sichtweise der ayurvedischen Wissenschaft. Diese Darstellung las ich in einem Buch über Ayurveda und sie hat einen tiefen Eindruck hinterlassen, sodass ich mich näher mit ihr befassen wollte. Durch Zufall geriet ich auf einer Esoterikmesse an die Adresse eines ayurvedischen Arztes, der in Indien ein Zentrum leitete. Ich schrieb an das Zentrum und ließ mir Informationen kommen. Diese war sehr aufschlussreich und vermittelten einen seriösen Eindruck. Der Preis war im Vergleich zu deutschen Kliniken mehr als angemessen. Also meldete ich mich für eine dreiwöchige Kur an, flog nach Bombay und wurde dort von einem eigens für mich geschickten Fahrer abgeholt. Nach zwei Stunden halsbrecherischer Fahrt auf Indiens Straßen kam ich dennoch wohlbehalten in Atmasantulana Village an. Dr. Tambe Balaji rief mich am nächsten Tag zu sich, er redete nicht viel, nahm meinen Arm zur Pulsdiagnose und stellte den Therapieplan auf. Täglich bekam ich eine Ganzkörperölmassage, vorher ein Dampfbad, um die Giftstoffe aus dem Körper auszuleiten. Das Wichtigste zuvor war jedoch die innere Reinigung des Körpers. Um das zu erreichen, wurde am ersten Tag morgens ein achtel Liter warmes Ghee (Butterfett) zum Trinken dargereicht. Durch das Fett wurden die Gifte im Innern gebunden und nach einiger Zeit durch heftigen Durchfall wieder ausgeschieden. Das war nicht gerade sehr angenehm, desto wohler fühlte ich mich dann aber in den nächsten Tagen. Die Anwendungen, das feine indische Essen, speziell nach ayurvedischen Gesichtspunkten zubereitet, die Ruhe, die abendliche Meditation und das Mantrasingen trugen zu meinem allgemeinen Wohlbefinden bei. Dann war da unter den anwesenden Gästen Roger, ein großer schlanker Mann mit klugen Augen. Wir fühlten uns gleich zueinander hingezogen. Er kam aus Kanada eigens zur Ayurvedakur nach Indien und versprach sich Heilung seiner Hautprobleme. Da er Philosophie studiert hatte, war es mir eine Freude, ihm zuzuhören, und auch meine manchmal naiven Fragen wurden von ihm mit großer Geduld beantwortet. Die Zeit verging sehr langsam und gemächlich, wir unternahmen schöne Spaziergänge durch die friedliche Natur, denn während der Kur sollten auch keine anstrengenden Unternehmungen gemacht werden. Jeden Abend setzte ich mich eine Stunde vor Sonnenuntergang in Padmasana an den kleinen See und schaute andächtig zu, wie die Sonne langsam hinter den nahe gelegenen Hügeln versank. Tiefe Ruhe, Frieden und Dankbarkeit gegenüber dem Leben sowie ein unsägliches Glücksgefühl durchzogen jeden Abend mein Herz. Auch morgens gleich nach Sonnenaufgang, als die Luft noch kühl und klar war, ging ich durchs Feld spazieren. Sonnenblumen streckten ihre Blüten dem Licht entgegen und ich pflückte eine, um sie Roger als Morgengruß vor die Tür zu legen. Er war kein Frühaufsteher und dies sollte eine Überraschung für ihn sein. Offensichtlich war ihm klar, als er die Blume fand, dass sie nur von mir sein konnte, und er überraschte mich am Abend mit einem eigens dafür verfassten Gedicht:

Eine Welt spiegelt für mich die Sonne
im ersten Morgengrauen.
Die Sonnenblume von dir lag am Morgen
vor meiner Tür,

als eine Überraschung aus Liebe.
Dem strohblonden Weizen entlangstreichend gehe ich mit dir
in der strahlenden Mittagssonne durchs Feld.
Deine Leidenschaft,
jeden Abend den Sonnenuntergang zu sehen,
Dein stiller Friede unter der glorreichen Abendkrönung und
Dein bezauberndes Flüstern:
„Das habe ich für dich gemacht."
All die Sterne warten auf uns jede Nacht
am hohen Himmel.
Die Wärme deiner Hände in der kühlen Dunkelheit.
Die Sonne, welche die Welt widerspiegelt,
ist dein warmherziges Herz, Iris.

Roger Maharashtra, 27.02.95

Die beiden letzten Tage vor dem Ende der Kur nutzten wir für zwei kleinere Ausflüge in die Umgebung. Wir besuchten Lonavala, einen kleinen geschäftigen Ort, in dem es aber außer den üblichen Läden und einem kleinen Tempel keine weiteren Sehenswürdigkeiten gab. Am nächsten Tag besuchten wir die Bajia Coves, Höhlen weit oben am Berg, die vor langer Zeit von Sadhus in den Stein gehauen worden waren und gerade so viel Platz boten, um einer Person Raum zu gewähren. Nach dem anstrengenden Aufstieg etwa eine Stunde vor Sonnenuntergang suchte jeder für sich eine Höhle, in die noch die Sonnenstrahlen eindrangen, und setzte sich in Padmasana zur Meditation, so wie es vor uns sicher schon viele dieser Höhlenbewohner getan hatten. Die tiefe Stille an diesem heiligen Ort erleichterte es, die Gedanken zur Ruhe zu bringen. Krishnamurtie, der große indische Philosoph hat einmal gesagt: „Das Gehirn schwätzt ununterbrochen und genau diesen ruhelosen Geist unter Kontrolle zu bringen, ist das Ziel der Meditation." Die fehlende Wärme der untergegangenen Sonne brachte meine Sinne wieder in die Wirklichkeit zurück. Mir war, als wäre ich aus einem tiefen erquickenden Schlaf erwacht. Gemeinsam gingen wir Hand in Hand den felsigen Weg ins Tal hinab. Es war, als hätte ich Flügel, so leicht und beinahe schwerelos setzte ich meine Füße auf die Erde. Roger sagte mir, dass er mich heimlich fotografiert hätte, er wollte diesen tiefen Frieden, der von mir ausging, bildlich festhalten. Als er mir später das Foto schickte, war ich von diesem Anblick sehr gerührt.

Doch ich war hier in der Zelle und wusste nicht, ob ich jemals wieder mit einem geliebten Menschen die Schönheit und die Stille der Natur erleben dürfte. Ich wollte die Hoffnung nicht aufgeben. Es wird auch für mich einmal wieder die Sonne in Freiheit aufgehen. Wie ging mein recht abwechslungsreiches Leben weiter? Die schönen Erinnerungen daran würden die Zeit bis zur nächsten Mahlzeit verkürzen. Ich hatte mich daran gewöhnt, auch ohne Uhr auszukommen. Wenn ich eine gehabt hätte, wäre die Zeit sicher noch zähflüssiger vergangen, denn dann wäre ich versucht gewesen, immer wieder darauf zu schauen, was auch nicht besonders hilfreich gewesen wäre. So habe ich mich dem Rhythmus der Natur angepasst. Dennoch war es mir nicht möglich, zurückzuverfolgen, wie lange ich hier schon gefangen war.

XVI

So machte ich mich nun wieder in Gedanken auf die Reise. Obwohl wir den Beginn der Reise nach Marokko auf den Januar 1996 festgelegt hatten, begann ich mich schon Wochen vorher mit den Vorbereitungen zu befassen. Da Victor vor vielen Jahren schon dort gewesen war, hatte er natürlich eine genaue Vorstellung, was wir uns alles ansehen wollten, und ich ordnete mich auch in diesem Fall gerne unter. Die Reiseroute sollte eine Rundreise entlang des Hohen Atlas Gebirges sein, mit einem Abstecher an den Rand der Sahara. Wieder mal in die Wüste, darauf freute ich mich schon riesig. In Agadir angekommen, suchten wir uns eine Unterkunft für die eine Nacht, die wir hier verbringen wollten. Agadir bietet keine besonderen Sehenswürdigkeiten, abgesehen davon, dass es am Atlantik liegt und einen kilometerlangen Sandstrand hat, der aber auch nicht gerade bezaubernd ist, da es keine Palmen gibt. Wir mieteten gleich am Vormittag einen kleinen Fiat. Die Reise konnte beginnen. Die erste Station war Tourandot, eine kleine Stadt befestigt mit einer von Palmen und blühenden Sträuchern umgebenen imponierenden Stadtmauer. Zum Mittagessen besuchten wir ein kleines Restaurant, welches „Tajin" servierte, ein typisch marokkanisches Gericht aus Kartoffeln, Gemüse und Lammfleisch in einem speziellen turmförmigen Tongefäß langsam gegart. Wir schlugen beide kräftig zu, es schmeckte köstlich. Am nächsten Tag fuhren wir durch das Draa-Tal, eine lang gezogene Oase, umgeben von kahlen braunen Hügeln. Die erste Morgensonne bestrahlte eine Kasbah, das ist eine Speicherburg, aus Lehm gebaut, in der sich die Bevölkerung vor Feinden zurückzog und in der auch die Nahrungsmittel für die Zeit der Belagerung aufbewahrt wurden. Doch die wenigsten wurden heute noch bewohnt.

Abgesehen von ein paar schmutzigen barfüßigen Kindern waren keine Menschen zu sehen. Weiter ging die Fahrt entlang der Draa. An einer besonders schönen Stelle hielten wir zum Fotografieren an. Im Vordergrund steinige Erde, dann ein breites Band von Palmen, dahinter kahle Hügel und darüber ein blauer leicht bewölkter Himmel, eine seltene Kombination der Landschaft. So hatte ich mir Marokko nicht vorgestellt. Man ist doch immer wieder überrascht, mit welch falschen Vorstellungen man ein fremdes Land betritt. So beeindruckend hatte ich es mir nicht ausgemalt und das war erst der Anfang. Am Wegrand stießen wir auf einige Männer, die Fossilien zum Verkauf anboten. Natürlich konnte ich nicht widerstehen und nach längeren Verhandlungen erstand ich ein paar wunderschöne versteinerte Schnecken. Als Tagesziel hatten wir uns Agoz ausgesucht. Victor wollte unbedingt die kürzere Piste nehmen, um Zeit zu sparen, denn es war inzwischen schon später Nachmittag. Es war ziemlich mühsam auf der richtigen Spur zu bleiben, zumal schon die Dämmerung anbrach. Ich hatte große Sorge, ob wir noch vor der Dunkelheit ankommen würden. Ich wollte mir aber nichts anmerken lassen. Dann endlich in der Ferne ein Licht, ein paar Häuser tauchten auf. Beim letzten Tageslicht hatten wir Agoz erreicht. Ich war erleichtert, Victor offensichtlich auch. Eine Unterkunft war schnell gefunden, doch zu essen gab es in diesem gottverlassenen Nest nicht viel. Wir gingen früh zu Bett, denn der Tag war doch sehr anstrengend gewesen. Am nächsten Tag kamen wir durch das Tal der Rosen. Mit Rosenwasser wurde hier der Kaffee aromatisiert, das schmeckte interessant. Lippenstifte aus Rosenextrakt sowie Seife mit diesem betörenden Duft wurden zum Verkauf angeboten. Natürlich konnte ich solch verlockenden Angeboten nicht widerstehen. Dann wieder eine dieser Bilderbuchlandschaften: blattlose weiße Birken auf grünem Grund, daneben in dunklem Blau der Dades, dann sah ich niedrige Lehmbauten genau in der Farbe des dahinterliegenden Gebirges am blauen Himmel, es war grandios. Im Gorges du Dades stießen wir auf Schmuckhändler. Sie packten ihre Kiste aus, schlugen eines der landestypischen Tücher um die Schulter und breiteten nach und nach Schmuckstücke aus reinem Silber, eines schöner als das andere, vor mir aus. Ich entschied mich für einen filigran gearbeiteten Schmetterling an einer dünnen Silberkette; außerdem waren da auch noch ein Paar Ohrringe, die mir auch gefielen. Natürlich gab es eine langwierige Verhandlung über den Preis. Zusätzlich zum Bargeld wollten sie noch etwas anderes haben. Also trennte sich Victor von seiner alten Jacke, die zu Hause sowieso in die Altkleidersammlung gekommen wäre. Jeder war mit dem Geschäft zufrieden. Auf der Weiterfahrt kamen wir an einem sehr gut aussehenden Hotel vorbei. Hungrig wie wir waren, hielten wir an und bestellten uns einige der aufgeführten Speisen. Als die Rechnung kam, waren wir wieder mal sehr erstaunt, wie günstig hier alles war. Zu Hause hätten wir für solch ein fürstliches Mahl einen Batzen Geld berappen müssen. Wir entschlossen uns hier auch zu übernachten. Es war spät am Nachmittag und wir machten uns auf den Weg, die Gegend etwas zu erkunden. An einer windgeschützten Hauswand saßen einige alte Männer in Decken gehüllt in der Sonne. Als wir um die Ecke bogen, hatten wir fast das gleiche Bild, hier hatten es sich die Frauen in der Sonne gemütlich gemacht, welch friedlicher Anblick. Am nächsten Tag wollten wir uns, so weit es ging, der Großen Sandwüste in Merzouga nähern. Das wollten wir jedoch nicht ohne Führer angehen. Schnell war ein junger Araber gefunden, welcher uns glaubhaft versicherte, dass er keine Mühe hätte, auf der Piste den richtigen Weg zu finden. Endlos lang zog sich dann der steinige Weg durch eine schier endlose weite Landschaft, dann in der Ferne endlich die ersten Sanddünen. Wir hatten Merzouga erreicht, ein, wie sich herausstellte, gottverlassenes Nest, keine Menschenseele war weit und breit zu sehen. Nicht einmal eine kleine Bude mit Getränken war hier zu finden. Glücklicherweise hatten wir genügend Wasser dabei, denn es war in der sengenden Sonne, obwohl es Winter war, sehr heiß. Ja, nun standen wir hier und schauten sehnsüchtig auf die für uns unüberwindlichen Sandberge, denn mit unserem kleinen Fiat wären wir da nicht sehr weit gekommen. Wir fuhren zurück und hatten trotzdem das befriedigende Gefühl, einen Teil der Sahara gesehen zu haben.

Ich schaute mich um, nein, das war nicht die Sahara. Ich war umgeben von nacktem braunem Stein und es herrschte auch nicht die Stille wie in der Wüste. Die Schreie der anderen Gefangenen drangen durch die Gitter der Zellen an mein Ohr. Was hätte ich darum gegeben in der Wüste zu sein. Dann doch lieber wieder weiter träumen.

Wir hatten wieder eine größere Tagesstrecke vor uns. Es war schon Nacht, als wir in Boulmane auf dem Hauptplatz ankamen. Ich sollte im Wagen bleiben, bis Victor eine Unterkunft gefunden hatte. Nach längerer Zeit kam er entmutigt zurück. Nirgendwo gab es auch nur so etwas Ähnliches wie ein Hotel. Wir machten uns schon mit dem Gedanken vertraut, im Auto übernachten zu müssen, als plötzlich ein Mann an die Schreibe klopfte und fragte, ob er uns helfen könne. Er war bereit, uns mit nach Hause zu nehmen. Doch zuvor ging er mit Victor noch mal weg, um etwas zu essen zu kaufen, seine Frau würde für uns kochen. So viel Glück hatten wir nicht erwartet. Bis das Essen zubereitet war, wollte er natürlich genau wissen, was uns hierhergeführt hatte. Victor erzählte ihm bereitwillig auf Französisch über die Ziele unserer Reise und unser Gastgeber war sichtlich erfreut über diese unerwartete Abwechslung. Zu essen war reichlich eingekauft und so reichte es auch noch für die ganze Familie, Frau und fünf Kinder, die aber in der Küche essen mussten. Wieder mal fühlten wir uns nicht wohl mit dieser Sitte. Bei uns hätte man es als Diskriminierung empfunden, wenn nicht alle gemeinsam an einem Tisch, hier aber auf dem Boden, gesessen hätten. Später packten wir unsere Schlafsäcke aus und legten uns schlafen. Der Hausherr schlief im gleichen Raum mit uns. In der Nacht spürte ich plötzlich, wie mich eine Hand berührte. Es war nicht Victor, der schlief fest und atmete tief. Was sollte ich tun? Energisch richte ich mich auf, wehrte den nächtlichen Angreifer ab und rückte näher an Victor heran. Wahrscheinlich dachte er, ich würde Victor wecken, doch darauf wollte er es sicher nicht ankommen lassen, denn das wäre dann doch eine sehr heikle Situation gewesen. Am nächsten Morgen verlief dann die Verabschiedung meinerseits sehr frostig, worauf Victor später meinte, er könne gar nicht verstehen, warum ich so unfreundlich war. Ich habe lieber nichts gesagt. Die nächsten beiden Ziele, die wir ansteuern wollten, waren Fes und Meknes. Die Städte umgeben von großen Stadtmauern, die Torbogen mit farbigen Kacheln umrandet. Wie immer übte der Souk mit seinen winkligen Gassen und den vielen kleinen Geschäften, in welchen Kunsthandwerk, Lebensmittel, Gewürze, Heilkräuter, Stoffe, Tücher und vieles mehr feilgeboten wurden, eine unglaubliche Faszination aus. Hier fand noch echtes ursprüngliches Leben statt, zum Unterschied zu unserer sogenannten zivilisierten Welt, die auf mich schon immer kalt und herzlos wirkte. Die Menschen hier haben noch Zeit, kaufen ein, reden und handeln einen besseren Preis aus und trinken dann oftmals noch gemeinsam diesen wunderbar schmeckenden, zuckersüßen Pfefferminztee, natürlich aus frischer Minze, nicht im Teebeutel wie bei uns. Dann waren wir mal wieder unterwegs und hatten Hunger. Wir hielten Ausschau nach etwas Essbarem und fanden dann nach einiger Zeit ein „Restaurant". Hinter der Theke hingen an Fleischerhaken halbe Lämmer. Victor schickte mich vor, weil er meinte, ich hätte da mehr Ahnung, um ein gutes Stück zum Grillen auszusuchen. Ich ließ gleich für jeden von uns fünf kleine Koteletts abschneiden, die dann auf dem Holzofen gegrillt wurden. Dazu gab es eine Knoblauchtunke und frisch gebackenes Fladenbrot. Gestärkt fuhren wir weiter Richtung Azrou, als sich schlagartig der Himmel verdunkelte und es heftig zu regnen anfing. Wir wollten heute noch bis zu den Wasserfällen nach Ozoud kommen, doch es regnete so heftig, dass wir nur sehr langsam fahren konnten, um nicht wegen Aquaplaning von der Straße abzukommen. So wurde es mal wieder Nacht, bis wir unser Ziel erreichten. Der aufgescheuchte Nachtwächter zeigte uns dann einen Raum zum Schlafen. Am nächsten Morgen bot sich uns ein grandioses Schauspiel. Durch den starken Regen in der Nacht schossen gewaltige, von der Erde braun gefärbte Wassermassen siebzig Meter in die Tiefe. Ich war so fasziniert, dass ich gar nicht mehr aufhören konnte zu fotografieren. Das waren die „Cascades d'Ozoud", nie vorher hatte ich davon gehört.

Dann erreichten wir Marrakesch, die sagenumwobene Stadt und den bekannten „Djema el Fna". Das war Orient pur. Um diesen Platz drehte sich das ganze Leben der Stadt. Mutig schlichen wir uns an den Schlangenbeschwörer heran. Die Kobra stand aufgerichtet zum Angriff bereit. Dem blitzschnellen Angriff wich er immer im letzten Moment geschickt aus. Aber so einfach kamen wir auch nicht davon. Als er unser Interesse bemerkte, zog er noch weitere Schlangen aus seinem Körbchen und legte sie uns um den Hals. Ich nahm an, dass sie nicht giftig waren. Die Schlange rund um meinem Hals fühlte sich weich und warm an, am liebsten hätte ich sie nicht mehr zurückgeben, aber wie käme ich mit einer Schlange durch den Zoll, dann sollte sie doch lieber hierbleiben. Ein paar Meter weiter saß ein alter Mann unter einem Schirm. Mit seiner Brille auf der Nase sah er sehr gelehrt aus, vor sich eine Buchstütze mit einem Blatt Papier. Zu seinen Füßen saß ein Mann und diktierte einen Brief. Er war offensichtlich nicht in der Lage selbst zu schreiben. Dann kam ein Wasserträger daher, schön gekleidet in traditioneller Tracht, und bot uns aus einem silbernen Becher Wasser an. Der Wasserbehälter war aus Ziegenleder und wir hatten plötzlich überhaupt keinen Durst mehr und lehnten höflich ab. Ein Stück weiter gab es einen Stand mit Orangen, hier ließ ich mir gerne einen frischen Saft pressen und trank ihn mit Genuss. Der Hohe Atlas war das nächste Ziel. Victor wollte unbedingt den Djebel Toupkal, mit 4167 m der höchste Berg in Marokko, besteigen, und das im Winter. Mir war gar nicht wohl bei der Sache, obwohl es mich nicht betraf. In Imlil angekommen, von wo aus die Tour starten sollte, sah sich Victor nach einem geeigneten Führer um. Der war ziemlich schnell gefunden. Er wollte auch die nötige Ausrüstung besorgen, Bergstiefel, Steigeisen, Eispickel und Seile. Sie wollten am nächsten Morgen um vier Uhr früh mit dem Aufstieg beginnen, um am Abend wieder zurück zu sein. Wir gingen sehr früh schlafen. Ich war etwas erkältet und hatte mit einem kratzenden Husten zu kämpfen, wollte aber Victor in seiner Nachtruhe nicht stören, deshalb schlief ich ziemlich unruhig, versuchte ich doch ständig den Husten zu unterdrücken. Ich dämmerte so vor mich hin, als ich in der Ferne eine weiß gekleidete Frau sah, die heftig winkte. Ich fühlte mich nicht angesprochen und sagte: „Victor, schau, die Frau winkt dir zu, schau, wie sie dir winkt, du sollst kommen." Er reagierte aber nicht und die Frau verschwand so unauffällig, wie sie gekommen war. Dann riss uns ein lautes Pochen aus dem Schlaf, es war der Bergführer. Victor ging an die Tür, sprach mit ihm und kam ziemlich enttäuscht zurück. Der Führer hatte die Tour abgesagt, es sei in der Nacht ziemlich viel Neuschnee in den oberen Regionen gefallen und deshalb sei es zu gefährlich, bis zum Gipfel aufzusteigen. Niemand war erleichterter als ich, war mir doch klar, was es bedeutete, wenn die „Weiße Frau" erscheint. Das war noch mal gut gegangen. Er war offensichtlich ein Mensch, an dem jede Gefahr vorübergeht. Das gab auch mir immer wieder ein Gefühl der Sicherheit während der Reisen mit ihm. In noch so aussichtslosen Situationen fand er jedes Mal eine Lösung. Nun ging es weniger dramatisch weiter. Der Hohe Atlas mit seinen schneebedeckten Gipfeln und den grünen fruchtbaren Tälern erfreute das Auge und die Sinne. Wir verließen das Gebirge und fuhren Richtung Atlantik. In Tiznit, einem kleinem Dorf am Meer, kamen wir auf die Idee den Friseur aufzusuchen, was sich dann als sehr lustig herausstellte. Dass Victor die Haare geschnitten haben wollte, war ja normal, aber als ich an die Reihe kommen wollte, setzte das den Friseur dann doch in Erstaunen. Mir wurde bewusst, dass die Moslemfrauen unter ihrem Tuch wohl nur lange Haare trugen und diese, wenn es denn mal notwendig war, zu Hause selbst abschnitten. Doch ich bestand darauf, dass ich die Haare gewaschen und geschnitten haben wollte. Mit größter Sorgfalt machte er sich dann an meinem Kopf zu schaffen. Er war ziemlich gelassen, als die inzwischen eingetroffenen Zuschauer neugierig an der Ladentür standen, und ignorierte sie. Als ich fertig war, stellte Victor fest, dass dies der beste Haarschnitt sei, den er jemals an mir gesehen hätte. Ich war da anderer Meinung, aber auf jeden Fall war es der billigste. Auf der Weiterfahrt stießen wir auf das vornehme „Kerdous-Berghotel". So frisch frisiert konnten wir uns, ohne uns zu schämen, hineinwagen. Wir bestellten uns „Brochette de vean", Spieße vom Lammfleisch mit Fladenbrot und Tomatensalat, der mit reichlich Zwiebeln und Kräutern serviert wurde. Zum Abschluss zwei „Café noire" und wir waren erneut begeistert von der marokkanischen Küche, die sehr einfach, aber nichtsdestotrotz sehr schmackhaft ist. Es werden ja ausschließlich frische Lebensmittel verwendet.

Die letzte Station unserer bisher sehr erlebnisreichen Reise war Tafraout, eine interessante felsige Landschaft. Einer der Felsen wurde Napoleons Hut genannt. Victor wollte bis zur Spitze hochklettern. Ich wollte auch die schöne Aussicht von oben genießen und heftete mich an seine Fersen.

Oben angekommen, erntete ich sogar einmal ein Lob ob dieser unerwarteten Leistung: „Du kannst doch, wenn du willst!" Aber ich wollte nicht immer und manchmal konnte ich wirklich nicht mit diesem durchtrainierten Partner mithalten, was aber oft auf sehr wenig Verständnis stieß. Nun ja, ich hatte es geschafft und war stolz darauf. Den letzten Abend vor der Heimreise verbrachten wir noch in Oued Massa am Atlantik. Die Sonne verschwand blutrot hinter dem Meer und wir genossen diesen krönenden Abschluss unserer eindrucksvollen Reise.

Das hier sollte kein krönender Abschluss sein. Eingeschlossen in einer Zelle in Indien, womit hatte ich das verdient? Ich konnte mir keinen Reim darauf machen. Hatte ich überhaupt eine Möglichkeit etwas zu unternehmen. Die Angaben, die die Polizeibeamten bei der Vernehmung über mich aufgenommen hatten, sollten doch ausreichen, um die Deutsche Botschaft über meinen unfreiwilligen Aufenthalt zu informieren. Warum taten sie das nicht, warum findet mich hier keiner? So verlassen bin ich mir in meinem ganzen Leben noch nicht vorgekommen. Warten, warten, die Zeit schien stillzustehen. Ich hatte so viele schöne Erinnerungen und ich fand es erstaunlich, dass sie trotz dieser schrecklichen Umgebung so präsent waren. Eine Eigenschaft, welche ich schon als Kind hatte, war die, immer mit meinen Gedanken auf Reisen zu sein und sich nie mit mir zu langweilen. Langweilig war auch meine nächste Reise nicht.

Meine Yogaschüler an der Uni stellten eines Tages die Frage in den Raum, ob wir mit der Gruppe nicht einmal an einem schönen Platz Yogaferien machen könnten. Ich fand die Idee auch klasse, mein erster Yogaschüler war ein Gastwissenschaftler aus Thessaloniki. Ein Freund von Georgios hatte auf Sithonia ein Ferienhaus, in dem gut zehn Gäste untergebracht werden konnten. Ich zog Erkundigungen über den Preis für den Flug ein, errechnete die Kosten für Unterkunft und Verpflegung und ermittelte einen kleinen Obolus für meinen Yogaunterricht, der täglich morgens und abends am Strand stattfinden sollte. Bevor ich der Gruppe davon berichtete, sagte ich zu meiner Freundin Hanne, die auch an dem Kurs teilnehmen wollte: „Gesetzt den Fall, dass alle abspringen sollten, würdest du dann auch mit mir alleine dahin fliegen?" Sie sicherte mir sofort zu, auch dann mitzukommen. Man kann sich nicht vorstellen, welche Ausreden plötzlich auftauchten und man sich nun doch nicht anmelden konnte. Wie vorausgesehen blieben nur noch Hanne und ich übrig. Doch dieser Umstand sollte unsere Vorfreude nicht schmälern. In Thessaloniki angekommen, holte uns Georgios vom Flughafen ab und brachte uns mit seinem Wagen nach Torini, unserem Ferienort auf der Halbinsel Sithonia. Das Haus lag direkt am wunderschönen kilometerlangen Sandstrand. Da die Hauptreisezeit schon zu Ende war, konnten wir das ganze Haus alleine benutzen. Im herrlich türkisfarbenen Meer konnte man immer noch schwimmen. Wir verbrachten die ersten Tage mit Yoga und unternahmen lange Strandwanderungen. Dann mieteten wir uns einen Kleinwagen und erkundeten die Insel, wobei wir viele interessante Buchten sehen konnten. Ganz besonders hat uns die zerklüftete Küste bei Ahlada gefallen. Bizarre Steinformationen umgeben von glasklarem Wasser, blauer Himmel so weit das Auge reichte und glücklicherweise keine Touristen weit und breit. Wir setzten uns auf einen Felsen direkt am Wasser. Es war einfach nur schön, mit dieser unberührten Natur eins zu sein. Abends gingen wir regelmäßig ins gegenüberliegende Restaurant zum Essen. Georgios hatte uns da bekannt gemacht. Es gab sowieso keine andere Möglichkeit auszugehen. Wir saßen gemütlich am Tisch bestellten ein griechisches Gericht, einen Wein und Ouzo dazu, der jedes Mal fast ein halbes Wasserglas füllte. Nachdem wir gegessen hatten und bei guter Unterhaltung sitzen blieben, brachte der Besitzer noch mal für jede von uns ein Glas Ouzo. Nun ja, wir hatten gut gegessen, sodass es kein Problem war, den zweiten Ouzo zu trinken. Zu vorgerückter Stunde baten wir um die Rechnung und trauten kaum unseren Augen, denn man servierte uns noch mal zwei weitere Ouzo. Hanne meinte, wenn wir den auch noch trinken, sind wir besoffen. Ich sagte ganz gelassen zu ihr: „Wir trinken den jetzt auf ex, stehen sofort auf und verlassen hoch erhobenen Hauptes das Lokal, denn so wird niemand auf die Idee kommen, dass wir betrunken sein könnten." Auf der östlichsten Landzunge von Chalkidiki befindet sich die Mönchsrepublik am Berg Athos. Wir wussten, dass dort weibliche Wesen keinen Zugang hatten, jedoch die Kulisse vom Schiff aus betrachtet werden konnte. So buchten wir die Fahrt von Neo Marmaras aus, einem nahe liegenden Hafen. Leider hatten wir an diesem Tag nicht gerade das beste Wetter erwischt. Der Himmel zeigte sich trüb und regnerisch. Trotz des schlechten Wetters fiel mir ein älterer Passagier auf, der ununterbrochen fotografierte. Unter anderem war auch ich an der Reihe. Wahrscheinlich hatte ich aufgrund meiner signalfarbenen Regenjacke, die wie ein leuchtender Punkt in dieser grauen Landschaft wirkte, seine Aufmerksamkeit erregt. Wir kamen ins Gespräch und es stellte sich heraus, dass er tatsächlich ein Profi war und für eine Zeitschrift Aufnahmen machte. Er ließ sich meine Adresse geben und versprach, die Aufnahmen zu schicken, worauf ich natürlich sehr gespannt war. Doch schöne Fotos von den zahlreichen Klöstern, welche am Hang des Berges lagen, waren aufgrund des Wetters nicht möglich. Es war sehr interessant, dass wir auf der ganzen Fahrt von Delfinen begleitet wurden, welche sich durch elegante Sprünge immer wieder über dem Wasser zeigten. Wir wollten uns auf keinen Fall die Besichtigung der Meteora-Klöster entgehen lassen, die in die bis zu hundert Meter hohen Felsen gebaut waren und als Rückzugsgebiete für die Mönche galten. Wir fuhren mit dem Bus bis Kastraki, suchten uns eine günstige Unterkunft und nahmen am nächsten Morgen den Bus zum Kloster Methamorfosi, das auf einem Felsen gebaut nur über eine Zugbrücke zu erreichen ist. Zu den anderen Klöstern gelangten wir bequem zu Fuß, doch kurz vor den Eingängen gab es immer wieder tiefe Schluchten, die auf Brücken überwunden werden mussten. Zu einem der Klöster gelangte man nur über eine Seilwinde, an welcher ein Korb befestigt war und über dem Abgrund schwebte. Diese Besichtigung ließen wir dann doch lieber sein. Es war schon ein imposanter Anblick – wie übergroße Vogelnester thronten die Klöster auf den schroffen Felsen, fernab von der Welt und zur damaligen Zeit für unerwünschte Besucher nicht erreichbar. Die schönen unbeschwerten Tage neigten sich dem Ende zu. Vor dem Rückflug stand uns noch ein Tag für einen ausgiebigen Stadtbummel durch Thessaloniki zur Verfügung. Hoch über der Stadt entdeckten wir ein landestypisches Restaurant mit Dachterrasse und genossen neben der schönen Aussicht ein letztes Mal den griechischen Wein.

Hier musste ich ohne diesen Genuss auskommen. Es ist sowieso erstaunlich, wie man trotz dieser kargen Ernährung einigermaßen gesund bleiben konnte. Aufgrund meiner Ayurveda- und Yogakenntnisse war es mir überhaupt möglich, unter diesen Bedingungen noch zu existieren und an Leib und Seele gesund zu bleiben. Mit der Erhaltung meiner Gesundheit hatte auch meine nächste Reise zu tun. Ich machte es mir in meiner Ecke so bequem wie möglich und flog in Gedanken nach Thailand.

Durch meine Ayurvedakur fand ich Interesse an der Ganzkörpermassage. Irgendwo hatte ich von der traditionellen Thaimassage gehört. Ich machte mich im Internet schlau. Da gab es doch tatsächlich einige Berichte darüber. Im Wat Po Kloster in Bangkok sollte es eine Massageschule geben, las ich da. Das wäre doch das Richtige, dachte ich mir. Also schrieb ich dahin, ohne jedoch mit einer Antwort zu rechnen, denn es gab keine genauere Adresse. Nach einiger Zeit kam doch tatsächlich ein mit der Schreibmaschine geschriebener Brief aus Bangkok. Ich könne jederzeit einen zehntägigen Kurs belegen. Meine Reise sollte dann im März 1997 losgehen. Ich dachte mir, dass es zu dieser Zeit noch nicht so heiß wäre und die Massage dann weniger anstrengend sein würde. Damit sich die lange Reise auch lohnte, hatte ich drei

Wochen Urlaub genommen. Die ersten zehn Tage Massagekurs und dann auf jeden Fall zum River Kwai. Auch den KhaoYai Nationalpark wollte ich besuchen und als krönenden Abschluss wollte ich mir einen Strandurlaub auf Koh Samui im Süden des Landes gönnen. Mit diesen Vorstellungen kam ich am frühen Morgen völlig benommen durch ein Ereignis während des Nachtflugs in Bangkok an. Ich hatte einen Fensterplatz, saß ganz entspannt in meinem Sessel und dämmerte vor mich hin. Irgendwann in der Nacht wachte ich auf und dachte, wir müssten jetzt doch wohl über Indien fliegen. Neugierig öffnete ich das Rollo und schaute aus zehntausend Metern Höhe vom nächtlichen Himmel auf die Erde. Was ich da sah, verschlug mir fast den Atem. Unter mir lag hell erleuchtet das Taj Mahal, ein ergreifender Anblick, dieses Weltwunder im milchigen Glanz aus dieser Perspektive zu sehen. Ich war nicht sicher, ob ich wach war oder träumte. Später, als die Maschine gelandet war, stand auch der Pilot zur Verabschiedung am Ausgang. Nun wollte ich es genau wissen und fragte ihn, ob wir in der Nacht über Agra geflogen wären, was er mir bestätigte. Also war es kein Traum gewesen, dennoch ein traumhafter Anblick. Er hat sich tief in mein Gedächtnis eingegraben. Wer hat schon einmal solch ein Erlebnis? Ich verließ das Flughafengebäude. Der Lärm einer Millionenstadt schlug mir entgegen, als ich mir ein Taxi nahm, das mich zum Wat Po bringen sollte. Das war aber gar nicht so einfach, denn auf dem Brief, der mir geschickt worden war, stand keine Adresse. Einer der anwesenden Taxifahrer sprach Englisch und ich erklärte ihm, wo ich hin wollte. Dieser wiederum erklärte es einem anderen Fahrer in seiner Landessprache. Also lud ich die Reisetasche ins Taxi und los ging die Fahrt über mehrspurige Straßen und unendliche Häuserschluchten. Nach einer Stunde Fahrt waren wir immer noch nicht angekommen, ich wurde unruhig, es dauerte unendlich lange. Schließlich kamen vergoldete Türme in Sicht, umgeben von einer großen Mauer. Vor einer Toreinfahrt hielt der Fahrer an, sagte: „Wat Po", und nahm den vereinbarten Fahrpreis entgegen. Nun stand ich da. Wohin? Ich betrat das Innere des Klosters. Obwohl es in der Mitte der Stadt lag, herrschte eine angenehme Ruhe. Zur

Massageschule musste ich mich durchfragen und fand sie dann auch nach einiger Zeit auf dem weitläufigen Gelände. Ein uralter Thai saß an der Anmeldung. Nachdem ich mich vorgestellt hatte, öffnete er eine verbeulte Blechschatulle gefüllt mit wild hineingeworfenen Briefen, griff hinein und zog zu meinem Erstaunen mit sicherer Hand meine Anmeldung heraus. Ich könne gleich anfangen, meinte er. Das ging mir dann doch etwas zu schnell, zuerst brauchte ich eine günstige Unterkunft. Er nannte mir eine Adresse, und so fuhr ich mit dem Taxi zum circa fünf Kilometer entfernten Green House. Vereinbart war, dass ich am nächsten Morgen um acht Uhr mit dem Kurs beginnen sollte. Die Unterkunft war einfach, aber sauber und nicht so teuer, einfach der ideale Platz für Rucksacktouristen. Nach einer erholsamen Nacht fuhr ich am nächsten Morgen voller Erwartung zum Kloster. Das Massagegebäude war ein einziger, großer Raum mit zwanzig Matratzen am Boden, nach einer Seite hin offen, nur mit einem Maschendrahtgitter abgetrennt. Als ich ankam, herrschte schon ein reges Treiben. Menschen lagen mit leichten Hosen und dünnem Oberteil auf der Matratze und ein Masseur turnte auf ihnen herum, so sah es jedenfalls aus. Ich wurde meinem Lehrer vorgestellt. Er erklärte mir, dass es keinen theoretischen Unterricht gebe, nur die Praxis wurde gelehrt. Also „learning by doing", das war mir auch recht. Die nächsten Tage sollten dann zeigen, dass es hilfreich gewesen wäre, etwas Schriftliches in der Hand zu haben, denn die Reihenfolge der einzelnen Massageschritte, bei welchen gedachte Energielinien mit Daumendruck aktiviert wurden, war doch sehr umfangreich. Die freien Nachmittage nutzte ich dann für verschiedene Besichtigungen. Natürlich war das Wat Po Kloster selbst das erste Besichtigungsobjekt, eine weitläufige Anlage mit verschiedenen reich verzierten Gebäuden. Im größten Gebäude war ein überdimensionaler mit Goldplättchen überzogener liegender Buddha zu bestaunen. An einem anderen Nachmittag nahm ich mir ein Tuk Tuk und ließ mich zu der im Reiseführer angegebenen Schlangenfarm fahren. Ich saß in der ersten Reihe, damit ich die Tiere so nah wie möglich sehen konnte. Am eindrucksvollsten war natürlich die Vorführung der Kobras, als sie immer wieder einen Angriff auf den Schlangenbändiger machten und dieser jedes Mal im letzten Augenblick auswich, um nicht gebissen zu werden, denn das Gift einer Kobra ist lebensgefährlich. Es wurde auch gezeigt, wie die Schlangen „gemolken" werden. Geschickt hinter dem Kopf gefasst, reißt die Schlange den Rachen auf, ein mit Mull überspanntes Gefäß wird gegen die Giftzähne gedrückt, woraufhin die Schlange ihr Gift abgibt. Als krönender Abschluss wurde von zwei Männern eine circa fünf Meter lange Königspython hereingetragen und nun wurde das Publikum aufgefordert, sich die Schlange um den Hals legen zu lassen. Offensichtlich traute sich niemand, ich jedoch bekam bei dem Gedanken die Schlange zu berühren Herzklopfen. Mutig, aber dennoch vorsichtig näherte ich mich diesem prachtvollen Tier. Die Männer legten sie mir vor den staunenden Zuschauern auf die Schultern. Es war ein völlig neues Gefühl, die weiche zarte Haut der Python zu spüren, das schwere Gewicht spielte keine Rolle. Ich trug sie mit erhabenem Stolz. Als die Männer sie wieder abnehmen wollten, ringelte sie sich um mein Bein, sie wollte mich nicht loslassen. Hatte sie gespürt, wie verbunden ich mich mit ihr fühlte? Es kam mir so vor. Mein Herz schlug voll freudiger Erregung um einiges schneller. Die Begegnung mit der Schlange war für mich die Krönung des Tages. Der nächste Besichtigungspunkt war ein buddhistischer Tempel, hoch über der Stadt gelegen mit einem herrlichen Rundblick. Natürlich wurden hier für Touristen alle möglichen Andenken angeboten. In einer Vitrine lag ein wunderbarer, seidig schimmernder, orangefarbener Stoff. Ich fragte nach dem Preis, worauf mich die Verkäuferin verständnislos fragte, was ich damit wolle, das sei nämlich das Kleidungsstück eines Mönches, welches nur um den Körper geschlungen getragen würde. Das hielt mich jedoch nicht vom Kauf ab, ich war so begeistert von diesem herrlichen Tuch und war sicher, zu Hause dafür Verwendung zu finden. Am Tag darauf sah ich mir das Wat Phra Keo mit dem Königspalast an. Welch eine Pracht verbarg sich hinter den mächtigen Mauern, die das gesamte Areal umschlossen. Tempelanlagen mit siamesischen Dächern, bunten Ziegeln, mythologischen Figuren, Schlangen, Garudas, Elefanten, reich verziert mit Gold und

Edelsteinen, exotische Pflanzen, Buddhastatuen aus Jade, eine unvergleichliche Pracht und Schönheit. Am berühmtesten ist der Tempel des Smaragd-Buddhas, das höchste Heiligtum Thailands. Hier wurde mir anschaulich bewusst, dass Thailand nie unter einer Kolonialherrschaft zu leiden hatte, denn sonst wären all diese Reichtümer sicherlich nicht im Land geblieben. Glücklicherweise war Fotografieren erlaubt, und so konnte ich mir einen Teil dieser beeindruckenden Bauten und Figuren mit nach Hause nehmen. Eine Klong-Tour ist ein Muss in Bangkok. Mit dem Wassertaxi fährt man über den Chao Phraya River, um dann in einen der Klongs, das sind kanalartige Wasserstraßen, einzubiegen. Die weit verzweigten Kanäle bieten eine abwechslungsreiche Landschaft mit kleinen Tempeln, Pfahlbauten und jeder Menge Wohnschiffen, auf denen geschäftiges Treiben herrscht. Das ganze Leben dieser Thais spielt sich auf dem Wasser ab, einen Zugang auf dem Landweg gibt es nicht. Ich könnte mir diese Art zu leben nicht gut vorstellen, aber ich hatte es hier ja auch mit einer völlig anderen Kultur zu tun. An einem Nachmittag, zwei Tage vor meiner Prüfung, saß ich im Green House beim Mittagessen, als sich ein etwas wild aussehender junger Mann an meinen Tisch setzte. Er stellte sich als Vijai aus Nepal vor und erzählte, dass er eine Klosterschule besuchte und dort seit zwölf Jahren als Mönch lebte. Das Kloster hätte er vor einiger Zeit verlassen, weil er sich dem realen Leben stellen wollte. Wovon er lebte, ließ er nicht durchblicken und ich wollte ihm auch nicht mit weiteren Fragen zu nahetreten. Er war sehr unterhaltsam, und als er mir vorschlug, am Abend in einem Chinarestaurant am Fluss essen zu gehen, war ich gerne dazu bereit, zumal mir in der Gesellschaft eines Mönches bestimmt nichts geschehen würde. Als er mich am Abend abholte, machte er einen etwas saubereren Eindruck als am Mittag. Wir nahmen ein Tuk Tuk, er nannte dem Fahrer den Namen des Restaurants. Es war schon dunkel, ein buntes Treiben herrschte auf den Straßen, die Thais kauften in den Garküchen am Straßenrand ihr Abendessen. Es sah so aus, als ob niemand zu Hause kochen würde. Das Restaurant lag direkt am Wasser, auf den Tischen standen kleine Windlichter und ringsherum leuchteten rote Lampions, die sich im dunklen Fluss spiegelten. Eine sehr romantische Atmosphäre. Bei einem geschäftig wirkenden Chinesen bestellten wir das Essen. Um wohl die Zeit zu überbrücken, bot mir Vijai eine kleine, offensichtlich selbst gedrehte Zigarette an, welche ich aber aus unerfindlichen Gründen ablehnte, obwohl ich in letzter Zeit immer mal wieder geraucht hatte. Das chinesische Essen unterschied sich jedoch nicht so sehr von der thailändischen Küche. Man spürte auf der Zunge, dass alles frisch zubereitet war und eine angenehme Schärfe hatte, ein Genuss. Da ich nicht zu spät zurück sein wollte, bat ich dann Vijai ein Tuk Tuk zu rufen, um mich zurück zum Green House zu bringen. Wir stiegen ein und Vijai sagte etwas Unverständliches zum Fahrer. Nach einiger Zeit wurde ich das Gefühl nicht los, in die falsche Richtung zu fahren. Zu allem Unglück fing der „Mönch" auch noch an zudringlich zu werden. Ich wehrte ihn ein paar Mal sehr energisch ab, worauf er den Fahrer bei einer Straßenüberführung mit der Bemerkung anhalten ließ, dass er gleich wieder zurückkommen würde, und verschwand in der Nacht. Eilig holte ich die Visitenkarte meines Hotels aus der Geldbörse, zeigte sie dem Fahrer und gab ihm zu verstehen, dass er mich dahinbringen sollte. Er wendete das Fahrzeug und brachte mich nach längerer Fahrt wohlbehalten zurück. Mit zitternden Knien erreichte ich mein Zimmer. Ich wagte mir nicht auszumalen, was alles hätte passieren können. Wie konnte ich nur derart vertrauensselig sein und in einer Millionenstadt nachts allein mit einem fremden Mann losziehen. Sehr lange konnte ich mich nicht beruhigen. Ich zog sogar in Erwägung abzureisen, so elend war mir zumute nach dieser überstandenen Gefahr. Nur der schnellen Reaktion des Tuk-Tuk-Fahrers hatte ich es zu verdanken, dass ich mit heiler Haut davonkam. Am nächsten Morgen auf dem Weg zur Massageschule hatte ich mich wieder etwas beruhigt. Übermorgen sollte meine Prüfung sein und ich wollte nicht ohne dieses Zertifikat abreisen.

Abreisen, nein, abreisen war nur in Gedanken möglich. Ich saß ja hier in der Zelle und vom Abreisen konnte ich nur träumen.

Wird sich dieser Traum bald erfüllen und wohin wird die Reise gehen? Erfahrungsgemäß wird meine Familie sehr schnell bei der Hand sein und mich gleich wieder in die Psychiatrie stecken, dabei waren sie immer sehr flink. Wenn ich dann nach Wochen wieder aus der Klinik kam und es mir sehr schwerfiel, Fuß zu fassen, hatte ich jedoch ihre Fürsorge sehr vermisst. Also träumte ich mir mein Leben zurecht. Ohne diese Träume wäre ich an der Wirklichkeit zugrunde gegangen. Dabei fällt mir das Lied von Kitaro ein, welches ich einmal aus dem Englischen übersetzt habe:

*Ich sende eine Botschaft als Klang Richtung Himmel,
in leeren Raum stürzend,
emporstrebend weit hinter das Begriffsvermögen,
hoch über den Gipfeln der Berge,
hinter den Wellen des Ozeans,
ausdehnend bis zu den Anden,
sanft Nepal berührend,
achten, wie der Klang fließt,
hören, wie der Wind weht.
Natur gefärbt mit Abenteuer
enthüllt ein Drama Tag für Tag.
Pflanzen entfalten Rhythmus,
Insekten spielen ihre Melodie,
Licht fließt, wie der Wind bläst.
Nun fange den Klang, empfinde das Licht.
Fühlst du die Dinge,
spürst du das Leben?
Unschuld erwidert das köstliche Sehnen in der Welt,
Weben der eigenen Träume,
Träume, welche die Welt völlig zerstreuen.
Menschen beginnen wortlos
die Harmonie der Liebe zu singen.
Das ist der Anfang.
Verbinde den Traum
mit der Farbe deines stillen Herzens,
finde Frieden und Seelenruhe.
Singe, du brauchst nur zu singen,
es ist für dich.*

Diese Worte gaben mir tatsächlich Ruhe und Frieden. Ohne es zu bemerken, schlief ich ein, bis mich dann am frühen Morgen das Klappern der Eimer aus meinen Träumen hochschreckte. Die Wärterin schob mir wortlos das Frühstück unter der Gittertür durch und genauso wortlos nahm ich es auch in Empfang. Was hätte ich auch sagen sollen, alles an dieser Umgebung war trostlos und leer. Wenn ich mit meinen Träumen nicht in einer Zeit angekommen wäre, in der ich fast nur gute Erinnerungen hatte, hätte ich das tägliche Einerlei bestimmt nicht aushalten können. Es war nicht auszudenken, was geschehen würde, wenn ich hier in der Zelle wieder die Nerven verlieren würde. Toben und Schreien würde mich nur noch stärker ins Elend stürzen. Nein, ich war in der Lage mich ganz normal zu verhalten und das war auch gut so. Vielleicht geschah eines Tages doch noch das Wunder, diese Zelle für immer verlassen zu können. In Gedanken befand ich mich immer noch in Thailand.

Die Prüfung als Masseurin der traditionellen Thaimassage bestand ich problemlos und bekam dann mein Zertifikat ausgehändigt, das mich dazu berechtigte, diese besondere Art der Massage auszuführen. Ich fragte mich nur, wer mir in Deutschland einen angemessenen Preis für diese drei Stunden Schwerstarbeit bezahlen wollte. Aber das war im Moment zweitrangig, denn nun fing ja erst der eigentliche Urlaub an. Zuerst wollte ich zum River Kwai. In einem kleinen Reisebüro buchte ich die eintägige Fahrt dahin. Früh am nächsten Morgen ging es mit einem Kleinbus los. Außer mir waren nur Thais mit von der Partie. Nach zwei Stunden Fahrt kamen wir in Nan Tok an. Von hier aus fuhr dann der Zug in schwindelerregender Höhe immer am Abgrund entlang. Unter uns floss gemächlich der Fluss. Ängstliche Personen hatten bei dieser Zugfahrt bestimmt ihre Probleme, denn nicht ohne Grund wurde sie die Todesbahn genannt. Die Fahrt endete dann an besagter Brücke am Kwai. Beim Aussteigen hätte ich mir vorstellen können, über Lautsprecher den weltweit berühmten Marsch zu hören, aber dem war nicht so. Stattdessen gab es ein kleines Museum, in welchem sehr eindrucksvoll gezeigt wurde, unter welch mörderischen

Bedingungen die Soldaten damals diese Bahn, die die Verbindung zwischen Burma und Indien werden sollte, gebaut hatten und wie viele Menschen dabei ihr Leben lassen mussten. Die Brücke jedoch war eine Nachbildung, was mich aber nicht weiter störte. Das herausragende Erlebnis war die Fahrt mit der Bahn gewesen. Auf der Rückfahrt war ich dann doch sehr nachdenklich gestimmt. Es war ja mein Wunsch diesen spektakulären Ort zu besuchen, aber mit der wohlklingenden Melodie dieses Musikstückes hatte das wenig zu tun. Dennoch war ich froh diese Erfahrung gemacht zu haben. Am Tag darauf stand der Kao Yai Nationalpark auf dem Programm. Laut Reiseführer sollte das der älteste und auch der schönste Park in Thailand sein. Außerdem würden da neben Elefanten, Makaken und vielen Vogelarten auch noch einige wenige Tiger leben. Darauf war ich natürlich besonders gespannt. Von Bangkok aus nahm ich einen öffentlichen Bus. Dieser fuhr aber entgegen der Beschreibung nur bis zum Eingang des Parks. Wie ich dann von da bis zur Lodge kam, die sich im Zentrum des Parks befand, blieb mir überlassen. Als ich bepackt mit meiner Reisetasche ziemlich ratlos an der Straße stand, hielt ein Kleinbus neben mir an. Ein freundlicher junger Thai fragte, ob ich bis zur Lodge mitfahren wollte. Erleichtert stieg ich ein, die jungen Leute rückten zusammen, um mir Platz zu machen. Zu meiner Überraschung waren sie sehr neugierig und fragten, woher ich komme, was mir an ihrem Land gefällt und welche Religion ich habe. Es stellte sich heraus, dass sie einer christlichen Kirche angehörten. Ihrem Wunsch, ein Gebet zu sprechen, musste ich schon aus Höflichkeit nachkommen. So geschah es dann, dass ich auf der Fahrt durch den Dschungel ein „Vaterunser" betete, was die jungen Leute offensichtlich sehr beeindruckte, obwohl ich es in Deutsch sprach und sie kein Wort davon verstehen konnten. Aber ich habe ja schon des Öfteren erlebt, dass die Sprache des Herzens überall auf der Welt verstanden wird. Als wir dann endlich angekommen waren, ging ich zur Anmeldung, denn ich brauchte ja eine Unterkunft für die Nacht, und am nächsten Morgen wollte ich die wilden Tiere im Park beobachten. Man sagte mir jedoch, dass ich auf eigene Faust losgehen müsste. Das schien mir aber ein schwieriges Unterfangen. Es musste doch eine andere Möglichkeit geben den Park zu erkunden, also ließ ich mich auf diese Art nicht abwimmeln, bis mir dann nach langem Hin und Her angeboten wurde, mit dem Ranger am nächsten Morgen loszuziehen. Die Nacht in meiner Unterkunft auf dem harten Bretterboden war äußerst unangenehm, es gab kein Bett und keine Matratzen und mein dünner Sommerschlafsack ließ mich jede Fuge des Holzes spüren. Ziemlich gerädert stand ich am frühen Morgen auf, war jedoch in freudiger Erwartung, welche Tiere ich zu sehen bekommen würde. Der Ranger, ein älterer, freundlich dreinblickender Thai wartete schon mit seinem Moped auf mich. Nach längerer Fahrt durch dicht bewachsenen Wald machte er an einer Lichtung Halt, stellte das Moped ab und gab mir zu verstehen, dass es jetzt zu Fuß weiterginge. Auf einem schmalen Pfad ging es durch undurchsichtiges Gehölz ständig bergab. Neugierig, aber auch ein wenig ängstlich, schaute ich immer wieder ins Gebüsch, ob uns da vielleicht ein Tiger folgen würde. Doch der Ranger ging seelenruhig vor mir her, also schien keine Gefahr zu bestehen. Die Geräusche des Dschungels waren von ständigem Rascheln, Knacken und Vogelstimmen durchdrungen, welche aber durch das dichte Blattwerk nicht auszumachen waren. So gingen wir circa zwei Stunden schweigend dahin. An einem nahezu ausgetrockneten Bachbett machten wir Rast. Anschließend stiegen wir durch das Geröll des Baches bergauf, in der Hitze und Schwüle war das äußerst anstrengend. Zwischendurch gab es immer wieder Stellen, an denen sich das Wasser gesammelt hatte und ein kleines Bassin bildete. Mein Begleiter gab mir zu verstehen, darin ein Bad zu nehmen, was ich aber höflich ablehnte, denn dieses Schauspiel wollte ich einem fremden Mann hier in der Wildnis doch nicht bieten, saß mir doch der Schrecken von der Nacht in Bangkok immer noch in den Gliedern. An unserem Ausgangspunkt angekommen, bestiegen wir wieder das Moped, die Fahrt ging weiter bis zu einer Aussichtsplattform, von der aus wir eine herrliche Sicht über ein leicht hügeliges Grasland hatten. Hier verbrachten wir eine Stunde, ohne dass sich auch nur ein Tier gezeigt hätte. Es war wohl auch noch zu früh am

Nachmittag. Die Tiere kamen bestimmt erst in der Dämmerung auf die Weide, aber solange wollte der Thai wohl nicht warten. Sicherlich wäre es auch nicht ungefährlich gewesen, in der Nacht auf dem Moped durch den Park zu fahren. Ziemlich enttäuscht kam ich wieder an der Lodge an. Ich beschloss am nächsten Morgen abzureisen, denn es hätte keinen Sinn gemacht, hier alleine länger zu bleiben. Ich hatte Glück und bekam eine Mitfahrgelegenheit bis zur Bushaltestelle am Ende des Parks. Unterwegs kreuzte eine Horde Affen die Straße, aber die halfen mir auch nicht über meine Enttäuschung hinweg. Das nächste Ziel war Kho Samui, darauf freute ich mich sehr. Nach einer langen, äußerst unbequemen nächtlichen Busfahrt kam ich am Hafen an, von wo aus die Überfahrt zur Insel stattfinden sollte. Anscheinend war ich einer der letzten Passagiere, denn das Boot war schon überfüllt von Menschen mit Rucksäcken; wie eine einzige riesige Traube und immer noch wurden weitere Touristen an Bord gelassen. Ich wollte lieber nicht daran denken, was da passieren könnte. Während der Überfahrt waren geschäftstüchtige Thais dabei, mit schön bebilderten Mappen ihre Unterkünfte anzubieten. Ich entschied mich für ein kleines Ressort an der Nordseite der Insel, die nicht zu sehr übervölkert war. Ein putziges, auf Stelzen gestelltes Häuschen mit Meerblick, nett im Landesstil eingerichtet sollte für die nächsten zehn Tage mein Zuhause sein. Hier, weitab von der Großstadt genoss ich die Schönheit und Stille der Natur. Schwimmen im türkisfarbenen, glasklaren Wasser, Faulenzen unter Palmen in der Hängematte, die Milch einer frischen Kokosnuss schlürfend, so verbrachte ich die nächsten Tage. Weit und breit kein Mann, der meine Harmonie hätte stören können. Die Tage vergingen wie im Flug. Bald war Ostern, und so hatte ich mir vorgenommen, am Karfreitag eine Inselrundfahrt zu machen. Ich mietete mir für den ganzen Tag ein Auto mit Fahrer. Das erste Ziel am frühen Morgen sollte der zwölf Meter hohe vergoldete Big Buddha sein. Das war schon ein beeindruckender Anblick und irgendwie wurde ich beim Betrachten von Ruhe und Frieden erfüllt. Dann ging die Fahrt weiter auf der Ringstraße zum Lamai Beach. Hier waren Hin Ta & Hin Yai, ein überdimensionaler

Felsen in Form eines Penis und eine Felsspalte, die den Eindruck einer riesigen Vagina aufkommen ließ, zu bestaunen. Zahlreiche Schaulustige hatten sich hier eingefunden, um dieses Wunder der Natur zu bestaunen und von allen Seiten zu fotografieren, was ich natürlich auch tat. Denn was hätte es zu Hause für einen Sinn gemacht, nur davon zu erzählen, das musste schon bildlich belegt werden. Und ich war überzeugt, dass es Eindruck machen würde. Die nächste Attraktion sollte ich im Wat Khunaram vorfinden. Hier gab es die Mumie eines Mönches zu besichtigen, der in der typischen Meditationshaltung in einem Glaskasten saß. Angeblich soll er in Meditation so lange in der Sonne gesessen haben, bis die Seele den Körper verließ und so der mumifizierte Leib erhalten blieb. Was jedoch sehr makaber anmutete, war die Sonnenbrille, welche die Mumie aufhatte. Das trug bei allem Respekt doch etwas zur Verwunderung bei. Dann die Wasserfälle von Na Muang, welche als große Sehenswürdigkeit angepriesen wurden. Wenn man sie auch nicht mit den Niagarafällen vergleichen wollte, so waren sie doch ein recht schöner Anblick und den jungen Thais bereitete es offensichtlich Vergnügen, sich vom herabfallenden Wasser berieseln zu lassen. Als ich dann am Abend wieder zurück war, gemütlich in meinem Bett lag und den Tag noch mal Revue passieren ließ, stellte ich fest, dass dies wohl der schönste Karfreitag war, an den ich mich je erinnern konnte. Die Zeit verging wie im Flug, die endgültige Heimreise rückte näher. Obwohl mich die Exotik gefangen hielt, war es nun doch an der Zeit, diese paradiesische Insel wieder zu verlassen.

Aber hier? Hier saß ich in einem ebenfalls exotischen Land in einer Zelle, umgeben von Wänden, mit brauner Ölfarbe gestrichen, die aussahen, als ob sie die Vorgängerin mit Kot beschmiert hätte. Gitterstäbe auf beiden Seiten, nach hinten die Sicht auf eine hohe Mauer und vorne über den Hof ein Ausblick zum nächsten Gebäude. Ja, die vier Wochen in Thailand hatten doch sehr dazu beigetragen, meinen Horizont zu erweitern. Meine Massageausbildung hat mich gelehrt, wie viel Energie in meinem Körper steckt und wie ich diese an andere

Menschen weitergeben kann. Das Wissen um diese Energie ermöglichte es mir, in diesem Verlies auszuharren in der Hoffnung auf Hilfe von draußen. Wie auch immer diese Hilfe aussehen würde …, ich hatte keine Vorstellung davon. Was hatte mein Lebensplan mit mir vor? Keine Ahnung. Trotzdem wurde es Abend und Morgen, jeden Tag der gleiche Rhythmus: essen, träumen und schlafen.

XVII

Glücklicherweise gab es noch so viel, wovon ich träumen konnte. Seit meiner Yogaausbildung hatte ich keine Psychiatrie mehr von innen gesehen und ich war zu der Zeit in dem festen Glauben, da auch nicht mehr hin zu müssen. Meine Yogakurse auf den verschiedenen Dörfern der Unteren Hardt füllten mein Leben völlig aus. Es war mir ein Bedürfnis, interessierten Menschen die Yogaphilosophie und die damit verbundenen Körperübungen näherzubringen und ihnen damit zu etwas mehr Lebensqualität zu verhelfen. Dass mir das offensichtlich auch gelang, wie aus den Rückmeldungen immer zu entnehmen war, erfüllte mich mit Freude und auch ein wenig mit Stolz. Ich wollte mich jedoch nicht auf meinen Lorbeeren ausruhen, deshalb beschloss ich auch noch die fortgeschrittene Yogalehrerausbildung zu absolvieren. Diese sollte in Kerala stattfinden, genau in dem indischen Bundesstaat, in welchem ich jetzt in der Zelle saß.

Bis zum Abendessen würde es bestimmt noch einige Zeit dauern. Ich setzte mich in die Ecke und begab mich auf die Reise.

So meldete ich mich zum nächstmöglichen Termin für den ATTC an. Die Ausbildung sollte im Februar 1998 im Ashram am Neyyar Dam beginnen und ebenfalls vier Wochen dauern. So buchte ich den Flug nach Trivandrum, von dort aus waren es dann noch 40 km bis zum Neyyar Dam. Die Reise verlief problemlos. Ich kam einen Tag vor Kursbeginn an und ließ mich registrieren. Der Ashram lag am Hang direkt am See, umgeben von Palmen, exotischen Bäumen und blühenden Sträuchern. Von der Yogaplattform aus konnte man direkt auf den See blicken. Die Unterkünfte und die große Versammlungshalle lagen etwas höher. Meine bescheidene Hütte teilte ich mit Corinna, einer großen schlanken Österreicherin. Wir waren uns sofort sympathisch und das vertiefte sich auch noch während unserer gemeinsamen harten Zeit. Denn einfach würde es nicht werden, darüber waren wir uns von Anfang im Klaren. Der Tagesablauf war in etwa der gleiche wie bei der ersten Ausbildung, nur mit dem Unterschied, dass mit den Pranajamas (Atemübungen) schon um 4.30 Uhr in der Frühe begonnen werden musste. Ja, es war ein Muss. Alle Veranstaltungen waren ein Muss und es wurde auch genauestens darüber Buch geführt. Ausnahmen wurden nur bei schwerer Krankheit zugelassen, ansonsten gab es keinen triftigen Grund, an irgendeinem Vortrag, an einer Yogastunde, der Meditation oder am Mantrasingen nicht teilzunehmen. Am ersten Tag wurde jedem Teilnehmer das Karma-Yoga (selbstloser Dienst) zugeteilt. Wir waren 28 männliche und 20 weibliche Teilnehmer, ein zusammengewürfelter Haufen aus allen Teilen der Erde, größtenteils jedoch Inder. Die verschiedenen Arbeiten, wie das Fegen der Plattform, das Anschlagen des Gongs zu jeder Stunde, das Herrichten des Altars zu den Meditationen, das Essen austeilen und vieles mehr waren schon vergeben, ich hatte noch keinen Job erhalten. Doch dann wurde die schlimmste aller Arbeiten verteilt, das Putzen der Toiletten, und das traf dann mich. Vier Wochen lang in der Mittagspause zwölf indische Plumpsklos zu putzen, das war doch schon ein hartes Karma. Ich verrichtete diese unsaubere Arbeit mit dem Gedanken aus der Bhagavadgita (Heilige Schrift): „Wer Nichthandeln im Handeln und Handeln im Nichthandeln sieht, ist weise unter den Menschen; er ist ein Yogi und führt alle Handlungen aus." Das war eines der spirituellen Ziele dieser Ausbildung. Darüber hinaus wurden uns natürlich noch viel mehr Weisheiten der Hindu-Philosophie vermittelt. Was den Körper betraf, so lernten wir in den täglichen Yogastunden die fortgeschrittenen Übungen wie den Skorpion oder den Pfau, sehr anspruchsvolle Asanas (Yogastellungen), die eine optimale Körperbeherrschung abverlangten. Wenn Corinna und ich uns dann mit den anderen zur allabendlichen Meditation versammelten, war es jedes Mal eine Erleichterung, den Tag überstanden zu haben. Es wurde von uns allen großer Einsatz, Aufnahmefähigkeit, aber auch Einsicht und Demut erwartet. Alle großen Meister versuchen bei ihren Schülern das Ego zu brechen. Obwohl ich in den ganzen vier Wochen eine fleißige, gehorsame Schülerin war, ist es dem Swami nicht gelungen, mein Ego zu brechen. Soweit wollte ich mich diesem Glauben nun doch nicht hingeben. Nach der Hälfte des Kurses bekam ich eine Krise. Ich fühlte mich plötzlich den täglichen Anforderungen an Körper und Seele nicht mehr gewachsen. Schweren Herzens wandte ich mich an Swami Sivadasananda, einen meiner Ausbilder, zu dem ich das größte Vertrauen hatte, und teilte ihm mit, dass ich die Ausbildung aufgeben wolle. Er hörte sich ruhig meine Argumente an. Er sprach gütig, aber eindrucksvoll zu mir, indem er mir klarmachte, dass es doch Swamijis Wunsch ist, dass ich diese weiterführende Ausbildung mache. Er schlug mir vor zu meditieren, denn das sei im Moment die einzige Möglichkeit, meinen inneren Weg zu finden. Ich machte weiter, wenngleich es mir immer noch schwerfiel, die täglichen Anstrengungen zu meistern. Doch ich spürte eine Kraft in mir, die mich die Zeit bis zum Kursende begleitete. Die Abschlussprüfung wurde uns auch nicht leicht gemacht. Glücklicherweise wurden keine Noten vergeben, sondern jeder bekam sein Zertifikat als fortgeschrittener Yogalehrer. Die unter militärischem Drill absolvierten vier Wochen berechtigten uns dazu, die Yogalehre von Sivananda und Vishnu Devananda an unsere zukünftigen Schüler weiterzugeben. Ich war nun Swami Sivadasananda unendlich dankbar, dass er mich ermutigt hatte nicht aufzugeben. Corinna hatte die Prüfung nicht mitgemacht, was bei den Swamis großes Aufsehen erregte. Sie wurde zum obersten Mahadevananda beordert und musste Rechenschaft ablegen, warum sie sich der Prüfung verweigert hatte. Sie sagte ihm ganz offen, dass es ihr einzig und allein wichtig war, dieses Wissen zu erlangen, und dass sie dieses Papier nicht brauche. Der Swami war darüber sehr ungehalten und fragte in wenig freundlichem Ton, warum sie das nicht zu Beginn des Kurses gesagt hätte. Corinna hatte das nicht getan, weil ihr klar war, dass man sie dann nicht hätte teilnehmen lassen. Zu Hause war ich dann in der Lage, mit noch fundierterem Wissen meine Yogastunden abzuhalten.

Ohne dieses Wissen und ohne die Gewissheit, dass alles, was geschieht, das „Selbst" auf diesem irdischen Weg weiterbringt, hätte ich dieses endlose Warten in der Zelle nicht aushalten können. Sicherlich hätte mir diese unmenschliche Haft den Verstand geraubt. So ließ ich jedoch die Zeit mit stoischer Ruhe verstreichen, nicht ohne den Glauben, dass mir geholfen werden würde. Die Sonne war untergegangen, ich stand am Gitter und hielt Ausschau nach den Frauen, welche nun gleich mit den schweren Eimern um die Ecke kommen würden, die sie zu zweit, verbunden mit einer Stange, auf den Schultern trugen. Da kamen sie dann auch und mühten sich ab. Mit lautem Schlüsselklappern wurde die Tür zum Flur aufgeschlossen und mit Wucht plumpsten die Eimer auf den Steinboden. Wie immer gab es Sambar und Tschore. Dass ich auch manchmal ein Filetsteak gegessen hatte, daran wollte ich mich lieber nicht erinnern. Bis die Medizin ausgeteilt wurde, dämmerte ich vor mich hin. Anschließend kam die Wärterin, um das Licht zu löschen. Das war genau der Zeitpunkt für die Moskitos, um wieder über mich herzufallen. Aufgrund der Medizin fiel ich dann nach einiger Zeit doch in den erlösenden Schlaf. Es war wie immer noch dunkel, als das Licht wieder angemacht wurde und die Frauen das Frühstück brachten, eine undefinierbare scharfe Pampe, wahrscheinlich waren es zerkochte Linsen. Ich würgte es hinunter, denn es hätte auch keinen Sinn gemacht, in einen Hungerstreik zu treten. Als dann später die Sonne aufging, verrichtete ich den Sonnengruß und meine anderen Yogaübungen, soweit es auf dem harten Steinboden möglich war. Alsdann wollte ich meine Reise in die Vergangenheit fortsetzen. Wohin sollte sie mich nun führen? Ich setzte mich mit angezogenen Knien wieder in meine Ecke und dachte nach. Langsam stiegen Bilder von vergoldeten Zwiebeltürmen vor meinem inneren Auge auf – ach ja, St. Petersburg im Juni, die weißen Nächte – auch ein unvergessliches Erlebnis.

XVIII

Boris, unser russischer Freund, lud Hanne, Dietlind und mich für eine Woche ein. Solch einer Einladung folgten wir natürlich gerne. Über die Auswahl der Airline waren wir uns zuerst nicht einig. Die beiden wollten auf keinen Fall mit Aeroflot fliegen. Also buchte Hanne bei KLM für uns. Doch als wir am frühen Morgen im Juni in Stuttgart abfliegen sollten, hatten wir dichten Nebel, was eigentlich für diese Jahreszeit untypisch war. Deshalb hatte die Maschine so viel Verspätung, dass wir in Amsterdam unsren Anschlussflug nach St. Petersburg verpassten. Wir wurden deshalb über Helsinki umgeleitet. Dort angekommen, mussten wir uns um den Weiterflug kümmern. Die Bordkarten wurden neu ausgestellt, und als unser Flug aufgerufen wurde, hörte ich so etwas wie „Aeroflot". Hanne und Dietlind hatten das offensichtlich noch nicht mitbekommen. Wir wurden mit dem Bus aufs Rollfeld gefahren und siehe da, es stand ein uraltes russisches Flugzeug für uns bereit – Aeroflot. Nun gab es kein Zurück mehr. Mit gemischten Gefühlen mussten meine beiden Kolleginnen einsteigen. Ich hatte keine Probleme damit. Endlich dann in Petersburg angekommen – Boris wartete schon seit Stunden auf uns – war auch noch zu allem Unglück unser Gepäck nicht mitgekommen. Wir sollten am nächsten Tag wieder vorbeikommen, bis dahin wäre es mit der nächsten Maschine aus Amsterdam nachgereist. Unsere „Ferienwohnung" lag am anderen Ende der Stadt, und so war die Fahrt dahin schon eine kleine Sightseeingtour. Wir fuhren die Prachtstraße an dem Newskij Prospekt entlang bis zur Bolschaja Newa. Auf der rechten Seite sahen wir die Eremitage, die wir am nächsten Tag besichtigen wollten. Wir waren beizeiten vor Ort, um nicht in den großen Touristenstrom zu kommen. So konnten wir in aller Ruhe die Gemälde berühmter Maler besichtigen. Das Angebot war jedoch so groß, dass es nicht möglich war, alles an einem Vormittag zu besichtigen. Sichtlich beeindruckt verließen wir wieder dieses weltberühmte Gebäude. Für den Nachmittag nahmen wir uns eine Bootsfahrt in die verschiedenen Kanäle vor. Die Tour führte uns an Sehenswürdigkeiten vorbei, welche vom Boot aus noch imposanter wirkten. Auf der Mojka am Michaelisgarten, Michaelisschloss und Sommergarten vorbei in die Fontanka, weiter von der Newa aus genossen wir den wunderbaren Blick auf die Stadt. Rechts die Peter-Paul-Festung, geradeaus die Waailjewski-Insel mit der Strelka und links das Schlossufer und das alles bei herrlichem Sonnenschein. Diese Erfahrung war für mich eine Überraschung, denn in meiner Vorstellung war Petersburg eine trübe dunkle Stadt. Es ist doch seltsam, wie sich manchmal Dinge im Kopf abspielen, die sich dann aber an Ort und Stelle ganz anders darstellen. Ich war jedenfalls sehr begeistert. Wir hatten aber auch noch einen anderen Höhepunkt in Aussicht, die Insel Walaam im Ladogasee. Boris hatte jedoch zuvor große Unannehmlichkeiten, denn er musste bei verschiedenen Behörden eine Erlaubnis für uns beantragen, damit es uns überhaupt möglich war, die Insel zu besuchen. Letztendlich erhielt er dann auch die Stempel für unsere Pässe, ich glaube, dass es ohne Schmiergeld nicht geklappt hätte. Er brachte uns am nächsten Abend zum Schiff, denn die Fahrt ging über Nacht auf der Newa. Da wir uns in der Zeit der weißen Nächte befanden, verbrachten wir bis weit nach Mitternacht die Zeit an Deck. In milchiges Licht getaucht zog schemenhaft das Ufer an uns vorbei. Am frühen Morgen erreichten wir Walaam. Von dieser Insel aus, die im größten Süßwassersee Europas liegt, verbreitete sich das Christentum über Russland. Schon im 1. Jahrhundert nach Christus soll sich hier einer seiner Schüler niedergelassen haben. Das Kloster wurde jedoch erst zwischen dem 12. und 14. Jahrhundert gegründet. Es wurde zerstört, sodass 1917 die Mönche endgültig die Flucht ergriffen. Erst nach dem Ende des Kommunismus siedelten sich Mönche wieder an und unternahmen die notwendigen Restaurierungen. Bis auf die Mönche und einige Bauern ist die Insel heute unbewohnt, auch für Besucher besteht keine Übernachtungsmöglichkeit. Am

Abend muss die Insel wieder verlassen werden. Wir besichtigten das Kloster und die Einsiedeleien und wanderten dann auf einsamen Wegen durch Birkenwälder und saftige Wiesen, überwuchert von Flechten und Moosen. Auf dem Rückweg hatten wir eine interessante Begegnung. Der Kapitän unseres Schiffes hatte es sich mit seiner jungen Frau in einer offenen überdachten Hütte gemütlich gemacht. Als sie uns vorbeigehen sahen, riefen sie uns zu, ihnen doch Gesellschaft zu leisten. Etwas zögerlich gingen wir darauf ein. Nach russischer Art waren sie mit Alkohol und Lebensmitteln bestens versorgt. Sie luden uns großzügig zu einer bereits zur Hälfte geleerten Flasche Wodka, zu Cognac, geräuchertem Fisch, Kaviar und Brot ein. Natürlich mussten wir immer wieder mit ihnen anstoßen, die Stimmung wurde immer ausgelassener, schlug dann aber plötzlich in Melancholie um. Anatol und Swetlana weinten um ihre getöteten Verwandten, die sie während des Krieges verloren hatten, und sangen ein trauriges russisches Lied. Dann aber gaben sie uns zu verstehen, wie glücklich sie seien, dass ehemalige Feinde nun miteinander ohne Hassgefühle feiern können. Das hat uns dann doch ein wenig erleichtert. Es wurde Zeit zum Aufbruch und singend, auf nicht mehr ganz sicheren Beinen, legten wir den Weg zum Schiff zurück. Am Morgen holte uns Boris wieder ab. Als wir ihm unser Erlebnis mit dem Kapitän erzählten, schüttelte er nur ungläubig mit dem Kopf. Am Abend durfte ich dann ein großes Ereignis erleben, denn dank Boris' Beziehungen gelang es ihm, für mich eine Karte fürs Ballett im Mariinsky-Theater zu bekommen. Schwanensee von Tschaikowski, ein Genuss der besonderen Klasse und an diesem besonderen Ort, ich war begeistert. Natürlich stand auch Zarskoje Selo, das Zarendorf mit dem Katharinenpalast zur Besichtigung auf dem Programm. Es war wieder ein herrlicher Sommertag und die azurblauen Mauern mit den weißen Säulen hoben sich kaum von der Farbe des Himmels ab. Dann konnten wir die prunkvollen Räume bestaunen. Im 900 qm großen Saal, der vergoldet ist und in dem sich Spiegel befinden, hatte man den Eindruck, dass das Licht, das durch die großen Fenster fällt, zu tanzen scheint. Danach konnten wir das sagenumwobene Bernsteinzimmer betreten, eine getreue Nachbildung des im Krieg von den Deutschen gestohlenen Originals, das bis heute nicht wieder aufgetaucht ist. Der weitläufige Park mit seinen Pavillons, Lusthäuschen, Teichen und Statuen lud zum Verweilen ein. Die ganze Anlage gestaltete sich als ein Märchen aus alten Zeiten, jedoch überschattet durch das tragische Ende der Zarenfamilie, die 1918 in Jekaterinenburg erschossen wurde. Die einzige Überlebende soll die Tochter Anastasia gewesen sein. Doch der Frau, die später behauptete, Anastasia zu sein, hat man nie Glauben geschenkt. So wird auch dies ein Geheimnis bleiben. Nicht weniger beeindruckend war der Peterhof am finnischen Meerbusen gelegen, auf einem mit Kaskaden und Springbrunnen besetzten Hügel. Die große Kaskade ist durch einen Kanal mit dem Meer verbunden und mit über zweihundert vergoldeten Skulpturen geschmückt. Das russische Versailles wird diese prachtvolle Anlage genannt. Ich bin auch in Versailles gewesen, aber das hier übertrifft Versailles meiner Ansicht nach bei Weitem. Am letzten Tag vor unserer Rückreise hatten wir eine interessante Begegnung. Unter Arkaden hatten wir uns in einem Café gemütlich niedergesetzt und betrachten neugierig die Passanten. Wir wollten das russische Leben noch einmal an uns vorbeifließen lassen. Da erweckte ein wild aussehender Mann mit einem noch gefährlicher aussehenden Hund meine Aufmerksamkeit. Den musste ich fotografieren. Ich packte meine Kamera, rannte in großem Bogen an beiden vorbei, um sie von vorne vor die Linse zu bekommen. Der Mann bemerkte mein Vorhaben und blieb stehen. Aber die große schwarze Dogge hatte dafür kein Verständnis, fletschte gefährlich die Zähne und war kaum zu halten. Ich schoss zwei Bilder und machte mich dann schleunigst auf den Rückzug. Es dauerte nicht lange, bis der Mann direkt auf uns zukam, mit dem Hund aber glücklicherweise einen gebührenden Abstand hielt. Er gab uns zu verstehen, dass er die Bilder haben wollte. Ich bat ihn um seine Adresse. Er sagt darauf: „Mama, Mama", und deutete auf den nächsten Hauseingang, in dem er mit dem Hund verschwand. Geraume Zeit später kam er mit der Mama zurück. Sie setzte sich zu uns an den Tisch und schrieb mit altmodischer Schrift die Adresse auf. Die schon in die Jahre gekommene Mama in ihrem schwarzen abgetragenen Kleid und den Gummischlappen an den Füßen strahlte jedoch mit ihrem faltigen Gesicht so viel Liebe, Güte und auch Würde aus, dass ich spontan zu meinem Fotoapparat griff. Die Mama lächelte in die Kamera, als ob sie nie etwas anderes getan hätte. Ich versprach ihr die Fotos zu schicken. Glücklich und zufrieden wanderten die beiden ab, der Hund war inzwischen auch etwas friedlicher geworden. Hanne und Dietlind, die sich bei der Geschichte nicht so ganz wohlgefühlt hatten, atmeten erleichtert auf, als alle drei im Hausflur verschwanden. Sie nannten die Begebenheit: „Iris, Rasputin mit dem Hund und die Mama."

Doch wo war ich? Weit weg von Rasputin und der Dogge. Wie ein Hund gefangen in einem Zwinger, so kam ich mir vor. Täglich wurde viermal das „Fressen" unter dem Gitter durchgeschoben. Der Kot wurde hinter dem Mäuerchen abgesetzt und ansonsten lag ich auf der Lauer oder döste mit gespitzten Ohren vor mich hin. Welch ein Hundeleben! Die Dogge in Petersburg hatte wenigstens zweimal am Tag Ausgang. Aber selbst das war mir hier verwehrt. Nein, ich war kein Hund, auch wenn man mich so behandelte. Ich konnte noch hoffen und von meinen Reisen träumen, noch war nicht alles zu Ende, wenn es auch den Anschein hatte. Ich machte mich in Gedanken wieder auf in den Orient.

XIX

Ich war immer dafür zu haben, Weihnachten und Silvester im fernen Ausland zu feiern. Dieses Mal flogen Victor und ich über Istanbul nach Damaskus und anschließend in den Libanon. In Istanbul machten wir zunächst nur einen kurzen Zwischenstopp, um dann mit der Syrien Air weiter nach Damaskus zu fliegen. Wir kamen in der Nacht an und ließen uns wie immer in ein billiges Hotel bringen. Am Morgen machten wir uns sehr früh auf, um die Stadt zu erkunden. Hier war wie in allen orientalischen Städten der Basar ein Anziehungspunkt. Schon zu dieser frühen Stunde herrschte ein großes Menschengewirr. Jeder Händler wollte natürlich seine Waren verkaufen und pries diese lautstark an. Wie immer inmitten solcher Menschenmassen hatten wir ein besonderes Augenmerk auf unsere Kamera und die Wertsachen, denn obwohl uns auf all unseren Reisen noch nie etwas gestohlen worden war, war Vorsicht geboten. In der Omaijaden Moschee soll in einem Schrein das Haupt von Johannes dem Täufer aufbewahrt sein. Über derartige Reliquien habe ich immer meine Zweifel, dennoch war die Moschee sehenswert. Beim Verlassen der Moschee blickten wir noch einmal zurück und sahen, wie die Goldmosaike der Eingangsfassade im Morgenlicht glänzten. Wir streiften weiter durch die Stadt und kamen an einen Hügel. Victor wollte diesen unbedingt erklimmen, was mir überhaupt nicht gefiel, weil sich etwas weiter ein Zaun befand, welcher ein militärisches Sperrgebiet umschloss. Ich hatte im Reiseführer gelesen, dass es besser wäre, sich davon fernzuhalten, da die Soldaten Schießbefehl hatten, sobald sich ein vermeintlicher Eindringling näherte. Victor stieg jedoch unbeirrt weiter. Die Mittagshitze bereitete mir sehr große Probleme, außerdem hatte ich bei Steigungen immer Mühe, mit seinem Tempo mitzuhalten. Ich flehte ihn an umzukehren, doch er ging einfach weiter und ließ mich stehen. Resigniert ging ich langsam zurück. Am Weg sah ich einen Torbogen, ging hindurch und sah mich um, mein Gott, ich war auf einem Friedhof gelandet. Das passte genau zu der Stimmung, in welcher ich mich befand. Das Gute daran war jedoch, dass ich einen freien Blick über die ganze Stadt hatte und mich für den Rückweg orientieren konnte. Zum Glück hatte ich mir den Namen des Hotels gemerkt und fand dann auch wieder dahin. Es war mal wieder eine Erfahrung, die ich auf verschiedenen anderen Reisen schon oft gemacht hatte, ich war im Zweifelsfall immer alleine. Das baut eine innere Stärke und Unabhängigkeit auf, ist aber nicht schön. Das wichtigste Ziel der Reise für mich war Palmyra, die Oase inmitten der syrischen Wüste. Hier soll die sagenumwobene Königin Zenobia geherrscht haben. Zeugnisse dieser Zeiten waren der Tempel, das Prunktor zur großen Kolonadenstraße und das Tertapylon, dessen Säulen aus den Rosengranit-Steinbrüchen aus Assuan stammten. Im Hintergrund dieser imponierenden Anlage befindet sich auf einem Hügel die Burg Ka'la at ibn Ma'an, die wir natürlich besichtigten. Der Blick von oben über die gesamte Anlage vermittelte noch einmal einen Eindruck davon, an welchem geschichtsträchtigen Ort wir uns befanden. In der Abenddämmerung ritten wir dann mit Kamelen durch das antike Stadtgebiet. Das gedämpfte goldene Licht der untergehenden Sonne übte einen besonderen Reiz aus. Es war wie ein Ritt durch vergangene Zeiten, unbeschreiblich schön. Dann führte uns die Reise weiter an den Euphrat, genauer gesagt nach Deir el Zor. Es war Silvester, das wir hier verbringen wollten, wobei wir aber mit der Unterkunft ein Problem hatten. Victor suchte mal wieder das billigste Hotel, doch in dieser rußgeschwärzten Kaschemme wollte ich nun wirklich nicht das neue Jahr beginnen. Zähneknirschend gebot er dem Taxifahrer, ein anderes Hotel zu finden. Doch das war nun dem gnädigen Herrn zu teuer. Ich wollte es bezahlen, aber er ließ sich nicht darauf ein. Er befahl mir zu warten und verschwand; ich wusste nicht, was er vorhatte. Lange nach Mitternacht kam er zurück. So hatte ich mir Sivester nun wirklich nicht vorgestellt. Er sagte, dass um drei Uhr ein Zug nach Aleppo fahren würde. Zu Fuß mit dem schweren

Rücksack lotste er mich durch die dunkle, Furcht einflößende Stadt. Der Bahnhof lag einsam und verlassen da, einen Warteraum gab es nicht. So ließ ich mich auf einer Bank am Bahnsteig nieder. Die Zeit verging, langsam trafen ein paar dunkle Gestalten ein, die offensichtlich in dieser Nacht auch nach Aleppo wollten. Die Zeit verging endlos langsam, doch dann kam Bewegung in die Gruppe. In der Ferne waren Lichter zu sehen, endlich kam der Zug. Wir hatten Glück und fanden in der zweiten Klasse noch zwei Liegesessel. Ich war trotzdem ziemlich gerädert, als wir gegen Mittag am Ziel waren. Aleppo nimmt für sich in Anspruch, nach Damaskus eine der ältesten Städte der Welt zu sein. Es war 1870 v. Chr. die Hauptstadt des Königreichs Jamchad, einer längst untergegangenen Dynastie. Aleppo war zu allen Zeiten ein bedeutender Umschlagplatz für den Fernhandel und auch ein ausgezeichneter Markt für die Bauern und Nomaden. Im Suk al-Madina ist vom Reichtum der Stadt noch vieles erhalten, die Fülle der Gold- und Kupferschmieden, die Gewürzhändler, Stoff- und Wollhändler und weitere diverse Handwerksbetriebe, all dies ist eine Augenweide. Nach dem Bummel durch den Suk stiegen wir zur Zitadelle hinauf. Mit ihren mächtigen Mauern und Türmen erweckt sie einen wehrhaften Eindruck. Im Innern entfaltet sich dann die Pracht vergangener Jahrhunderte, beeindruckend der Thronsaal mit seinem kostbaren Mobiliar und den kunstvoll geschnitzten Holzdecken. Auch die Omaijadenmoschee ist ein Prachtbau. Die ganze Stadt ist einfach sehenswert. Ich hätte noch ein paar Tage hier verweilen können, doch die Weiterfahrt nach Hama stand auf dem Programm. Abgesehen davon, dass Hama ebenfalls eine uralte Geschichte hatte, lag die Stadt am Orontes. Wir gingen am Fluss entlang und bestaunten die Norias, monumentale Wasserschöpfräder, die über Aquädukte das Oronteswasser auf die höher gelegenen Felder transportierte. Der knarrende „Gesang" der Wasserräder begleite uns auf unserem Gang am Fluss entlang. Überhaupt ist die Umgebung von Hama sehr fruchtbar. Auch der gut erhaltene Palast war sehenswert. Doch am nächsten Tag fuhren wir weiter an der Grenze zum Libanon entlang. An der Grenzstation herrschte ein heilloses Durcheinander, ein fast undurchdringbares Gewimmel von Leuten, welche Waren aller Art in den Libanon bringen wollten. Ich wurde mal wieder in einer Ecke abgestellt und Victor machte sich auf die Suche nach Grenzbeamten, um uns eine Einreiserlaubnis ausstellen zu lassen. Nach endlos langer Zeit kam er mit dem notwendigen Papier in Händen zurück. Jetzt ging es nur noch darum, sich zwischen den vielen Menschen, Fahrzeugen und Eselkarren hindurchzuzwängen. Erleichtert aufatmend erreichten wir die andere Seite. Doch hier gab es keinen Bus, mit dem wir zu unserem nächsten Ziel Baalbek gelangen konnten. Wir gingen bepackt mit unseren Rucksäcken in sengender Hitze die Straße entlang. Plötzlich hielt ein klappriges altes Auto und der Fahrer fragte uns, ob wir mitfahren wollten. Freudig stiegen wir ein. Er fuhr tatsächlich nach Baalbek, welch ein Glück. Am frühen Morgen machten wir uns dann auf den Weg zum weltberühmten Jupitertempel, welchen die Römer errichtet hatten. Es war wirklich eine grandiose Anlage. Monumentale Säulen ragten in den herrlich blauen Himmel. Wie immer, wenn wir vor solchen Weltwundern standen, fragten wir uns, wie die Menschen zur damaligen Zeit mit einfachen Mitteln diese riesigen Bauwerke hatten errichten können. Die Weiterreise führte uns über Beirut wieder in Richtung Grenze nach Syrien. Kurz davor machten wir gegen Abend Halt und besichtigten eine Ruinenanlage, ebenfalls aus römischer Zeit. Es wurde immer später und Zeit, eine Unterkunft für die Nacht zu suchen. Wir fragten den Wächter der Anlage, wo wir übernachten könnten. Doch der meinte, es gäbe weit und breit kein Hotel, aber er könnte uns mit zu sich nach Hause nehmen. Mit seinem Wagen fuhren wir über holprige Wege in eine einsame Gegend. Plötzlich stand da ein Soldat mit einem Maschinengewehr am Wegesrand. Wir hielten an und der Mann stieg ein. Mit wenigen englischen Worten erfuhren wir, dass dieser syrische Besatzer ein Freund der Familie sei und wir uns deshalb keine Sorgen um unsere Sicherheit machen müssten. In der Dämmerung auf einem schmutzigen Hof angekommen – Hühner, Ziegen und Hund liefen umher – kam die ganze Familie angelaufen und begutachtete uns neugierig. Wir wurden herzlich aufgenommen und durften natürlich am gemeinsamen Essen teilnehmen. Es war sogar den Frauen gestattet zu bleiben. Mit wenigen Worten bekamen wir zu hören, dass der Vater vor einiger Zeit verstorben war und er als ältester Sohn nun die Familie zu versorgen hätte. Die ältere Frau, so erklärte er, war die erste Frau seines Vaters gewesen und später hatte er sich dann noch die jüngere genommen, mit der er zusammen die beiden Töchter und den kleinen Sohn hatte. Natürlich wollten sie auch wissen, ob wir Kinder hätten. Auf diese Frage vorbereitet zogen wir die mitgebrachten Fotos heraus, die meine beiden hübschen blonden Nichten mit Victor zusammen zeigten. Sie waren begeistert von den Mädchen und hätten sie am liebsten gleich geheiratet. Lachend stimmten wir zu. Am nächsten Morgen brachte uns Jusuf an die Grenze zu Syrien, wo die Einreise ohne Probleme verlief und wir ohne Verzögerung Damaskus erreichen konnten, um dann nach Istanbul zu fliegen. Ich war sehr gespannt auf Istanbul, hatte ich doch schon so viel darüber gehört. Für mich war es dann auch eine Stadt wie aus Tausendundeiner Nacht. Die zahllosen Moscheen, der Basar, die winkligen Gassen, die Händler mit ihren vielfältigen Waren, der Muezzin, welcher zum Gebet rief, all das übte einen großen Zauber auf mich aus. Die Fahrt auf dem Bosporus, die Meerenge zwischen dem Schwarzem und dem Mittelmeer, der Besuch des Topkabi-Palastes – eine Sehenswürdigkeit nach der anderen; ich hätte noch Tage in dieser Stadt verbringen können. Doch es war Zeit, die Heimreise anzutreten. Wieder einmal hatte ich ein bisschen von der fernen Welt geschnuppert.

Hier in der Zelle gab es nichts zu schnuppern, denn außer, dass das Essen scharf war, hatte es keinen besonders guten Geruch. Es hielt mich am Leben und das war alles, sonst nichts. Es hatte auch keinen Sinn, weiter darüber nachzudenken. Alsdann wollte ich meine Reise in die Vergangenheit fortsetzen. Was dann kam, war auch ein dunkles, schmerzhaftes Kapitel in meinem Leben. Doch ich wollte es mir noch einmal vor Augen führen. Vielleicht war es dann nicht mehr so schlimm, denn ich hatte es ja schon seit Jahren hinter mir.

XX

Mein Vater feierte mit uns allen seinen 79. Geburtstag. Bei der Verabschiedung erwähnte er noch beiläufig, dass er am nächsten Tag ins Krankenhaus ginge, um sich am Herzen operieren zu lassen, weil er schon längere Zeit Beschwerden hatte. Irgendwie überkam mich dabei ein ungutes Gefühl und ich fragte ihn eindringlich, ob er sich das auch gut überlegt hätte. Er meinte, es wäre wie bei einer Pumpe: Da tauscht man die Schläuche aus und dann läuft sie wieder richtig. So einfach konnte man das wohl auf den Menschen übertragen. Er war von diesem Eingriff überzeugt. Am Tag nach der Operation besuchte ich ihn, er war ansprechbar, aber doch sehr geschwächt. Nach einigen Tagen traten Probleme auf. Es hatte sich Wasser am Herzen gebildet und es musste noch mal ein Eingriff vorgenommen werden. Dann versagten auch noch die Nieren und er musste wieder auf die Intensivstation verlegt werden. Wir besuchten ihn täglich, aber es ging mit ihm immer mehr bergab. Er lag still da, jammerte nicht und hielt die Augen geschlossen. Als ich ihn wieder einmal besuchte, näherte ich mich ganz langsam seinem Bett, um ihn nicht zu stören. Ohne mich zu sehen, hatte er offensichtlich gespürt, dass ich da war. Ich war erstaunt, dass er auf einmal mühsam meinen Namen hervorbrachte und nach meiner Hand tastete, welche ich auf die Bettdecke gelegt hatte. Er fasste diese und drückte sie an sein Herz. Ich wagte kaum zu atmen, denn ich empfand dies als eine letzte Geste für das, was er mir angetan hatte, um Verzeihung zu bitten. Eine große Last wurde mir genommen, hatte ich doch so viele Jahre auf ein Zeichen der Versöhnung gehofft und das war nun doch noch in den letzten Tagen seines Lebens geschehen. Er musste dann noch vierzehn Tage leiden, bis er endlich erlöst wurde. Nach der Trauerfeier beim Leichenschmaus zeigte unsere Mutter, was man unter einer lustigen

Witwe versteht. Ich fand es erbärmlich. Aber es sollte noch schlimmer kommen. Nachdem mein Vater einige Zeit unter der Erde war, habe ich mir Gedanken gemacht, wie es mit dem schon vor Jahren schriftlich vereinbarten Erbe aussah. Da mir notariell ein Drittel des Elternhauses zustand – einer meiner Brüder und meine jüngste Schwester waren die Miterben, beide waren gut situiert, meine Mutter hatte den lebenslangen Nießbrauch –, wollte ich in die Dachgeschosswohnung einziehen. Ich wohnte ja noch in einer Mietwohnung. Mein Vater hatte beim Hausbau diese Dachgeschosswohnung für mich vorgesehen, aber ich wollte damals lieber von zu Hause weg und auf eigenen Füßen stehen, was ich auch bis zum heutigen Tag getan habe. Ich glaube, dass ich ihn damals mit dieser Entscheidung sehr gekränkt habe, aber wir haben den gleichen Charakter. Unter diesen gleichen Veranlagungen als Erwachsene unter einem Dach zu wohnen, wäre mit Sicherheit nicht ohne Probleme abgelaufen. Mit meiner Mutter zusammenzuleben, wäre schon einfacher, dachte ich. Wir hatten nie richtig Streit miteinander, war ich ihr doch schon in jungen Jahren eine große Hilfe im Haushalt und bei der Betreuung meiner jüngeren Geschwister gewesen. Sie erwähnte dies ab und zu im Bekanntenkreis und es erfüllte mich auch mit Stolz, denn ich erledigte diese Aufgaben gerne. Damals, während ihres ersten mehrwöchigen Krankenhausaufenthaltes – ich war gerade sechzehn Jahre alt – habe ich meinen gesamten Jahresurlaub genommen, um die Familie zu versorgen, was mir auch problemlos gelang. Während ihrer nachfolgenden mehrmaligen Darmoperationen habe ich mich immer im Rahmen meiner Möglichkeiten um sie gekümmert. Also besuchte ich sie zu Hause, um ihr mitzuteilen, dass ich meinem Erbe entsprechend nun in die Dachgeschosswohnung einziehen wollte. Ich war zutiefst erschrocken über ihre Reaktion. Sie sprang wutentbrannt von ihrem Stuhl auf und schrie mir ins Gesicht: „Ich sterbe lieber, als dass du zu mir ins Haus ziehst." Fassungslos starrte ich diese kleine, hagere, alte Frau an, die derart ausrastete. War das meine Mutter? Wie sollte ich reagieren? Wortlos nahm ich die Jacke von der Garderobe und verließ mein Elternhaus, geschlagen von ihren grausamen Worten, ähnlich wie sie mich in der Kindheit wegen jeder kleinen Verfehlung mit dem Kochlöffel geschlagen hatte. Ich wollte diese Frau nie mehr wieder sehen. In der folgenden Zeit hat mich dieses einschneidende Ereignis immer wieder aufgewühlt, doch dem war nicht genug. Im Sommer desselben Jahres erhielt ich telefonisch die Hiobsbotschaft, dass sich mein Bruder erschossen hatte. Obwohl wir uns schon seit unserer Kindheit nicht sehr nahestanden und ständig Streit hatten, hat mich sein gewaltsamer Tod doch sehr getroffen. Es war mir zwar bekannt, dass er längere Zeit schon unter Depressionen litt, aber mit diesem furchtbaren Ende hatte ich nicht gerechnet. Da ich mich aufgrund meiner psychischen Erkrankung auch schon mehrmals mit dem Gedanken getragen habe, diesem Leben ein Ende zu setzen, was aber nach dem dritten Versuch nicht gelang, konnte ich mir wohl von allen Angehörigen am besten vorstellen, in welch tiefer Verzweiflung sich mein Bruder befunden haben musste. Seine Urne wurde im Familiengrab beigesetzt. Einer seiner besten Freunde, ein Pfarrer, begleitete ihn auf diesem letzten Weg. Er ließ die Urne ins Grab gleiten mit den Worten: „Mensch Hans, warum hast du das getan?"

Was hatte ich getan, dass es mir beschieden war, in einer indischen Zelle um mein Leben zu bangen? Ich war mir keiner großen Schuld bewusst, die eine solche Strafe, denn als das sah ich diese Situation an, gerechtfertigt hätte. Also konnte es nur Karma sein, das ich von meinem letzten Leben noch aufarbeiten musste.

XXI

Nach diesen leidvollen Monaten war ich auf der Suche danach, etwas Sinnvolles zu tun, um meinen Seelenfrieden wiederzufinden. Eine weitere Ayurvedakur wäre für Körper und Seele das Richtige. Das würde mir guttun. Ich suchte im Internet und fand unter den zahlreichen Angeboten ein „Care Resort International" in Kerala. Die Fotos zeigten hübsche kleine Häuschen mit Terrasse am Steilufer eines kleinen Flusses. Dann einen wunderschönen Palmengarten mit Pool, eine Massageabteilung und ein imponierendes Haupthaus. Auch die Preise waren moderat. Ich hatte große Lust, dorthin zu fliegen und mich während einer vierwöchigen Kur an Leib und Seele wieder zu stärken. Ich nahm per E-Mail Kontakt auf und meldete mich für Mitte Dezember 1999 an. Eine freundliche Bestätigung kam postwendend und nun hatte ich eine gute Zeit in meinem geliebten Indien in Aussicht. Ich buchte den Flug mit Kuwait Air nach Bombay und von dort mit Indian Air nach Calicat/Kerala. Von dort würde ich dann abgeholt werden zur Weiterfahrt zum Care Resort in Phulamanthole. Der Flughafen in Calicat war klein und es stiegen nur wenige Passagiere aus, außer mir nur noch eine weiße Frau, alle anderen waren Inder. An der Gepäckausgabe wartete ein freundlich lächelnder Inder auf mich mit den Worten: „Are you Kastner?" Ich sagte: „Yes, I am Iris Kastner", worauf er laut lachte. Ich schaute ihn verwundert an und er erzählte mir, dass sie der Meinung gewesen waren, es käme ein Mann, welcher Kastner heißt. Da er schon frühzeitig am Flughafen gewesen war und den dortigen Leiter gut kannte, suchte er ihn auf, um zu fragen, ob ein Europäer in der Maschine sei, worauf der ihm erklärte, es seien nur zwei ausländische Frauen an Bord. Dann war der Kastner also eine Frau. Wir lachten nun beide herzlich. Unterwegs im Auto informierte er sogleich über Handy meine Gastgeber, dass er eine Frau und keinen Mann mitbringen würde. Umso herzlicher wurde ich dann, wie es mir schien, von der Familie, die die Besitzer des Ayurvedazentrums waren, empfangen. In einem der schönen Häuschen am Fluss durfte ich mich einrichten. Ich fühlte mich hier sofort wohl, alles war schön und sauber, was man ja in Indien nicht immer voraussetzen konnte. Ich setzte mich auf die Terrasse, genoss den schönen Ausblick und erfreute mich an der unberührten Natur. Nach einer Weile kam der Diener und brachte mich zum Haupthaus, wo ich zum Tee eingeladen war. Mister Haridas, seine Frau und seine Tochter waren natürlich sehr neugierig und wollten so viel wie möglich über mich erfahren. Auch ich hatte einiges zu fragen. Es stellte sich heraus, dass das Zentrum erst seit einigen Monaten eröffnet war und bisher nur Einheimische zur Behandlung anwesend waren. Die erste Internationale war also ich. Als erster Gast aus dem Ausland wurde ich mit großem Wohlwollen in der Familie aufgenommen.

Am nächsten Tag sollte nun der ayurvedische Arzt kommen, um anhand der Pulsdiagnose die Behandlung festzulegen. Es erschien aber nicht nur der Arzt, sondern es begleitete ihn eine ganze Delegation. Das waren Mister Haridas, der Hersteller der ayurvedischen Medizin, Mister Hakim, ein gut aussehender, groß gewachsener junger Inder, der Masseur und der Yogalehrer, ein dürres junges Kerlchen. Ausgiebig wurde ich nach meinen Beschwerden befragt. Körperlich hatte ich nur über meine schmerzende rechte Schulter zu klagen. In Deutschland hatten drei verschiedene Behandlungsmethoden nicht angeschlagen. Auch von meinen psychischen Problemen berichtete ich ausführlich. Dann zogen sie sich zur Beratung zurück. Am nächsten Tag sollte die Behandlung beginnen. Ich war schon sehr gespannt. Der Morgen begann mit Yoga auf der Dachterrasse des Haupthauses. Ohne ihn fragen zu müssen, bemerkte ich sofort, dass der Yogalehrer kein Shivananda-Schüler war. Seine Art zu unterrichten unterschied sich doch sehr von dem, was ich gelernt hatte. Zuerst sträubte ich mich innerlich dagegen, doch dann sagte ich mir, dass es wohl doch besser wäre, mich darauf einzulassen, denn auch diese Art des Yogas hatte wohl seine

Berechtigung und würde mir sicher ebenfalls guttun. Anschließend gab es dann Frühstück, welches von Savidri, der Frau von Mister Haridas, und seiner alten, etwas debilen Tante mit viel Liebe zubereitet war. Es schmeckte wunderbar, ganz besonders ein Brei aus roher, sehr fein geraspelter Kokosnuss, ziemlich scharf mit Chili gewürzt, und dazu frisch gebackener Butter-Nan. Ich war wieder einmal ganz begeistert von der indischen Küche. Später, als die Sonne über den Palmen hervorkam, die den Pool teilweise beschatteten, ließ ich mich in den angenehm von der Natur temperierten Pool gleiten. Ich hatte mir vorgenommen, täglich zweimal eine halbe Stunde zu schwimmen, was meinem schmerzenden Schultergelenk sicher sehr guttun würde. Später kam hinzu, dass auch die täglichen warmen Ölmassagen dazu beitrugen, die Schmerzen nach vierzehn Tagen vollkommen verschwinden zu lassen. Das war mal wieder der Beweis, wie wirkungsvoll die Naturmethoden doch sein können. Die jeweils einstündige Massage wurde von dem alten, offensichtlich sehr erfahrenen Masseur und seinen beiden Helferinnen durchgeführt. Ein wunderbares Gefühl, in würzig riechendem Öl buchstäblich zu schwimmen, da wurde nicht nur ein wenig auf die Hand gegeben und verrieben, nein, ich wurde buchstäblich darin gebadet und die kundigen, flinken Hände bearbeiteten alle Teile meines Körpers. Den krönenden Abschluss bildete dann das Shirodhara, der Stirnguss. Ganz langsam floss warmes Öl aus einem Behälter über meinen Kopf und über die Stirn. Diese Behandlung sollte den Geist beruhigen, was sie auch tat: Keine negativen Gedanken hatten Raum, ich fühlte mich ruhig und gelassen, durchströmt von einem Glücksgefühl ohne eigentliche Ursache, es war einfach wunderbar. Nach der Behandlung wurde ich dann von den beiden Frauen vorsichtig auf die Beine gestellt, denn ich triefte vom Öl, und wurde langsam in die Dusche geleitet. Hier wuschen sie mir nun mithilfe eines grünen Pulvers und ziemlich viel heißem Wasser mit flinken Händen das Öl vom Körper. Ein Gefühl zurück in die Kindheit, als man von der Mutter gewaschen wurde. Ich zog mich dann an und ging mit leichten Schritten zu meinem Häuschen, legte mich aufs Bett und ließ die Behandlung nachwirken, während ich in einen leichten wohligen Schlummer fiel. Durch ein leises Klopfen an der Tür wurde ich wach. Ich möchte bitte zum Lunch kommen, gab mir der Diener mit Zeichen zu verstehen, denn er sprach kein Englisch und ich kein Malayalam, das in Kerala gesprochen wird. Ich zog meine europäischen Kleider an. Einen Dschuridar wollte ich mir noch kaufen, auch einen schönen Seidensari musste ich noch haben. Doch das hatte Zeit. Ich schlenderte durch den schönen Garten über die Brücke, die den Pool überspannte, zum Haupthaus. Der Hausherr und seine Tochter saßen schon am reichlich gedeckten Tisch. Ich setzte mich an den mir zugewiesenen Platz. Mister Haridas forderte mich freundlich auf zuzugreifen, ich wollte aber warten, bis seine Frau auch am Tisch saß. Doch ich hatte nicht mit dieser indischen Sitte gerechnet. Die Ehefrau durfte nicht mit am Tisch essen, sondern erst dann, wenn der Ehemann und die Gäste mit dem Mahl fertig waren. Natürlich stieß das auf mein Unverständnis, doch das war nun mal von alters her Sitte und da wurde auch nicht dem Wunsch des Gastes entsprochen. Mehrere unterschiedliche Speisen, wobei der Reis natürlich nicht fehlen durfte, standen zur Auswahl. Ich musste von allem probieren, es schmeckte genauso exotisch, wie ich es gerne hatte. Die nächsten vier Wochen sollte ich nun täglich mit diesen Köstlichkeiten verwöhnt werden. Nach dem Essen setzte ich mich auf die Terrasse, sah auf den friedlich dahinfließenden Fluss und hörte dem Zwitschern der zahlreichen Vögel zu. Ich fühlte mich wie im Paradies. Am Nachmittag wollte ich mir gerne das Dorf ansehen, die Tochter des Hauses wurde mir zur Begleitung mitgegeben. Es sollte sich noch herausstellen, dass sie mich nie gerne alleine losziehen lassen wollten, sei es aus Besorgnis oder auch aus Neugierde, was ich denn alles kaufen würde. Inder sind sehr neugierig, das war mir schon auf den vergangenen Reisen aufgefallen. Aber sind wir es denn nicht auch, wenn wir einem Fremden begegnen? Ich sah mir erst einmal alles an, merkte mir den Weg und die verschiedenen Geschäfte. Wichtig war auch zu wissen, wo ich den Schneider finden konnte. Indische Schneider seien die Besten auf der Welt, habe ich einmal gehört und natürlich wollte ich mir auch einiges nähen lassen. Natürlich erregte ich bei den Dorfbewohnern Aufsehen, denn so oft hatte sich wohl hier in dieses gottverlassene Nest noch keine Fremde verirrt. Besonders die Kinder blieben stehen, wenn sie mich sahen, oder liefen mir sogar nach. Beim nächsten Laden kaufte ich dann Süßigkeiten und verteilte sie unter der bunten Schar. Mehr als ein Dutzend große dankbare Kinderaugen schauten mich an. Mir wurde ganz warm ums Herz. War es mir doch nicht vergönnt, eigene Kinder zu haben, so konnte ich doch wenigstens manchmal ein paar fremde Kinder glücklich machen. Die Zeit verging schnell und Shrija drängte zur Rückkehr, denn die Dunkelheit kam plötzlich, die Sonne war schon untergegangen. Das Abendessen stand bereit, es war wieder genauso mannigfaltig und appetitlich angerichtet wie am Mittag und ich langte natürlich kräftig zu. Glücklicherweise wird bei der Zubereitung der Speisen, abgesehen von ein wenig Ghee, sehr wenig Fett verwendet, also brauchte ich keine Angst zu haben davon dick zu werden. Mister Haridas hatte noch eine Überraschung in petto. Nicht ohne Stolz erzählte er, dass für den nächsten Tag ein neuer Gast angekündigt war. Ein bekannter Schauspieler aus Trivandrum wollte sich einige Tage entspannen, bevor die Drehtage zu seinem nächsten Film starteten. Natürlich war ich sehr gespannt, ein wenig Unterhaltung würde mir schon guttun, denn mit den indischen Gästen konnte ich nicht sprechen, weil ich ihrer Landessprache nicht mächtig war. So blieb es immer nur bei einem freundlichen „Namaste", indem man die Hände über Brusthöhe zusammenlegte und leicht den Kopf neigte. Am nächsten Tag, als ich dann zum Mittagessen kam, saß er da, „Mureli der Star". Ich wurde ihm vorgestellt und mit wohlklingender tiefer Stimme begrüßte er mich. Das Essen verlief wie üblich schweigsam, wobei er einmal wohlwollend bemerkte, dass ich mich der indischen Sitte angepasst hatte und mit den Fingern aß. Auch ich beobachtete ihn heimlich und stellte fest, dass er ein markantes Profil hatte. Schätzungsweise musste er ungefähr in meinem Alter sein, also ein Mann in den besten Jahren. Die Nacht brach herein, ich setzte mich beim Kerzenschein auf die Terrasse. Mureli wohnte gleich nebenan, ich sah Licht in seinem Zimmer und hörte, wie er leise sang. Nach einiger Zeit kam er heraus, sah mich sitzen, wünschte mir eine gute Nacht und verschwand wieder. Das Licht in seinem Zimmer erlosch und ich begab mich auch zu Bett. Zufrieden mit dem Verlauf des heutigen Tages schlief ich ein.

Ein lautes Geräusch riss mich aus meinen Träumen. Ich versuchte mich zu orientieren. Ach ja, ich schlief nicht in meinem Häuschen am Fluss, nein, ich saß in Kerala in der Zelle. Das zweite Frühstück wurde gebracht. Wie immer diese dunklen scharfen Bohnen, Toastbrot, eine halbe Flasche Milch und heute gab es auch noch ein hart gekochtes Ei dazu. Dies war die einzige Mahlzeit, die mir einigermaßen schmeckte, mit irgendetwas Essbarem musste ich mich ja am Leben erhalten. Ich dachte schon, dass es für mich noch eine Zukunft gab. Wie diese aussehen würde, davon hatte ich noch keine Vorstellung. Doch seit meiner Yogaeinweihung zum Hinduismus schöpfte ich meine Kraft aus dieser Philosophie. Es bereitete mir Freude, meinen Yogaschülern den Frieden zu vermitteln, der in mir war. Doch was war mit mir geschehen, dass ich wieder diese psychischen Probleme bekommen hatte, welche mich zu dieser irrsinnigen Flucht getrieben hatten? Nun saß ich machtlos in dieser Zelle und die einzige Möglichkeit den Verstand nicht zu verlieren, war Ruhe und Gelassenheit zu bewahren. Doch wer kann das schon vierundzwanzig Stunden lang, Tag für Tag? Es war unmenschlich, dennoch bin ich bisher nicht mehr derart ausgerastet wie bei der Verhaftung auf dem Bahnsteig von Ernakulum. Bis zum Mittagessen blieb wieder viel Zeit, um zu meinen guten Erinnerungen im Care Resort zurückzukehren.

Mureli sah ich nun täglich beim Essen oder wenn wir uns auf dem Weg zur Massage begegneten. Wir sprachen einige freundliche Worte miteinander. Danach zog er sich in sein Häuschen zurück, wo ich ihn, wenn ich auf der Terrasse war, sprechen hörte. Ich nahm an, dass er seine neue Rolle einstudierte. Ich wollte den Nachmittag für einen kleinen Ausflug ins Dorf nutzen. Bei Shrija erkundigte ich mich nach einem entsprechenden Laden, in dem ich einen schönen Dschuridar kaufen konnte, natürlich wollte sie mitkommen. Wir

standen vor einem Geschäft, das nicht besonders einladend
aussah, aber Shrija zog mich hinein und ich war doch sehr
erstaunt über das vielfältige Sortiment, das angeboten wurde.
Die Wahl fiel mir wirklich schwer unter dieser Vielzahl von
Stoffen und Farben. Letztendlich entschied ich mich für eine
weite schwarze Hose aus Chiffon, dazu ein Oberteil, rot mit
golden schimmernden Paletten am Halsausschnitt, dazu einen
langen schwarzen Schal, der gefaltet über der Schulter
getragen wurde. Bei Shrija erweckte ich mit meinem Anblick
große Bewunderung. Zurück im Ressort überraschte mich
Mister Haridas mit der Frage, ob ich nicht Mureli, der am
Abend bei Freunden zum Abendessen eingeladen wäre, begleiten
wolle. Vor Staunen blieb mir fast der Mund offen, natürlich
sagte ich freudig zu. Um neunzehn Uhr sollte uns der
Fahrer abholen. War das Zufall, dass ich mir gerade heute
dieses wunderschöne typisch indische Kleidungsstück gekauft
hatte? Ich glaube nicht. Sorgfältig machte ich mich zurecht,
natürlich durfte auch der rote Punkt, das Tika, auf der
Stirn nicht fehlen. Mit aufrichtiger Bewunderung betrachtete
mich Mureli, als er mich abholte. Am Haus der Freunde angekommen,
wartete schon eine Schar von Verehrern auf Mureli.
Offensichtlich hatte sich herumgesprochen, dass er hier
erwartet wurde. Er schrieb Autogramme und hatte für jeden
ein freundliches Wort. Auch ich wurde neugierig betrachtet,
jedoch wagte niemand zu fragen, wer diese fremde Frau an
seiner Seite war. Ich für meine Person sonnte mich ein wenig
in seinem Ruhm. Nachdem ich der gesamten Familie vorgestellt
worden war, zogen sich die Männer in den Gartenpavillon
zurück und ich wurde von den Frauen ins Haus geführt.
Natürlich stellten sie mir alle möglichen und
unmöglichen Fragen, welche ich aber aus bestimmten Gründen
nicht immer wahrheitsgemäß beantwortete. Dann wurden
Fotoalben hervorgeholt und ich musste mir unendlich
viele Fotos von Hochzeiten und anderen Familienfeiern ansehen.
Zum Essen wurde ich immer noch nicht gebeten. So
äußerte ich den Wunsch, dass ich Mureli gerne im Garten
aufsuchen würde. Das konnten sie mir nun aus Höflichkeit
nicht verweigern, wenn auch Frauen bei Herrengesellschaften
nichts zu suchen hatten. Als mich Mureli kommen sah,

rückte er sofort einen Stuhl für mich an seine Seite und bat mich, neben ihm Platz zu nehmen. Nach endlos langen Diskussionen in Malayalam wurden wir schließlich zum reich gedeckten Tisch geführt. Das Essen schmeckte nach dieser langen Durststrecke natürlich noch mal so gut. Meine Tischnachbarin, eine der Töchter des Hauses, steckte mir ununterbrochen die verschiedensten Häppchen zu, ich wurde buchstäblich gefüttert. Nachdem offensichtlich alle satt waren, stand Mureli plötzlich auf, bedankte sich kurz, was ich etwas verdutzt ebenfalls tat, und eilte mit mir zum Auto. Ich hatte das schon einmal bei einem Essen im Haus meiner Gastgeber erlebt und war über diesen plötzlichen Aufbruch nach dem Essen erstaunt gewesen. Nun wurde mir auch klar, warum bei solchen Besuchen das Essen so lange hinausgezögert wurde, denn hinterher wäre keine Möglichkeit mehr gewesen sich mit den Gästen zu unterhalten. Bei uns wird das umgekehrt gehandhabt. Wir treffen uns zum Essen, und wenn dann alle zufrieden und satt sind, wird zum gemütlichen Teil übergegangen. Aber andere Länder, andere Sitten.

Für das neue Jahr 2000 wollte ich einen lang gehegten Wunsch in die Tat umsetzen. Ich war blond wie meine beiden Schwestern, doch schon in jungen Jahren hätte ich lieber so schwarze Haare gehabt wie mein Vater. Seltsamerweise kam ich damals nicht auf die Idee sie zu färben. Nun, da sich mit den Jahren auch schon graue Strähnen zeigten, wollte ich etwas unternehmen. Ich fragte Frau Haridas, was die Inderinnen benutzen, um die grauen Haare zu färben. Sie nannte mir den Namen eines ayurvedischen Mittels, „Kali Mehendi", welches ich mir im Dorf besorgen konnte. Ich kaufte es und färbte mir am Silvestermorgen die Haare. Es war schon ein seltsamer Anblick, als ich nach der halben Stunde Einwirkungszeit in den Spiegel blickte. Eine völlig fremde Frau schaute mir da entgegen, es war schon etwas gewöhnungsbedürftig. Nachdem ich meine indischen Kleider angezogen hatte, geschminkt und frisiert war, gefiel ich mir schon besser. Als ich derart verändert zum Essen erschien, waren alle zuerst sehr erstaunt, fanden aber dann, dass ich nun wie eine indische Frau aus dem Norden aussehe. Der Vollständigkeit halber drückte mir Shrija dann noch das Tika auf die Stirn. Silvester rückte immer näher und Mister Haridas wollte zum Jahr 2000 ein großes Fest veranstalten. Schon Tage vorher wurde mit den Vorbereitungen begonnen. Eine Bühne wurde auf dem großen freien Platz im Garten aufgebaut und eine lange Tafel und Stühle wurden aufgestellt, obwohl das bei indischen Festen nicht immer der Fall ist. Üblicherweise wird auf Decken am Boden gesessen. Zur Silvesterfeier wollte ich im Sari erscheinen. Shrija half mir beim Anlegen, denn für ungeübte europäische Finger ist es fast unmöglich, dieses 5,50 Meter lange seidene Stück Stoff kunstvoll um den Körper zu wickeln, sodass es hält. Shrija erledigte das mit flinken Fingern und ich betrachtete mich stolz im Spiegel. Das Fest konnte beginnen. Mureli erschien im seidenen, langen Dhoti mit dem passenden Hemd darüber. Er sah umwerfend aus, Männer mit Rock übten schon immer, jedenfalls seit ich das erste Mal in Indien war, eine große Faszination auf mich aus. Er war wirklich ein Star. Unter dem sternklaren Himmel begann das Fest. All die Frauen in ihren farbenprächtigen Saris und auch die Männer und Kinder waren herausgeputzt, es war eine feine Gesellschaft. Das Programm mit viel traditioneller Musik, die Tanzeinlagen mit den anmutigen Bewegungen der schönen Frauen, ich war wie verzaubert. So war Indien, mein Indien. Mit diesen Eindrücken sagte ich mir, dass das neue Jahrtausend für mich unter einem besonders guten Stern stehen müsste. Bevor Mureli am nächsten Tag abreiste, fragte ich ihn, ob ich ein paar Fotos von ihm machen dürfte. Natürlich stimmte er zu. Er war ein Star und deshalb setzte er sich auch sehr geschickt in Pose. Ich war sicher, dass die Aufnahmen gut werden würden. Er bat mich, ihm die besten zu schicken und gab mir seine Adresse in Trivandrum. Zum Abschied schenkte er mir eine Mala mit den Worten: „One is missing." Als er weg war, zählte ich nach, es waren tatsächlich nur 107 anstatt 108 Perlen. War das ein schlechtes Omen?

Ein paar Tage vor meiner Abfahrt war ein neuer Gast angekommen. Er stellte sich als Moti Shefi aus Israel vor, ein Jude, war aber Sanyasin von Maharishi. Es war sehr interessant zu hören, wie er sich trotz seines jüdischen Glaubens dem Hinduismus verschrieben hatte und dass er auf Pilgerreise war. Da er aber durch das entbehrungsreiche Leben gesundheitliche Probleme hatte, wollte er durch diese Ayurvedakur den Körper wieder ins Gleichgewicht bringen. Wir verbrachten viel Zeit miteinander, und so fragte er mich während eines Gesprächs, welches Sternzeichen ich sei. Ich bin Krebs. Das erstaune ihn nicht, denn er hätte in diesen wenigen Tagen schon sehr viele Eigenschaften an mir entdeckt, die dem Krebs zuzuschreiben sind. Er kannte sich offensichtlich sehr gut in Astrologie aus, denn er bot mir an, das indische Horoskop zu erstellen und mir zuzuschicken. Er benötigte dazu meine genauen Geburtsdaten wie Ort, Datum und die Geburtszeit. Gerne ging ich auf diesen Vorschlag ein. Nach einigen Wochen erhielt ich einen Computerausdruck mit meinem Horoskop. Es war in englischer Sprache und kostete mich etwas Mühe alles zu verstehen. Mit den aufgeführten Charaktereigenschaften konnte ich mich identifizieren, die alle zutreffen, auch die negativen Eigenschaften. Für die Zukunft war nur soviel gesagt, dass im Februar 2002 ein großer Wandel in meinem Leben eintreten würde. In welcher Form auch immer war es so zu verstehen, dass mein Leben unter einem guten Stern stand.

Wo war der gute Stern geblieben? Verschwunden im Weltall? Jeden Abend stand ich sehnsüchtig am Gitter und schaute in die unendliche Weite des Himmels. Wo war er, mein Stern, das Licht in der Finsternis? Eines meiner Lieblingsgedichte von Hölderlin, den man auch in die Irrenanstalt gesperrt hatte, kam mir in den Sinn:

An die Parsen

Nur einen Sommer gönnt ihr Gewaltigen
und einen Herbst zu reifem Gesange mir,
dass williger mein Herz
vom süßen Spiele gesättigt
dann mir sterbe.
Die Seele, der im Leben ihr göttlich Recht nicht ward,
sie ruht auch drunten im Orkus nicht,

*doch ist mir einst das Heilige,
das am Herzen mir liegt,
das Gedicht gelungen,
willkommen dann oh Stille der Schattenwelt,
einmal lebt' ich wie Götter,
und mehr bedarf's nicht.*

XXII

Völlig unerwartet bekam ich am nächsten Tag Besuch. Ich traute kaum meinen Augen, als ein weiß gekleideter, großer, junger Mann plötzlich vor meiner Zellentür stand und mich in meiner Muttersprache fragte (bisher hörte ich nur Englisch oder Malayalam): „Wie geht es Ihnen?" Ich sagte: „Schauen Sie mich doch an, dann sehen Sie, wie es mir geht." Ich war ja noch immer splitternackt in der kahlen Zelle. Er setze sich vor dem Gitter auf den Boden und ich war froh, dass ich mich auch setzten konnte, denn es war mir nicht gerade angenehm, vor einem Fremden nackt dazustehen. Er sagte mir, dass ihm die junge Inderin von mir erzählt hatte, und wolle nun wissen, was mir passiert war. Also erzählte ich ihm meine Geschichte, die ihn sichtlich erschütterte. Da die Deutsche Botschaft offensichtlich noch nicht über meinen Aufenthaltsort informiert war, wollte sich Frank, so hatte er sich vorgestellt, mit ihnen in Verbindung setzen. Als er nach einer Stunde ging, war da ein Funken Hoffnung am Horizont.

Am nächsten Tag, ich konnte es kaum fassen, besuchte mich eine indische Nonne, Schwester Prabha. Sie sprach ausgezeichnet Deutsch, denn sie hatte viele Jahre in Deutschland verbracht. Zuerst wollte sie dafür sorgen, dass ich Kleider bekam, sie schämte sich offensichtlich für mich. Ich fragte sie nach dem Datum und es stellte sich heraus, dass ich schon neun Tage in diesem erbarmungswürdigen Zustand war. Schwester Prabha wollte meine Verwandten benachrichtigen. Als einzige Telefonnummer kam mir die meines Bruders ins Gedächtnis. Wohl deshalb, weil ich ein inniges Verhältnis zu meinen beiden Nichten hatte und diese öfter mal zu einer Verabredung anrief. Bevor Schwester Prabha ging, sprach sie noch ein Gebet und wünschte mir Gottes Segen. Nun hatte ich wieder die

Hoffnung, bald aus diesem Gefängnis, denn anders konnte man es nicht nennen, herauszukommen. Doch da sollte ich mich gründlich getäuscht haben, so schnell ging es dann doch nicht. Am nächsten Tag bekam ich doch tatsächlich Kleider, einen rosa Dschuridar. Es war mir ganz feierlich zumute, als ich ihn anzog, nun war ich wenigstens kein nackter Affe mehr, der am Gitter hing. Dr. Frank, die Inderinnen nannten ihn so, kam nun täglich und brachte mir Wasser in Flaschen, Gemüse und Obst, das ich dankbar annahm. Durch Franks Auftreten schaute dann auch einmal ein Arzt, Dr. Mohamad, nach mir, er sah wenig vertrauenserweckend aus. Durch den mittlerweile stattgefundenen Kontakt mit meiner Familie erfuhr der Arzt über Frank, dass ich wegen meiner psychischen Probleme Lithium einnehmen müsste. Da aber keines zur Hand war, bekam ich eine andere Pille, was zur Folge hatte, dass ich nach ein paar Tagen Sprachstörungen und Lähmungserscheinungen im Mund bekam. Da musste ich etwas dagegen tun. Als eines Abends eine besonders naive Schwester die Tabletten austeilte, fragte ich sie, wofür die verschiedenen Pillen wären. Bereitwillig gab sie mir Auskunft, eine wäre Vitamin B, die andere die Schlaftablette und die große weiße gegen Epilepsie. Das war ja interessant, warum soll ich Pillen für Epileptiker schlucken? Von nun an ließ ich die große weiße unauffällig verschwinden, was gar nicht so einfach war, denn sie passten immer höllisch auf, ob man sie auch runterschluckte. Schon nach ein paar Tagen hörten die Beschwerden auf. Nachdem ich mich wieder besser fühlte, konnte ich auch wieder morgens und abends meine Yogaübungen machen, am Tag war es dafür zu heiß. Frank hatte auch dafür gesorgt, dass ich eine mit Kunstleder bezogene Matte bekam, damit ich nicht mehr auf dem nackten Boden sitzen, liegen und schlafen musste. Während einer seiner Besuche brachte Frank ein Exemplar der Bhagavadgita mit. Das heilige Buch der Hindus, in welchem „Lord Krishna" mit Arjuna, dem Bogenschützen, auf dem Schlachtfeld über drei Arten des Yogas spricht, nämlich Karma-Yoga, Bhakti-Yoga und Jnana-Yoga. Im Yoga der Weisheit steht im vierten Kapitel, Vers 18:

Wer Nichthandeln im Handeln sieht und Handeln im Nichthandeln, ist weise unter den Menschen; er ist ein Yogi und führt alle Handlungen aus.

War ich nun schon solch ein Yogi? Ich war mir nicht so ganz klar darüber. „Sicherlich bin ich von der Erleuchtung noch meilenweit entfernt", dachte ich mir. Die Zeit schien stillzustehen, jeden Tag fragte ich Frank, ob er noch keine Nachricht von der Botschaft hätte und wann ich endlich hier rauskäme. Es tat sich nichts. Dann endlich brachte Schwester Prabha eine E-Mail von meiner Schwester. Sie würden alles Erdenkliche unternehmen, um mich so schnell wie möglich nach Deutschland zu bringen. Sie fragten, ob ich es denn in diesem Krankenhaus nicht gut hätte. Sie hatte keine Vorstellung von dem Loch, in dem ich vor mich hinvegetierte. Nach Deutschland zurück wollte ich so schnell überhaupt nicht, ich war ja nach Indien geflohen, um bei meinem Meister zu sein. Zu Dr. Mohan, dem großen Yoga- und Reikimeister wollte ich. Schwester Prabha besorgte Briefpapier und einen Kugelschreiber, damit ich ihn benachrichtigen konnte. Also schrieb ich ihm, wo ich mich befand und in welch verzweifelter Lage ich war, in der Hoffnung, dass der Brief auch ankam, denn „Dr. Mohan, Varkala, Kerala" war doch eine spärliche Anschrift. Aber mehr wusste ich nicht, denn die Adresse von seinem Ashram hatte ich nicht im Kopf. In Varkala, am Strand war er immer nur während der trockenen Jahreszeit. Wenn die Touristen da waren, hielt er seine Hatha-Yogastunden und die Reiki-Einweihungen ab. Die erste hatte er mir gegeben, als ich ihm im Herbst das erste Mal begegnet war. Für die zweite Einweihung war mein Kommen im Januar 2002 vereinbart. Doch nun saß ich hier in Trissur. Schwester Prabha hatte mir gesagt, in welcher Stadt ich mich befand, und wusste nicht, wann man mich hier wieder rauslassen würde. Ich besaß keinen Pass mehr und außerdem war ich vom Gericht verurteilt worden: Es stand also überhaupt noch nicht fest, wie lange man mich noch gefangen halten würde. Bei ihrem nächsten Besuch brachte Schwester Prabha erneut eine E-Mail von meiner Schwester Beate, die mir mitteilte, dass sie sich in ständigem Kontakt mit der Deutschen

Botschaft in Chennai befände und alles tun würde, um mich so schnell wie möglich nach Deutschland zurückzuholen. „Aber gerade das will ich nicht", teilte ich ihr mit. War ich doch nach Indien gekommen, um mich bei meinem Meister in Varkala in Yoga und Reiki weiterzubilden. Darauf folgte von meiner Schwester eine bitterböse Mail. Sie schrieb, ich wüsste ja gar nicht, was ich mit meinem Verschwinden alles ausgelöst hätte, und wenn ich nach meiner Entlassung aus dem Mental Hospital nicht sofort nach Hause käme, würde sie mir nicht mehr helfen. Ich befürchtete jedoch, dass sie mich, einmal in Deutschland angekommen, sofort in die Psychiatrie stecken würde, und davor schreckte ich zurück. Durch die täglichen Besuche von Schwester Prabha und Dr. Frank wurden auch die Wärterinnen entgegenkommender. Am nettesten war Vimela zu mir. Es fiel ihr auf, dass mir das alltägliche, eintönige Essen nicht schmeckte, und so überraschte sie mich eines Tages mit selbst Gekochtem, das sie von zu Hause mitgebracht hatte. Ich gab ihr zu verstehen, dass es köstlich schmeckte, und von nun an gab sie mir jeden Tag von ihrem Essen etwas ab. Einmal brachte sie ihre Tochter Lakshmi mit. Die junge Frau sprach ziemlich gut Englisch und war sehr interessiert zu erfahren, wie es sich zugetragen hatte, dass ich in diesem Mental Hospital gelandet war. Ich erzählte ihr meine Geschichte, sie war sehr wissbegierig, und wenn sie mich nicht besuchen konnte, schrieb sie Briefe, die mir ihre Mutter überbrachte. Natürlich wollte sie auch eine Antwort darauf. So war ich jeden Tag angehalten, einen ausführlichen Brief in Englisch zu schreiben. Eine gute Übung für mich. Auch mit Lina, der kleinen Hexe, die nur einen Zahn hatte und vor der ich mich so gefürchtet hatte, freundete ich mich an. Es schien so, als hätte sie Sonderrechte, denn sie konnte täglich ihre Gemeinschaftszelle verlassen und sich auf dem Hof und in den anderen Gebäuden frei bewegen. So kam sie dann auch regelmäßig zu mir ans Gitter, hielt meine Hände und erzählte mir etwas auf Malayalam, das ich natürlich nicht verstand. Wenn mir jedoch aufgrund meiner verzweifelten Lage die Tränen kamen, strich sie mir mit ihrer kleinen schrumpeligen Hand übers Gesicht und sagte: „Nende karilija, nende karilija", was wohl bedeuten sollte: Nicht weinen. Über die Sprache des Herzens kann man sich mit jedem Menschen verstehen, egal welche Sprache er spricht. Dies wurde mir hier erneut deutlich. Als einmal Dr. Mohamad auftauchte, um nach mir zu sehen – in die anderen Zellen blickte er gar nicht rein –, fragte ich ihn, ob ich denn nicht auch einmal meine Zelle verlassen dürfte, um auf dem Hof spazieren zu gehen. Er wackelte eine geraume Zeit mit dem Kopf und meinte dann, wenn mich eine heilige Schwester begleiten würde, könnte ich meine Zelle verlassen und eine Stunde außerhalb der Zelle verbringen. Mehrere von ihnen kamen täglich im Wechsel, um die Gefangenen zu besuchen. Das war schon ein Lichtblick im traurigen Einerlei der Tage. Inzwischen war ich auch bei allen anderen Wärterinnen beliebt, und so war es dann auch kein Problem, als am nächsten Morgen eine Nonne kam und meine Zellentür öffnete. Mit klopfendem Herzen ging ich die paar Stufen hinunter zum Hof, ein kleines Stück Freiheit. Ich konnte mich unter Bäumen und freiem Himmel bewegen. Für mich eröffnete sich eine völlig neue Perspektive. Das lang gestreckte Gebäude, in welchem ich mich befand, war „Ward 1", dann gab es noch „Ward 2", das einen Innenhof hatte, den ich beim Vorbeigehen durch das Gitter sehen konnte. Einige bemitleidenswerte Gestalten befanden sich im Hof und ein paar hingen am Gitter und schauten mit ihren traurigen Augen zu mir her. Dann gab es noch ein drittes Gebäude, in dem sich unter anderem das „Büro" der Wärterinnen befand. Ein großes Wasserbecken im Hof diente zum Wäschewaschen. Einige Frauen waren gerade dabei, ihre ärmlichen Kleider zu waschen, indem sie diese viele Male auf einen Stein schlugen. Dort meckerte eine Herde Ziegen. Mit diesen Eindrücken ging ich gehorsam neben der Nonne ständig im Quadrat einher, während die Nonne unaufhörlich Stoßgebete zum Himmel schickte. Als der Freigang beendet war, wollte man mich wieder in meine Zelle einschließen. Die Wärterin, die offensichtlich mit den Augen Probleme hatte, konnte den richtigen Schlüssel in ihrem großen Schlüsselbund nicht finden. **„Key No. 81",** sagte sie zu mir und hielt mir ihren großen Schlüsselbund unter die Nase. Wie makaber, ich musste selbst den Schlüssel suchen, mit dem ich wieder eingeschlossen wurde. Ich fand ihn dann und ging zurück in meine Zelle. „Wie lange noch?", fragte ich mich. Nach dem Mittagessen döste ich auf meiner Matte, bis Frank zu seinem täglichen Besuch kam. Sehnsuchtsvoll stand ich jedes Mal am Gitter, bis ich ihn von Weitem um die Ecke kommen sah. Er blieb meistens eine Stunde. Das Gespräch spielte sich immer wie eine richtige Sitzung beim Psychologen ab. Die Aussprache mit ihm tat mir gut, und wenn er ging, war es mir etwas leichter ums Herz. Denn ich wusste, dass er sehr bemüht war, mich hier rauszuholen und diesbezüglich mit der Botschaft in Chennai in Kontakt stand. Die Botschaft wollte einen Anwalt finden, der mich vor Gericht vertreten sollte. Da ich gerichtlich eingewiesen war, musste ich noch einmal zu einer Verhandlung, um freizukommen. Die Kosten für den Anwalt und das Gericht sollte meine Schwester über das Auswärtige Amt in Deutschland nach Indien überweisen. Außerdem war es sehr wichtig für mich, einen neuen Pass zu bekommen, denn ich war ja noch immer ein „Nobody". Das ganze Prozedere zog sich lange hin, jeden Tag war meine erste Frage an Frank, ob er schon etwas von der Botschaft gehört hätte. Nun war ich schon 21 Tage hier und heute war der 24. Dezember 2001, Heilig Abend. Die frommen Schwestern kamen am Nachmittag, brachten trockene Lebkuchen und wünschten „Merry Christmas", nicht ohne vorher ein Gebet gesprochen zu haben. Na denn, frohe Weihnachten! Im eintönigen Allerlei vergingen die Tage bis Silvester. Die gütigen Schwestern kamen wieder und eine von ihnen schenkte mir eine Postkarte – Christus mit der Dornenkrone auf dem Haupt, das Blut floss ihm über das Gesicht, ein Anblick voll Kummer und Leid. Auf die Rückseite der Karte hatte sie „Happy New Year" geschrieben. Ich konnte es kaum fassen, das war der glatte Hohn. Als Frank am nächsten Tag kam, war ich sehr niedergeschlagen. Ein neues Jahr hatte begonnen und ich saß hier im Mental Hospital, schon der Name verursachte mir Unbehagen. Die Wärterinnen fragten mich manchmal, wie es denn in einem Mental Hospital in Germany sei. Meine Antwort war: „Like a five star hotel." Worauf sie mit einem ungläubigen Kopfwackeln reagierten. Zu allem Unglück teilte mir Frank mit, dass er höchstens noch zehn

Tage in Trissur bleiben könnte und dann zurück nach Deutschland fliegen müsse. Das traf mich sehr, waren doch er und Schwester Prabha meine beiden Stützen. Und nun sollte eine wegfallen, welch ein Verlust. Frank brachte mir am Tag vor seiner Abreise neun Flaschen Wasser und meinte, die müssten reichen, denn er hoffe, dass ich bis dahin entlassen würde. Er wollte auch noch mal eine eindringliche E-Mail an den Konsul schicken, damit die Sache endlich zu meinen Gunsten verlaufen würde. Als Frank weg war, setzte sich Schwester Prabha unermüdlich für mich ein. Eines Tages kam sie ganz aufgeregt an und teilte mir mit, dass morgen ein Fotograf käme, der Passbilder machen sollte, die dann von ihr an die Botschaft geschickt würden, damit sie mir einen neuen Pass ausstellen könnten. Endlich bewegte sich etwas. Außerdem sei auch eine Rechtsanwältin aus Trivandrum beauftragt worden, die mich vor Gericht vertreten würde. Die Tage vergingen mit Warten und Hoffen und Hoffen und Warten.

XXIII

An einem Abend saß ich mal wieder bekümmert in meiner Ecke – es begann gerade zu dämmern –, als ich auf dem Flur männliche Stimmen vernahm. Neugierig richtete ich mich auf, ging ans Gitter und sah, wie Dr. Mohamad mit einem großen stattlichen Mann ankam. Ich glaubte meinen Augen nicht zu trauen, es war Mohan. Eine tiefe Freude durchströmte mein Herz. Er jedoch war weniger erfreut. Von der stundenlangen Fahrt auf den katastrophalen indischen Straßen sah er sehr mitgenommen aus. Das schulterlange weiße Haar hing strähnig herunter und sein Hemd war von Schweiß durchnässt. Grimmig sah er mich an, schleuderte die Reisetasche mit meinen Utensilien vor die Zellentür und herrschte mich an: „I don't want to see you in this place." Er drehte sich um und so schnell, wie er gekommen war, verschwand er wieder durch die Nacht. Ich war wie versteinert, einerseits glücklich, dass er gekommen war und andererseits traurig, dass er mir keine Möglichkeit gegeben hatte eine Erklärung abzugeben. Meine Flucht nach Indien war doch aus einem einzigen Grunde erfolgt, nämlich dem, ihm nahe zu sein. Das wollte ich ihm sagen, mehr nicht. Doch nun war er fort und ich wusste nicht, wann ich ihn wiedersehen würde. Weinend schlief ich ein und merkte nicht einmal, dass die Moskitos wieder über mich herfielen und mein Blut saugten. Am nächsten Abend tauchte Dr. Mohamad wieder auf und sagte, er hätte gestern Abend ein sehr langes Gespräch mit Dr. Mohan über mich geführt, das ihn dazu veranlassen würde, noch heute ein Schreiben an das Gericht zu schicken, um zu bescheinigen, dass ich „normal" sei. Mir wurde erst jetzt richtig bewusst, dass ich wahrscheinlich als Verrückte keinen Freispruch zu erwarten hätte. Das war Mohans Fürsprache zu verdanken. Ich fühlte eine unendliche Liebe zu ihm, eine Liebe, die mit Sexulität nichts zu tun hatte, einfach nur Liebe. Inzwischen hatten wir schon Ende Januar 2002. Jeden Tag wurde ich ungeduldiger und sehnte meine Freilassung herbei. An einem dieser schwülen Nachmittage, ich dämmerte so vor mich hin, kam eine Wärterin und sagte, dass Besuch für mich da sei. Sie ging mit mir zum Büro, wo ich von einem stattlichen, sympathisch aussehenden Herrn erwartet wurde. Er stellte sich als Mitarbeiter des deutschen Konsulats in Chennai vor. Mein Herz machte einen Sprung, endlich kümmerte sich das Konsulat um mich. Ein Augenblick, auf den ich so lange gewartet hatte. Er teilte mir in einem sehr freundlichen Ton mit, dass mir ein neuer Pass ausgestellt worden sei, und händigte mir eine Kopie davon aus. Außerdem hatte er auch noch die Kopie eines Schreibens von meinem Vorgesetzten, in dem mir meine langjährige Beschäftigung an der Universität sowie ein tadelloses Verhalten während dieser Zeit bescheinigt wurden. Wie sich später herausstellte, war das ein wesentlicher Beitrag zu meinem Freispruch. Als er gegangen war, studierte ich noch einmal die Kopie meines Passes und stellte fest, dass er am 01.02.2002 in Chennai ausgestellt worden war. Irgendetwas machte mich bei diesem Datum stutzig, doch ich hatte in dem Moment keine Ahnung warum. Aber es ließ mir keine Ruhe, was hatte es mit diesem Datum auf sich? Dann am Abend fiel es mir plötzlich wie Schuppen von den Augen: In Moti Shefis Horoskop stand geschrieben, dass im Februar 2002 eine wesentliche Wende in meinem Leben eintreten würde. Ja, das war es, nach langen Wochen des Wartens, Hoffens und Bangens hatte ich wieder einen Pass, war ein Mensch und kein Nobody mehr. Wie war es möglich, aufgrund der Geburtsdaten ein Ereignis im Voraus zu benennen? Wenn auch nicht welcher Art, so war dies doch ein einschneidendes Ereignis in meinem Leben. Das heißt, ich hatte die Möglichkeit mein Leben noch einmal neu zu beginnen, denn an jenem 3. Dezember 2001 auf dem Bahnhof von Ernakulum hatte ich mein vergangenes Leben gelassen. Die 54 Jahre meines Lebens waren wie ausgelöscht. Nun, ein neuer Pass, der Anfang zu einem zweiten Leben. Voller Hoffnung sah ich ihm entgegen. In Kürze sollte meine Verhandlung in Ernakulum sein und meine Anwältin würde meinen Pass bei Gericht vorlegen, sodass das Delikt „Reisen ohne Reisepass" aufgehoben werden konnte. Dann stand aber noch „Erregung öffentlichen Ärgernisses und Widerstand gegen die Staatsgewalt" aus. Die Strafe hierfür wären 10 000,00 Indische Rupien. Es war deshalb schon vor der Verhandlung bekannt, weil die Anwältin die Richterin kannte und die beiden das Urteil schon vorher abgesprochen hatten. So läuft das in Indien, konnte mir aber egal sein. Bevor sich der Mitarbeiter des Konsulats wieder verabschiedete, wollte er sich noch meine Zelle anschauen, man erlaubte es ihm. Gebückt trat er ein, schaute sich um, seine Augen sprachen Bände und wortlos ging er wieder hinaus. Als er sich verabschiedete, wünschte er mir alles Gute und steckte mir noch 200,00 Rs zu, falls ich mir etwas kaufen wollte. Am nächsten Nachmittag – ich stand gerade an der Zellentür – sah ich vier Polizisten, zwei Männer und zwei Frauen mit einer Wärterin auf mein Gebäude zukommen. Sofort schoss es mir durch den Kopf: „Die holen dich ab." So war es auch. Die Wärterin schloss ein letztes Mal die Zelle mit dem **„Key No. 81"** auf und eine der Frauen sagte in sehr freundlichem Ton, dass sie mich nach Ernakulum bringen würden, wo in den nächsten Tagen meine Verhandlung stattfinden würde. So packte ich meine Reisetasche, die mir Schwester Prabha besorgt hatte, zog die neuen Sandalen an, die ich auch von Schwester Prabha erhalten hatte, und verließ die Zelle, in der ich die letzten 67 Tage verbracht hatte. Die zweistündige Fahrt nach Ernakulum verlief dieses Mal angenehmer, die Frauen unterhielten sich mit mir. Einer der Polizisten wollte die Referenz lesen, welche mir mein Chef ausgestellt hatte. Als er mir das Blatt zurückgab, meinte er, ein solches Schreiben würde ihm hier Tür und Tor öffnen. Natürlich war ich auch mächtig stolz darauf, dass mir so ein gutes Zeugnis ausgestellt wurde.

In Ernakulum angekommen, landete ich natürlich wieder im „Sub Jail". Die Polizisten kannten mich noch und zeigten ihre Verwunderung über die Veränderung meines Charakters. War ich ihnen doch in einem ganz anderen Zustand gegenwärtig. Einer zeigte mir seinen Arm, wo sich eine Narbe befand, die von dem Biss stammte, den ich ihm zugefügt hatte, als sie mich zum Abtransport fesselten. Er lachte dabei und schien mir überhaupt nicht mehr böse zu sein. So sah ich dann gelassen meiner Verhandlung entgegen, sie sollte am nächsten Nachmittag sein. Ich wurde von den Polizisten zum Gericht gebracht. Wie schon einmal herrschte ein schier undurchdringliches Gewusel und Gedränge, bis wir uns endlich zum Gerichtsaal durchgekämpft hatten. Plötzlich tauchte ein dicker Inder in schwarzem Talar auf und fragte mich, ob ich Iris Kastner sei. Er teilte mir mit, dass meine Anwältin verhindert wäre und die Verhandlung vertagt werden müsste. Also wieder zurück in die Zelle. Drei Tage später wurde ich am Vormittag ins Büro geführt, wo eine gut aussehende Inderin auf mich wartete. Sie stellte sich als meine Anwältin vor. Schon nach wenigen Minuten des Gespräches hatte ich großes Vertrauen zu ihr und keinen Zweifel, dass die Verhandlung, die am Nachmittag stattfinden sollte, mit einem Freispruch enden würde. Wir sprachen auch darüber, wie und wann meine Ausreise erfolgen sollte. Da kam ich dann auf mein Anliegen zu sprechen, denn ich wollte ja auf jeden Fall noch einige Zeit bei Dr. Mohan in Varkala verbringen. Frau Konju-John zeigte Verständnis und wir einigten uns darauf, dass ich noch neun Tage bei ihm verbringen durfte, bevor ich nach Deutschland zurück müsse. Sie wollte noch heute Mohan telefonisch davon in Kenntnis setzen. Ich sollte sie dann später bei Gericht wieder treffen. Die Polizisten führten mich vor, es herrschte die gleiche Atmosphäre, welche mir ja nun schon bekannt war, aber mir jetzt nicht mehr die gleiche Angst einflößte wie beim ersten Mal. Dann ging alles sehr schnell. Ich verstand wieder kein Wort, denn die Anwältin sprach mit ruhiger Stimme in Malayalam mit der Richterin. Diese ließ sich meinen Reisepass und das Zeugnis von der Uni zeigen, welches sie auch sehr eingehend studierte. Mit einem Kopfnicken gab sie beides zurück und dann konnte ich mit Frau Konju-John diesen Ort des Rechts verlassen. Ich musste noch einmal ins Sub Jail zurück, nur so lange, bis noch alle Angelegenheiten geregelt waren.

Am Abend holte mich meine Rechtsanwältin ab und wir fuhren mit dem Nachtzug nach Trivandrum, wo sie zu Hause war. Die Fahrt zog sich natürlich wieder endlos hin. Frau Konju-John war eingeschlafen und auch ich dämmerte vor mich hin, war es doch ein langer, aufregender Tag gewesen. Der Zug hielt an einer Bahnstation, ich las den Namen und dachte, wir müssten doch bald in Varkala sein. Tatsächlich, beim nächsten Halt fuhren wir am Bahnhof von Varkala ein. Plötzlich hörte ich meinen Namen rufen. Ich schaute auf und da stand Mohan an Fenster und sagte nur: „Iris come." Schnell weckte ich Frau Konju-John und fragte, ob ich aussteigen und mit Mohan mitgehen dürfte. Sie bestätigte es mit einem Kopfwackeln und sagte noch, dass ich sie am nächsten Tag anrufen solle.

Glücklich ging ich neben Mohan zu seinem Auto, wo schon sein Chauffeur wartete, um uns ins „Kera" zu bringen; so hieß die Wohnanlage, in der er sich für die Saison eingemietet hatte. Für mich war schon ein kleines Häuschen reserviert. Am nächsten Morgen, als es noch dunkel war, weckte er mich, um zu seinem Ashram ans Meer zu fahren. Alles war noch still und friedlich zu dieser frühen Morgenstunde, sogar die Vögel schienen noch zu schlafen, auch wir redeten kein Wort. Dort angekommen, gingen wir, immer noch schweigend, zu den Klippen, schauten hinaus aufs Meer und verweilten, bis die Sonne am Horizont erschien. Danach verrichtete er in der Hütte seine heiligen Handlungen mit Abbrennen von „Holy Smoke" und Gebeten an seinen Meister „Babaji". Dann gab es Frühstück, das der Diener besorgt hatte, Tjai, Chapaties und Dal takari (Dalsuppe mit Gemüse). Alles schmeckte köstlich, was ja auch kein Wunder war nach 72 Tagen im Gefängnis. Endlich konnte ich aufatmen. Bei Mohan zu sein, davon hatte ich die ganze Zeit geträumt, ein Traum, durch den ich immer wieder den Mut fand, auf meine Freilassung zu hoffen. Nach dem Frühstück kamen dann Mohans Yogaschüler. Ich schaute ihm zu und stellte fest, dass ich den Unterricht anders gestalten würde. Am nächsten Tag fragte er mich dann doch tatsächlich, ob ich heute die Yogastunde geben wollte, was ich natürlich freudig annahm. Nun schaute er mir zu und anschließend erhielt ich ein großes Lob von ihm. Ich durfte auch die nächsten Tage den Unterricht durchführen. Am

Mittag schickte er wieder seinen Diener weg, um uns das Essen zu besorgen. Viele köstliche Speisen brachte er an. Mohan teilte das Essen aus, wir saßen in Padmasana auf den Strohmatten am Boden und aßen genüsslich mit den Fingern, wie es in Indien üblich ist. Ein ganz natürliches Ritual: Zuerst das Essen mit den Augen betrachten, dann berühren, zum Mund führen und den Geschmack mit der Zunge wahrnehmen. Man hatte uns bei der Yogalehrerausbildung gesagt, dass nur auf diese Art und Weise durch die Nahrung die Energie an den Körper abgegeben wird. Auch wurde während des Essens nicht gesprochen, denn Essen ist „Ana-Yoga". Am Abend riefen wir Frau Konju-John an, sie war froh zu hören, dass es mir gut ging, und Mohan sagte ihr, dass er gut auf mich aufpassen würde. Wieder durchströmte mein Herz eine Woge der Liebe für ihn. Ich fühlte mich in seiner Gegenwart nach langer entbehrungsreicher Zeit endlich geborgen. Die Tage der Einsamkeit und Traurigkeit waren wie weggewischt, das Leben hatte mich wieder. Nach Sonnenuntergang fuhren wir dann zurück nach Kera, wo wir das Abendessen einnahmen. Bei Kerzenschein saßen wir beisammen und behutsam fragte mich Mohan, wie ich in diese fatale Lage gekommen war. Ich erzählte ihm ausführlich die ganze Geschichte, er hörte aufmerksam zu und meinte am Ende: „Durch verschiedene negative Energien – es waren so viele, dass du allein nicht dagegen ankommen konntest – bist du von deinem Yogaweg abgekommen. Nun hast du diese schreckliche, aber auch heilsame Zeit überwunden und ich werde dir dabei helfen, wieder den richtigen Weg zu gehen. Es wird der Mittlere Weg sein, denn auf dem Oberen und Unteren hast du leidvolle Erfahrungen machen müssen, welche dir jedoch geholfen haben, das Leben in all seinen Facetten kennenzulernen. Nur wer Leid erfahren hat, wird das Glück schätzen lernen." Ja, ich war glücklich in seiner Gegenwart, es ging so viel Liebe, Güte und Weisheit von ihm aus. Viel zu schnell vergingen die Tage mit ihm und die Abreise rückte immer näher. Er brachte mich mit dem Wagen nach Trivandrum zu Frau Konju-John. Diese hatte in einem Hotel ein Zimmer für mich reserviert, denn bis das Ticket bei der Kuwait Air für mich ausgestellt war, dauerte es noch ein paar Tage. Die Anwältin händigte mir noch 600,00 Rs aus, die von dem überwiesenen Geld aus Deutschland noch übrig waren. Ich wollte es Mohan geben für die Zeit, die ich bei ihm verbracht hatte, aber er wollte es nicht annehmen. Ich sei sein Gast gewesen und Gäste müssten nicht bezahlen. Es war genau diese Großzügigkeit, welche ich gerade in Indien schon so oft erfahren hatte. Es war ein schönes Gefühl. Da ich später in Deutschland mit den Rupien nichts anfangen konnte, ging ich am nächsten Tag auf die Straße und verschenkte es an eine junge Mutter mit ihren kleinen süßen Mädchen. Die junge Inderin konnte es kaum fassen, dass da einfach eine Frau daherkam, ihr und den Kindern Kleider kaufte und noch eine Handvoll Rupien dazugab. Mich hat es sehr glücklich gemacht. Am Abend vor meinem Abflug rief mich Mohan noch einmal im Hotel an. Ich war sehr traurig, wusste ich doch nicht, wann ich ihn wiedersehen würde. Er war der Meinung, dass wir auf spiritueller Ebene immer in Verbindung bleiben würden, und das erleichterte den Abschied. Der Flug nach Frankfurt verlief problemlos und ich war gespannt, wer mich abholen würde.

Als ich aus dem Flugzeug stieg, stand eine Polizistin da, die mich zur Gepäckausgabe brachte. Da warteten schon vier Personen auf mich, meine beiden Schwestern Uschi und Beate, Hanne, meine Kollegin, und Boris, mein großer russischer Freund. „Welch ein Empfangskomitee", dachte ich mir. Noch nicht bewusst, was mich erwartete, begrüßte ich sie alle sehr herzlich. Unterwegs im Auto fragte ich mich, wer mich wohl zu sich nach Hause mitnehmen würde, denn zu Hause in meiner verwüsteten Wohnung würden sie mich wohl nicht absetzen. Nach längerer Fahrt schienen wir am Ziel angekommen zu sein. Ich blickte mich um und ein Grauen erfasste mich, war mir das hier doch alles sehr bekannt. Sie hatten mich doch tatsächlich in die Psychiatrie nach Wiesloch gebracht. Wir mussten warten, bis die Aufnahmeformalitäten erledigt waren. Ich konnte in meiner Enttäuschung nicht die Ruhe bewahren und beschimpfte hautsächlich meine beiden Schwestern auf das Übelste. Noch einmal gefangen und wie lange? Ich konnte es kaum fassen. Ja, die Psychiatrie in Germany: „Like a five star hotel." Inzwischen musste es fast Mitternacht sein, als ich auf der Station ankam. Hier musste ich mich sofort in ein Bett legen, das auf dem Flur gegenüber der Nachtwache stand. Somit hatte man mich ständig unter Beobachtung. Ich war immer noch sehr aufgewühlt von den vergangenen Ereignissen, sodass ich mich weigerte, mich hinzulegen. Also setzte ich mich in den Aufenthaltsraum, ich kannte mich ja aus, denn ich war nicht zum ersten Mal auf dieser Station. Am Morgen nach dem Schichtwechsel erschien plötzlich ein freundlicher Pfleger, den ich noch vom letzten Aufenthalt in guter Erinnerung hatte. Er erkannte mich auch sofort wieder und nahm sich die Zeit für ein ausführliches Gespräch, was mir in dieser traurigen Situation sehr guttat. Als dann am nächsten Tag Schwester Roswitha zum Dienst kam, mich sah und auch sogleich erkannte, nahm sie mich spontan liebevoll in den Arm. Diese beiden Menschen begleiteten mich die nächsten Wochen mit ihrer verständnisvollen Art. Die Stationsärztin nahm sich auch sehr viel Zeit für mich. Ich hatte endlich das Gefühl verstanden zu werden.

Ich hatte mich in den vergangenen sechs Wochen in der Psychiatrie in Wiesloch mithilfe verschiedener Medikamente gerade wieder einigermaßen gefangen, als die Ärztin zu mir kam und mich ohne Umschweife vor die Tatsache stellte, dass meine Schwester Beate für mich eine Betreuung mit dem Aufgabenkreis Vermögensangelegenheiten, Gesundheitsfürsorge, Bestimmung des Aufenthalts, Postempfang sowie Verkehr mit Behörden und Sozialleistungsträgern beim Gericht beantragt hatte. Diese Offenbarung traf mich wie ein Schlag aus heiterem Himmel. „Was heißt hier Betreuung?", konnte ich völlig am Boden zerstört und mit zittriger Stimme hervorbringen, „das ist doch nur der feinere Ausdruck für ‚Entmündigung'." Damit wäre nun mein weiteres Schicksal besiegelt gewesen. Wieder einmal brach eine Welt für mich zusammen.

Die Hoffnung bleibt

Unser Leben wäre sehr arm ohne die Hoffnung.
Sie ist es, die uns am Leben erhält.
Was wir auch tun oder denken, ist mit Hoffnung verbunden.
Die Hoffnung lenkt uns immer in die richtige Richtung.
Hoffnung in die negative Richtung gibt es nicht.
Wenn sich unsere Gedanken ins Negative wenden, haben wir
Angst, und wenn wir Angst haben,
schwindet die Hoffnung.
Also gilt es die Angst zu überwinden,
um der Hoffnung Raum zu schaffen.
Die größte und die schönste Hoffnung ist die Liebe.
Die Liebe zur Welt und zu den Menschen
ist gleichzeitig die Liebe zur Schöpfung.
Aus unendlicher Liebe besteht das ganze Universum.
Wir sind ein Teil des Ganzen und gleichzeitig
sind wir das Ganze:
Liebe und Hoffnung.

Iris Kastner

© V. Sadilek

Iris Kastner, geboren 1947 in Karlsruhe, war auf dem Land aufgewachsen und hatte schon früh den Drang verspürt, dem dörflichen Leben zu entfliehen. Sie war fasziniert von Büchern und sehnte sich danach, fremde Länder und Kulturen kennenzulernen. Indien hatte es ihr besonders angetan, weshalb sie in späteren Jahren schließlich ihre Yogalehrerausbildung am Sivananda Yoga Ashram in Südindien absolvierte.